# 失落手稿

# The Fragments

Toni Jordan

東妮・喬丹——著　蘇雅薇——譯

And in the end, all we have are the hours and the days, the minutes and the way we bear the

失落手稿

■書評推薦

「我眞的好愛超棒的東妮・喬丹的《失落手稿》。這是部刺激、動人心弦、讓人難忘的故事。眞捨不得讀完這本書。」

——黎安・莫瑞亞蒂 Liane Moriarty
（HBO 影集《美麗心計》原著小說作者）

「風靡墨爾本的小說家東妮・喬丹的作品令人驚艷，眞心難過這本出色小說最後仍得劃下句點。」

——太陽先驅報（*Herald Sun*）

「特別的文學懸疑小說，充滿複雜的轉折與出色的懸念鋪陳……《失落手稿》是本探索眞相與歷史的出色小說。喬丹的小說探討了被忽視的女性，她們的工作往往讓作品與過去連結，並且讓大眾渴望補足敘事中的空白。」

——星期六報（*Saturday Paper*）

「跨越城市、階級、人與時間的謎團，情節不停鋪陳到最後一頁，讓人欲罷不能……是完美的週末閱讀書單。《失落手稿》無疑是喬丹目前最棒的作品。」

——READINGS網站

「《失落手稿》讀來非常愉快。如果你曾經睡著時枕頭下墊著一本書但卻說不出爲什麼，或是每年都會重讀同一本書，或記得你最愛作家的生日卻不記得婆婆的生日，你不孤單。對於爲文學痴狂的書迷們，《失落手稿》根本是爲你而寫的。」

——THE NEWTOWN REVIEW OF BOOKS社團

# 失落手稿

## 目次

### 第一部

## 第二部

當然是獻給羅比

# The Fragments

## 第一部

# 第一章

## 昆士蘭省布里斯本，一九八六年

每當凱蒂・沃克回顧這天早晨，總是試著記起一切。她會躺在床上審視每一刻，尋找線索。她會先想起那天的高溫，然後再記起那條圍巾。

夏末。從家裡往外看，鐵皮波浪板屋頂的天際線閃爍發光。稍晚，她抓著公車吊環，隨汗濕的購物人潮和渾身臭味的青少年一同搖擺，不禁感到一絲遲疑。她大可去游泳池，大可在家泡澡，或只穿內褲站在廚房，把一隻手臂塞進冷凍庫。

然而，當她在美術館門口排起隊之後，這些念頭都消失了。她排在隊伍中段，人龍綿延橫越與河平行的前庭，其中不乏臉色泛紅的女子、幾名上衣濕黏的男子、拉扯著母親手臂的小孩，而滿臉皺紋的老人則用夾帶在報紙裡的免費紀念品手冊向喉嚨搧風。河川繞過下個彎，對岸就是植物園，園內的摩敦灣無花果樹高大茂密又青綠，可是大家還是站在這兒揮汗等待。這種千載難逢的展覽往往令人失望——墓穴出土的戰士看起來像穆魯卡區水泥工廠的產品；羅浮宮巡迴展出的名作小得要瞇起眼看。

隊伍動也不動。凱蒂沒吃早餐，不過她肩上的粗麻布袋裡有個蔬菜捲，番茄應該快擠成泥了。她想繼續讀手裡的平裝書，還用食指標示著讀到的段落。可是一面等待欣賞殘片，一面讀另一本小說，感覺不甚忠心，彷彿會遭茵嘉・卡爾森的鬼魂責難。

她應該更早來的。早上醒來後她繼續躺在床上，透過臥室的寬窗，看著漆黑的天空轉為白鑞色，彷彿自己才八歲，而今天是聖誕節。但她不想催促自己，想要記得一切。

殘片在這裡，在全新的國家美術館裡，鎖在鋼鐵和玻璃後面。無法取代、無法標價的殘片就在這裡，在布里斯本。

她把頭髮撥到一邊耳後，轉頭剛好與身後的高大男子對上眼。他以為她在邀他聊天。

「西方文明史上最重要的發明是什麼？來吧，猜猜看。」

對方穿著短袖，上衣口袋繡了某種標誌，襪子拉得老高，打褶短褲用尼龍腰帶固定在全身最渾圓的部位，露出幾公分發紅脫皮的膝蓋，肩上黑色大袋子的揹帶扯得他一邊的肩膀下垂。他把袋子挪到另一邊肩膀，露出雙臂下方汗濕的痕跡。

輪子？指南針？印刷機？

他說：「冷氣。」他大概四十歲，上衣認眞燙過，目前為止還沒有起縐。「妳覺得沒有冷氣，他們能登月走路嗎？況且夏天的謀殺率總是飆升，甚至到處都是車禍，生產力又低落。那個傢伙——發明冷氣的傢伙，應該頒個獎給他吧。」

凱蒂挑起眉毛，示意隊伍的長度，以及他們共同的目標。

「我說了喔，甚至下雪都沒關係，我才不在乎。妳覺得值得嗎？」

她說當然。

「今天早上我問我媽想來嗎，她說免了，她錄了雷的節目要看。該死的雷，我眞不懂。我啊，我喜歡書，還有畫。我是攝影師，專業的喔。」他的頭擺向前方寫著殘片的橫幅。「我舅舅在紐約看過，七、八年前了。」

他眞幸運。

「是啊，他現在住在雪梨。妳去過嗎？」

雪梨嗎？一次，參加表親的婚禮。

他笑了，他說的是美國。她搖搖頭。

「卡爾森？她眞是百萬人中難得一見的奇才。我告訴妳，是黑手黨幹的，就像甘迺迪謀殺案。」男子挺起胸，用小指掏掏一邊的耳朵。「妳來過嗎？這間美術館？世界級的喔。」

這回她可以點頭，畢竟這間世界級的龐然大物已開館四年了。她記得整地前的樣貌，以及漫長建造期間的樣貌。當時轉角的臨時圍欄寫著巨大顯眼的塗鴉文字：**九成五的藝術家離開布里斯本了，你何不也滾蛋？**

她說，「我喜歡這裡。」

一點風都沒有。隊伍中幾名女子戴著遮陽帽，一對情侶撐著成對的蜜桃色陽傘。凱蒂正前方的老太太圍著綠色和水綠色漩渦圖案的絲質圍巾，她調了調圍巾，下方的脖子連到纖細的後背。她時不時轉頭，似乎想加入他們的對話，卻又打消了念頭。凱蒂跟著隊伍前進。她聽到小孩的聲音：「看完可以去吃薯條嗎？」遠方傳來年輕女子的聲音：「凱馬百貨有多好？超好。」

水泥柱廊像活物一般發熱，凱蒂很快就來到柱廊的陰影下，接著走進室內。冷氣迎面襲來，感覺像潛入泳池。她買了門票。衣帽間的服務人員收起女孩們的優雅陽傘，以及綠圍巾老太太的牛奶糖色柔軟皮質托特包。他好像抓著動物屍體尾巴要拿去丟掉一般，用拇指和食指拎起凱蒂的粗麻布袋，然後把門票滑過櫃檯給她。攝影師用手帕擦了擦脖子，向另一名服務人員要求特別許可。他說他認識展方的人。

現在，她終於要看到了。

門廳旁邊寬廣的展廳傳來鞋跟踩踏水泥地的聲音，警衛的制服和空氣一樣清新。

她走進去。

展廳人潮眾多，但不至於過度擁擠。正前方是從天花板垂到地面的茵嘉・卡爾森黑白海報。茵嘉看起來既天真又睿智，雙眼圓潤閃爍，淺色頭髮綁成細細的辮子。那眼神彷彿能看進凱蒂的靈魂，彷彿只有茵嘉了解她。

海報兩側隔了數公尺處，各展示了一張較小的照片，一張是茵嘉在餐廳裡，左右環繞著滿臉笑容的男女侍者；另一張是她在台上領獎。凱蒂左側的展廳都是展示櫃，呈現一九三五年的世界，茵嘉的第一本小說《萬事皆有終》在那一年出版。

凱蒂稍後才要回來欣賞這些展櫃，以及右側展廳的茵嘉．卡爾森生平故事。她會細看茵嘉移民到美國前，在老森林的兒時老家照片。小屋的木材是人工劈的，石材則是卡爾森家族代代在當地採的。屋內可見扶手磨得光滑的椅子，還有掛在鉤子上的圍裙、鑄鐵鍋和大湯匙。見證小茵嘉學習閱讀的油燈配有黃銅旋鈕，燭芯磨損。錄音沙沙作響地播出認識她的人口音濃重的聲音：**她很善良、衝動、愛與人作對，她很易怒**。六歲時，有個男孩虐待小貓，結果她打斷男孩的鼻子，在村裡掀起軒然大波。九歲時，大家懷疑她為了坐他們的椅子、重新擺設他們的東西，而爬進陌生富人家的窗戶。展覽八成也會展出少女茵嘉收藏的圖書，笨重的黑色打字機有些按鍵磨損凹陷，還有她親手寫的日記。全散發著滿滿匠氣，都不是吸引凱蒂來的目標。

展廳中央群眾較為擁擠。凱蒂前方有三個展示櫃，她停在展廳內最大的第一個櫃子前。這個展示櫃專門介紹《萬事皆有終》，裡頭有一本罕見的初版簽名書——就無名女性移民寫的小說來說，初版的印量算是可以了。書的原稿，某些句子用褪色的藍墨水畫了底線，頁緣有茵嘉．卡爾森以矮胖自信筆跡留下的潦草筆記。三封出版社粗魯的退稿信，帶給世界各地的作家一點慰藉。小說逐漸成功後的報紙剪報，以及倫敦、紐約和雪梨書店前大批群眾的照片。書店老闆寫給她的信：「開業二十年來，能販售您的作品最令我驕傲。」五、六封茵嘉寫給出版社的信，包括那封她死後才寄達的著名信函，越後期字跡越凌亂。展示櫃內也有卡爾森的普立茲獎，還有幾篇書評，有些口氣高傲（「不能否認寫得不錯」），有些奉承諂媚。最後還有旁人對她的威脅抱怨，信中罵她「背叛自己的族人」，「猶太人的同夥，或許根本是猶太人」，「散播毒液、謊言和政治宣傳」。

凱蒂慢慢欣賞。

下一個展示櫃聚焦於一九三九年的火災，展出各種專家提出的理論。凱蒂撇過頭，繼續前進。她知道展示櫃裡有著名的熔化項鍊、葬禮照片、紀念品、訃聞，以及茵嘉・卡爾森死後全球讀者寫給她的信，至今不斷。此外還有其他人的書，宣稱他們解開了這樁歷史懸案——每個人都自信得盲目，每個理論都互相牴觸。

最後凱蒂來到殘片——茵嘉・卡爾森第二本小說唯一留下的殘骸前方。她緩緩靠近，宛如到聖壇前懺悔，在推擠的群眾中站穩腳步。一張小指標寫著「請勿觸碰玻璃」，另一張寫著「請勿使用閃光燈」。

殘片被放在長型盒子裡，像寒酸的墓碑。這七張紙頁碰巧在大火中倖存，上頭可以看到頁碼，依序是四十六、五十三、一百〇八、一百一十七、一百八十七、兩百和兩百三十八頁。每一頁都受損了，不過一百〇八頁只有右側燒黑，右上角有個長方形小洞。兩百頁有一整個角落燒燬，其他部位也嚴重剝蝕，每三、四個字就有些看不清楚的地方。這一頁可以看到書名——《每日，每分》——飄浮在殘餘頁面的最後一句。

親眼看到殘片，讓凱蒂時隔多年再次緬懷起父親。痛楚從身體兩側湧上，聚集在胸骨後方。她知道其他人的胸骨平滑，但她想像自己的骨頭布滿鋼灰色的孔洞，像刨絲器。

她待了一個小時左右，靜靜穿梭在自己的過去當中，無視周遭來去的陌生人。等她回過神，感覺到攝影師推了她一下。他在放置腳架，似乎沒認出她。凱蒂眨眨眼。他襯衫上的標誌看起來像是眼眶泛黃的眼睛，正睜大眼盯著她。

□

她從紀念品店離開。店內販售各式各樣的紀念品，以及各種不同價格的《萬事皆有終》，從小牛皮書封配燙金字體的精裝版，到粗製濫造的平裝本都有，凱蒂的老闆克莉絲汀絕不會允許後者進到她的書店。店內也有其他以殘片爲靈感重新創作的奇幻小說、詩作、犯罪小說，或是其他類型的作品。她沒有停下來。展期還有一段時間，不需要貪心。

走進室外有如烤箱般的空氣中，她眨了眨眼。兩名身穿紅色茵嘉上衣的年輕人站在通往草地的階梯頂端，笑著發送傳單，宣傳明晚將以茵嘉·卡爾森的生平、作品和死亡爲題，舉辦講座。男孩說：「歡迎大家都來。」凱蒂接過傳單塞進袋子裡。

陽光刺眼，不知從何處猛然飄來濕潤土壤的氣味。嗡嗡響的車陣配上河中噴泉聲，形成活躍的白噪音。她的眼皮好重。從這兒就能聞到雞蛋花和修長深色樹葉的清香——是熱帶果香，不是泥土般的蠟味。夏天的雞蛋花青綠茂密，令人心曠神怡；冬天時，那如臂骨般的纖細枝幹伸向天空，任陽光灑落。她想像噴泉的水霧落在肌膚上，又想到剛吃完的午餐正在腐敗，不禁反胃。

有個女子的聲音說：「他們讓我想到某類特定的摩門教徒。」

凱蒂轉過頭，認出那條圍巾。說話的人正是先前隊伍裡的那位老太太。她用戴手套的手拿傳單搧風，看起來跟水泥地和藍天格格不入。

女子繼續說：「那些卡爾森狂熱份子。」

「他們可以學學摩門教徒。」凱蒂說，「假如有人敲我的門說：『妳願意花點時間聊聊文學嗎？』我會開門讓他們進來，還泡茶給他們喝。」

「我有在裡頭看到妳。」女子挑起一邊眉毛，「妳也受到如宗教洗禮般的感動嗎？」

她的語調和善，臉上雖有皺紋，卻不顯老，只畫了深紅色口紅，頭髮銀白柔軟。她身穿豌豆濃湯色的長袖亞麻外套，孔雀綠的裙子也是亞麻材質，黃金珍珠胸針與貼耳耳環很搭。她微笑。在外人眼中，凱蒂一定像個白痴，站在這兒想茵嘉・卡爾森和她的爸爸。「我彷彿飛到好幾公里外。」

女子垂下蒼白的眼瞼說：「妳入迷了嗎？」

凱蒂扮了個鬼臉，一隻手貼著心頭。「被發現了，妳遇到了一個頭號書迷。我覺得茵嘉・卡爾森是史上最棒的人。」

女子笑了，笑聲宛如銀鈴。「年紀輕輕就過世眞是不錯的職涯選擇，對吧？尤其是只出一本書的奇才。如果她變得又老又無趣，誰會記得她？」

禮貌的人會微笑聳肩，說我們尊重彼此不同的意見吧，但是凱蒂卻是在對話結束後好幾個小時，才冒出這種理智反應，當下她只感到一陣壓抑不住的刺熱。「作品數量不重要。她的死雖然悲慘，但也不相關。茵嘉能激勵人心、能看透人，這非同小可。」

女子吸了吸鼻子，朝展覽的大致方向揮了揮手。「大多數的人都是感情用事的呆瓜。這麼大陣仗，就爲了沒人讀過的一本書中幾張燒黑的紙。我想只要報紙有報導，也會有很多人願意排隊去看一顆馬鈴薯。」

「妳不相信書能改變世界？聖經呢？美國作家艾茵・蘭德的作品呢？」

「我相信大部分排隊等著看那些發霉紙張的人，上星期都還沒聽過茵嘉・卡爾森。」她頓了一下，把手提包挪到另一隻手臂。「妳呢？」

「我每年至少重讀一次《萬事皆有終》。我爸，小時候他唸給我聽。還有……嗯，我的名字其實是凱登絲。沒有人比我們更愛這本書。」

凱蒂小時候，偶爾會假裝自己有別的名字，例如珊蒂或愛芙琳，不過那是很久以前了。若否認父親幫她挑的名字，就是對他不敬。短暫想到父親，讓她記起在陽光下收曬衣繩上溫暖的法蘭絨床單，還有午餐盒裡的蘋果片，上面帶著一絲他那把刀的鐵味。

女子說：「該死的熱天氣。」凱蒂眼看她膝蓋一軟，臉上的皮膚彷彿被看不見的線往下拉，感覺快要脫落。她戴手套的手往後伸，但後頭沒有東西能靠。

凱蒂趕忙上前，扶住她的手肘，亞麻布袖子裡的骨頭細如小鳥。她領著女子坐在樓梯上。「我去幫妳拿水。」

女子用尖爪般的手指緊抓住她的手腕。「休想，我最痛恨別人大驚小怪。大驚小怪和多管閒事，我就是受不了。」劇烈的喘息打斷她說話。

「我只是要幫妳拿一杯水，」凱蒂說，「不是叫一堆救護車。」

「妳繼續說吧，快說，快說，我一會兒就好了。妳真的叫那個名字嗎？一定很辛苦吧？」

「完全不會，不過大家都叫我凱蒂。或許我們應該躲到陰影下。」

「妳是說我吧？不要，我喜歡陽光，這裡什麼都長得像雜草一樣好。我老了，就這麼簡單。況且……」女子微微一笑，垂下眼看著纖瘦手腕上的銀色腕錶，「半個小時前我叫了計程車。這座城市實在是啊……我很愛這裡，但整座城永遠沒睡醒。」

隔著河，閃耀的白色快速道路穿過橋下——這就是河存在的意義：充當高速公路和倉庫，撐起產業。充滿駁船、挖泥船和平底船的寬廣高速公路。

女子瞇起眼，歪過頭。她的動作像鳥，但絕不是鴿子。「如果妳覺得那些像垃圾的老廢紙這麼重要，我想妳一定記得上頭的字。妳覺得哪幾句最……有深度？」

凱蒂說：「很簡單。」當然不簡單，她愛每一張殘片。「大家都喜歡四十六頁的經典句子，但我覺得最棒的段落在兩百頁。『到頭來，我們擁有的只有每刻和每日、每分和我們承受的方式。』」

女子抬起下巴。「爲什麼？爲什麼妳最喜歡這一句？」

凱蒂想了一下。「因爲『承受』這個字。有時候早上醒來，妳會希望自己沒有醒來？妳願意犧牲一切，只求不要面對這一天？妳只想閉上眼睛翻過身。茵嘉完全了解這種感受，但她還是堅持下去，她讓我們都想堅持下去。」

「喔，天哪，怎麼這麼容易受影響。我這輩子從來沒有過這種感覺。」

喇叭一響，黃色計程車開上車道，駕駛從車窗探出頭，揮揮手。「瑞秋叫的計程車？」

女子把包包勾在臂彎，站起身。她走向計程車，腳步穩多了。凱蒂幫她打開後座車門。女子停下來，幾乎像是突然想到什麼。

「那個傢伙說是黑手黨，他錯了，凶手不是他們。」

「什麼？」

「不過不重要了，她都走那麼久了。」女子把雙手交握在身後，像小孩朗誦般。「凱蒂，我送妳一道謎題吧。妳說的句子，剛好也是我最喜歡的一句。『到頭來，我們擁有的只有每刻和每日、每分和我們承受的方式，我們在世上過的每一秒，以及其中眞正有意義的瞬間。』很高興認識妳。」

女子坐上車，關上車門。計程車違規三點式掉頭，消失在街角。凱蒂坐在水泥地上。哪裡不對勁。或許是天氣太熱，或是這位奇怪女子所引述的句子。不可能，她搞錯了。空氣在凱蒂周圍流動，她意識到自己的心臟用力撞擊著肋骨下端。她抓起袋子，飛快跑上樓梯回到入口，經過售票亭，來到展廳門口，但警衛伸出手臂。

他說：「哇喔，去隊伍尾巴排隊，這樣才乖。」

「可是我進去過了。」她渾身發抖。

警衛一手按著對講機，請她拿出票根。她翻遍每個口袋才找到。

「好吧。」他用拇指指向她身後。「但不能帶包包，置物櫃在後面。」

她把袋子丟在他腳邊，衝進群眾裡。第兩百頁的展櫃前方正站著一群學生，互相談笑推擠，有些在筆記本裡畫著殘片，不過她可以從他們之間和頭上看過去。沒錯，那個句子，她父親最喜歡的句子。

她讀了一遍，再讀一遍。

凱蒂的腿僵在原地，但雙手動了起來。她拍拍牛仔褲的每個口袋。她的東西都在外頭地上的袋子裡。她向她不信的神禱告：別讓那句子從她的腦海中消失。她轉向一名身穿藍色格紋制服的男孩；他滿臉粉刺，正全神貫注地畫畫。

「拜託，借我一支筆和一張紙。」

他四處張望尋找老師，不過即使看到她眼神瘋狂，仍從素描本撕下一張紙，把鉛筆交給她。

凱蒂把紙對摺，試著用汗濕的手寫字。鉛筆頭戳破了紙。

男孩說：「借妳。」他闔上素描本，遞給她。

這個孩子在她意想不到的地方展現善意。她雙手接過素描本，掀動嘴唇默唸，用大寫字體記下女子講的字句，在紙上寫成四行。寫完後，她出聲唸了一遍，然後拿鉛筆敲打每個字。她向男孩道謝，把東西還給他。

他走到一旁。殘片在玻璃盒裡沉睡，彷彿是茵嘉的一部分，通體蠟黃地懸在半空中，等著人來喚醒——誰呢？凱蒂嗎？爲什麼不？凱蒂對等待並不陌生。

玻璃盒裡的句子寫著：**到頭來，我們擁有的只有每刻和每日、每分和我們承受的方式**。

就這樣了。

她沒在任何地方看到「我們在世上過的每一秒，以及其中眞正有意義的瞬間」。她只看到紙緣焦黑的空白。近五十年前，燒焦殘片的那場火害死了茵嘉·卡爾森，也毀了她備受期待的第二本小說《每日，每分》。

# 第二章

## 賓夕法尼亞州阿倫敦鎮外，一九二八年

他們要離開農場的那天早上，瑞秋溜下床，在涼爽的黑暗中換上她最好的格子棉布罩衫和圍裙，穿戴上白色衣領和褲襪，以及上教堂的好鞋。她從枕頭下拿出《努姆仙境》一書，夾在一邊的手臂下。她的其餘家當已裝進走廊盡頭的行李箱。她沒出聲，因為喬治在房間另一頭的搖籃裡睡覺，膝蓋幾乎收攏到柔軟的下巴，玫瑰花苞似的嘴巴含著拇指，呼氣時發出微小的哨聲。假如他醒來，會想跟來。他總是擺動果凍般雪白的雙腿搖晃前進，緊抱著瑞秋的大腿，想跟著她。

她經過藏在陰影中討厭的行李箱，走過走廊。最舊的箱子是她母親嫁給父親、初次來到這裡時，從紐約帶來的。褐棕色的皮箱有寬厚的帶子和釦環，以及閃亮的釦子和強化的四角。下一個行李箱比較薄，堅固耐用，但有些地方磨損，斑駁的金色字體寫著別人的姓名縮寫。這個體面的箱子從黎赫家祖父傳給她父親，幾年後會傳給喬治。最後兩個箱子是硬紙板製，褪色的釦環已扣不上，只能用繩索綁住，裡頭裝了瑞秋和喬治的衣服，以及備用的毛毯、桌巾和毛巾。

她穿過廚房，途中多次想停下來。她感到四處都有眼睛盯著她，讓她想吐。她知道該踩哪塊木板，該推紗門的哪個位置，才不會嘎吱響。她把書抓得更緊。

外頭一群蝙蝠遮蔽了夜空，她可以聽到田地另一頭的小溪裡有青蛙在叫。穀倉旁的榆樹上停著一隻貓頭鷹，牠大剌剌地蹲在鞦韆的繩索上，將心型的臉直接轉向她。然而她沒有停下來，繼續橫越小院子，躲過掛曬衣繩的桿子和不帶去鎮上新家的耙子，越過不久後將迎來蜜蜂的蘋果樹，終於看到目的地在眼前展開——一大片在清晨月光下閃耀、隨風搖曳的玉米田。

她沒有時間了，天色已隱約露出柔光，等太陽升起就太晚了。她在廣闊的翠綠田地邊緣停下來，深吸了一口氣，踏了進去，田地在她身後合攏。雖小卻長得完美的玉米穗比她的頭還高。她聞到晨露浸濕的土壤，以及最後一抹玉米花粉。她走過時，羊皮紙般的樹葉沙沙作響，掃過她的頭頂到腳踝。她知道玉米會想念她，想念她父親和他照料作物的手法。她父親會說生長作物的語言，會把土壤捧在手裡，湊到鼻尖，將柔軟的青葉夾在指間。四周望去只見玉米稈、樹葉和包緊的玉米穗，她爲了看最後幾顆星辰消失，整個頭往後仰。

她走了一小段路，然後止步坐下來，把書緊抱在胸前。濃密的玉米稈環繞著她，四下無人，只有她，而她累了。她盡力了，現在只能交給命運。

□

她醒過來，感到瓢蟲爬過手背，太陽穴沾上細粒狀的塵土。她的腳好痛。上方一小片天空呈現最澄澈的藍，她看到一群黑鳥飛過。她很渴。起初她以爲是蟋蟀吵醒她，但她發現有更響的窸窣聲越靠越近，附近的樹葉也開始飛速地打轉，彷彿預知誰要來了。她祈禱是農場後方森林的雄鹿，但還沒看到對方，她就知道是父親了。

她沉默不語，雙臂抱住膝蓋，閉上眼睛，想像自己比蟋蟀還小。然而眼前的玉米叢分開時，她感到空氣變了。接著一切靜止了，不管是樹葉，還是昆蟲。

他說：「起來。」

她沒有動，她動不了。只要她繼續閉著眼睛，閉得緊緊的，再緊一點。

「我說起來。」

他粗糙的手抓住她的手腕，猛力拉她站起來。她終於張開眼。別人可能迷失在這麼大的田裡，但她父親知道每株作物、每道微風，任何家族土地上最微小的起伏。他堅定地大步走回房子，拖著她跌跌撞撞跟在後頭。他的指尖掐住她一邊手臂的肉，她用另一隻手緊抓著書。

他們走進空曠的院子。戴比斯先生站在馬兒旁，他們的家具已綁好裝在馬車上，四個行李箱和床墊疊在上頭。農場的黑色馬兒刨著地，左右甩頭。她母親把扭動的喬治抱在腰邊。

「妳就偏要挑今天早上。」她母親說，「妳怎麼搞的？看看妳的洋裝，妳都快十歲了，該懂點事了。」她讓喬治滑到地上，抓住瑞秋另一邊的手腕，從父親身邊扯開她。「爲了妳一個人，戴比斯先生等了好久，妳爸爸還穿著星期天的好衣服爬到屋頂上。妳不來幫忙照顧喬治，什麼忙都不幫，好像我沒事做，只要擔心妳。妳還拖著那本書在地上走！妳再這樣，我就和薇拉姨婆說再也不要給妳書了。」她用掌心拍掉瑞秋裙子和袖子上的塵土，然後在自己的袖子上吐了口水，擦擦瑞秋的臉頰。

父親仍站在她旁邊，雙手勾著皮帶釦，宛如陰鬱的暴風雨。

母親抬起頭，彷彿忘了他在場。「去坐戴比斯先生旁邊。」她說，「瑞秋，快點，帶上喬治。我叫妳現在就去。」

父親說：「這孩子需要管教。」

瑞秋知道自己最好別動。

母親說：「通常她都和天使一樣。」

父親說：「通常不代表永遠。」

戴比斯先生說：「啊。」他比父親年長，身形圓潤，有一雙淡藍色的眼睛。他與一群孫兒住，農場在田地的另一頭，牛油和她的小牛，還有洛莉、小鳥、米妮及她們的下蛋盒都在那兒。

「瑞秋她八成是想向玉米道別吧。沒什麼，華特，沒必要大驚小怪。」

父親動也不動。他的四肢瘦長，皮膚曬成金黃色，像乾掉的葉子。

「今天這種日子，」戴比斯先生說，「大家都不好受。」

父親抓著皮帶尾端，把皮帶抽出來。「她不學好，對她也沒好處。」

「那也晚點再說吧。」戴比斯先生說，「我載你們過去還得趕回來。」她的血在血管中凍成冰。

父親鬆開皮帶，重新穿進皮帶環，點點頭。「那就晚點再說。瑞秋，和我坐後面。」

母親和戴比斯先生互看了一眼。母親在她身旁跪下，把她的帽帶在下巴綁好，然後轉身抱著喬治爬上高高的前座，坐在戴比斯先生旁邊。

「馬。」在母親身旁坐好後，喬治說，「這匹是羅賓，這匹是杜利。」

「小傢伙很會認馬呢。」戴比斯先生說，「別擔心，小喬治，鎮上也有馬，而且還不少呢。」

父親抱她上了馬車後方，他們並肩坐著，雙腿懸空搖晃；父親修長的腿穿著黑褲子，她的腿包在骯髒潮濕的裙子裡。她的書安然地放在身旁。馬車猛然一震，開始前進。瑞秋可以感受到馬兒的力道，以及牠們強健的肌肉和緊繃的脖子。他們經過老家的房子；大家有記憶以來，黎赫家代代都住在這裡。他們行經田地旁邊，駛向車道。玉米搖擺著，好似在向她揮手。

父親把帽緣朝眉毛壓得更低。「妳再這樣亂來，」他說，「我就要打妳屁股，讓妳一個禮拜都沒辦法坐。」

「好，爸爸。」

他把手滑進外套口袋，再掏出握起的拳頭，在她面前張開。他手中拿著掌心大的小玉米穗，裹著紙一般的外皮。他剝開一片片皮，拉掉絲絲捲鬚，直到露出玉米穗——小巧、金黃、飽滿，在晨光下發光。

他咬了一口，然後交給瑞秋。她用小手捧著兩端，感受玉米穗的平衡和重量。她也咬了一口，口感新鮮清脆，溫暖濃醇。

「妳再也嚐不到這種美味了。」父親說，「沒什麼比得上自己田裡新採的。」

馬車開到車道盡頭，轉上筆直悠長的路，駛向他們的新家。新家靠近父親的新工作地點，遠離這片田地、這間房子，還有她的整個世界。不遠不近的山丘上有兩棵橡樹，樹下是父系家族所有祖先的墳墓，白雛菊散落其間。她手腕附近的雪白肌膚留下父親紅色的指印，很快就會變成深紫色的瘀青。馬車搖擺前進，瑞秋吃完剩下的玉米穗，品嚐每一口即將消逝的甜美口感。

# 第三章

## 昆士蘭省布里斯本，一九八六年

茵嘉・卡爾森是二十世紀的巨星、光芒，風靡一時。她的美貌幫她加分不少，畢竟人的天性如此。她的文字盛載著對全人類的感情，一種希望大家共好的群體同理心。她生於奧地利山中的森林小屋，三個月就會坐，六個月就拿起削尖的鉛筆，還不到一歲就對不識字的務農父母說「我看到鳥」。八歲時，村人集資送她上學。她一出生就與眾不同，萬中選一。

凱蒂・沃克並非與眾不同，也不是萬中選一。她二十八歲，與茵嘉・卡爾森辭世時同年。大家都認為凱蒂會上大學，她也唸了幾年，但是後來一切都走了樣，父親生病了。二十一歲時父親過世，走樣的一切再也沒有恢復。學校的女同學現在都成了母親、護士或老師。每隔幾年，河城讀者書店的兼職員工會搬去巴塞隆納、倫敦或米蘭，到文學經紀公司或露天酒吧實習，然後有另一批更年輕的員工進來，凱蒂照樣訓練他們，容忍他們自認能成大事的輕率自信。有時她在街上與女人擦肩而過，看她們身穿套裝皮鞋、手提公事包，會好奇她們知道什麼她不懂的事。有時她醒來，會深信自己正身處老家臥房，窗戶在右手邊，粉紅色床罩的軟毛邊緣抵著下巴；如果她繼續緊閉眼睛，父親便會進來，拉開窗簾，親吻她的額頭。每天早晚她都刷牙洗臉。她不害怕吃苦，卻害怕回報。她很瘦，而且不以爲意；她對柔軟、清晰、愜意、舒適的一切存疑，彷彿只要選擇了簡單的路一次，就會安逸到死。

她走進家門時已過了下午四點，紅金色的太陽很快就會從庫薩山的電視塔後方落下。凱蒂渾身濕黏，眼睛發癢，前臂逐漸泛紅，腳跟長出新的水泡。在回家的公車上，她不斷地打開袋子，檢查那張素描紙。

她打開門，一股發酸的濃稠悶熱空氣飄過。她朝走廊大喊「哈囉」，帥哥和特莉絲也喊了回來。她把鞋子脫在走廊入口，和其他鞋子一起排好。

她與帥哥和特莉絲同住在一棟房子裡，但不算共居住宅。那段日子早就過了——在窗台種大麻，大型垃圾收運日去搜刮別家的客廳，每樣家具都有菸痕，西區、高門丘和達頓公園搖搖欲墜的工人小屋瀰漫著胡椒和義大利麵特有的味道。現在他們住在歐肯花區，房子幾乎不斜了。帥哥和特莉絲住在左邊兩間較小的房間，一間當臥房，一間放衣服、運動器材和書桌。

凱蒂住在右邊較大的房間，房內壁板寬大，天花板挑高，方窗可俯瞰一小塊花園和非種不可的藍花楹，春天時人行道旁會開起一片紫色。牆邊擺著父母留給她的沉重橡木衣櫥，面板有刻紋，中央還有面鏡子。她的書堆放在各個角落，或是疊放在遠方牆上用磚塊和木板做成的架子上，不過數量沒有想像中多——她喜歡優雅的圖書館。床邊擺著父親的那本《萬事皆有終》，以及《血字的研究》和《福爾摩斯回憶記》。

相對於普通二十幾歲單身女子的房間，她房內的灰塵較少。梳妝台上除了實用的各式用品之外，還擺了一系列奇怪小物：一些外國錢幣，以體積來說未免太輕；她在街上找到的閃亮黑色骨牌垂飾；十幾根微小的白骨，晚上在指間滾來滾去頗爲紓壓；一顆渾圓的綠色玻璃彈珠，不管天氣如何都是冰的。

她把袋子丟在床邊，拿出珍貴的紙，釘在軟木塞告示板上。稍後她會抄寫這段話兩次：一次寫在袋子裡的紫色封面筆記本上，一次寫在另一張紙上，藏進床頭櫃抽屜。

不過，她先打開粗麻布袋，拿出已看不出是食物的蔬菜捲，走過寬廣的叢林走廊，經過多層白色鐵架、倒著放的水果箱和生鏽的矮凳，上頭擺滿塑膠花盆種的花燭、蕨類、白鶴芋和虎尾蘭，葉子濕潤得像剛灑過水。客廳/餐廳/廚房是狹長的開放空間，餐桌另一端的塑膠高架上放著電風扇，正左右搖著頭彷彿在表達不滿，發出如蟲般的嗡嗡叫聲。

帥哥躺在沙發上，關了靜音看電視。他還穿著籃球球衣，挖低的領口和大大的袖口露出精實的胸肌。凱蒂用屁股推他的腳，直到他把腳挪開。

「今天如何？」他仍盯著螢幕對她說，「賣了很多書嗎？」

「我今天休假。」

「有人運氣不錯喔。」

特莉絲在廚房裡攪拌著凹陷的鋁鍋，裡頭肯定是辣椒扁豆湯。她身穿寬鬆襯衫，帥哥的過長牛仔褲皮帶固定在她的腰間。

「你們都知道這是我這個月最後一次煮晚餐了吧？」特莉絲說，「我要交很重要的報告。」

帥哥說：「知道了。」

「我不是說叫披薩喔。我們說好了，要吃蔬菜，要省錢。凱蒂？」

然而凱蒂的心在美術館外，聽女子——瑞秋——引用殘片的句子。

特莉絲說：「地球呼叫凱蒂。」

凱蒂．沃克和特莉絲．杉希帝是學生名單、應試名單和學籍名單最尾巴的兩個名字。十八年前，公立學校過度繁忙又資源不足，唯一的音樂教育日帶她們去市政廳聽交響樂團表演，結束後要回家時，發現學校租的巴士少了一整排椅子。鮑威爾老師這下面臨兩難：要不叫全班一起等另一台巴士，不然就相信特莉絲和凱蒂能乖乖待上一個小時，等老師回來接她們。果然，一個小時後她們仍坐在一模一樣的地方——特莉絲扭傷了腳踝，凱蒂全身濕透，聞起來像是苔蘚和鴿子大便，兩人都咯咯笑個不停。從此，她們建立起心靈姊妹般的強韌羈絆，陪伴她們走過各個階段——不同的高中，許多任男友，特莉絲認識帥哥，帥哥搬進來。特莉絲的母親奧琳匹亞每年都會邀請凱蒂共進聖誕午餐，父親節也會爲大夥規劃忙碌的行程。

「嘿，」帥哥對她說，「醒醒，澳洲。」

「我剛聽到不可能的事。」

「依照定義，」特莉絲說，「只要發生了就有可能。」

凱蒂走進廚房，把蔬菜捲丟進垃圾桶，從冰箱裡拿出玻璃瓶裝水，倒了一杯，先靠在額頭，再一口氣喝乾。她走到餐廳的另一側，調高電風扇的風速。她在吹送的風前撩起背後的頭髮，感到脖子又濕又黏，電風扇的嗡嗡響在她的皮膚下共振。她覺得好像見鬼了。

特莉絲說：「妳瘋了嗎？不要這樣吹，會脖子痠。」她拿湯匙敲敲鍋緣。「再半小時就好了。」

帥哥說：「裡面有什麼？」

「東加西加，什麼都有，機器人才看食譜。好啦，發生什麼不可能的事？」

「我碰到一個老太太，她引述了一句話，出自一本沒人讀過的書。好吧，三〇年代有兩個人讀過，但都過世了。這本書現在沒有成書，只剩幾張燒焦的紙頁。」

「茵嘉誰誰誰的書，那本失落的名小說？」帥哥說，「別露出這種表情，我是工程師，不是拉不拉多犬——我們在學校讀過《萬事皆有終》，還有《梅岡城故事》和《羅密歐與茱麗葉》，我也會讀書，好嗎？她的作品其實還不錯，大家也都喜歡未解的謀殺案。昨天報紙有刊登她的照片，她看起來好緊繃，像恐怖的性感修女。」

「老太太只是在胡說。」凱蒂繼續說，「一定是在胡說。」

「你們誰來嚐嚐看。」特莉絲拿起湯匙，像準備起飛的飛機。

帥哥搖搖頭。「我不想破壞驚喜。」

「『凶手不是他們』。」

「誰不是誰？」

「黑手黨，我猜是說黑手黨不是殺害她的凶手。老太太說的，然後就引述了那句話。她的語氣很特別，感覺她知道這句話會令我痴狂。」

凱蒂意識到女子的表情就像魔術師要翻開你記下的牌，微微露出期待和掌控全局的笑。

帥哥說：「算了吧，小凱。有時候別人亂說話，就爲了浪費妳的時間。」

「但如果不是呢？她怎麼會知道那句話？大家都認爲讀過那本書的兩個人死了，但如果不是呢？」

「小凱，妳也知道我是死忠的昆士蘭迷，可是——卡爾森什麼時候過世的？戰前？——如果有個老太太一九三〇年代在美國讀過那本書，我不認爲她會住在布里斯本。」帥哥關掉電視，小心翼翼地緩步走到廚房；他彷彿要避開草地上一堆帶刺雜草似地翹起腳趾。他站在特莉絲身後，伸出雙臂抱住她，接過湯匙攪拌起來。他一百九十公分高，特莉絲一百五十七公分。他抱緊特莉絲，而她露出微笑。

凱蒂覺得他們的關係既鼓舞人心，又令人鬱悶。

「爲什麼？」凱蒂說，「爲什麼她不會住在這兒？」她的父親曾說：「布里斯本就像你的家人：你可以把它批得一文不值，但絕不准別人胡言中傷。」

「天哪，你全身都好臭。」特莉絲愉悅地說，「去洗澡啦。」

帥哥誇張地聞聞腋下，親吻特莉絲的臉頰，然後走向走廊。「小凱，妳碰到的小老太太就想搬弄是非，她是經驗老到的惡作劇專家。」

凱蒂說：「大概吧。」

特莉絲說：「絕對是。」

沙發空出來了，凱蒂伸展身體躺下，把抱枕摟在腰間。「後來我又回去展廳，詢問置物櫃的服務人員和警衛，結果沒有人記得她。」

「妳一點都不奇怪。」

「她的名字叫瑞秋。」

「妳讀太多小說，太多虛構的故事了。妳應該多讀傳記，或囚犯的故事，那也不錯。不過今天去美術館很舒服吧，那麼涼。打什麼籃球，他一定是瘋了。我和麗莎去看電影。」

各種可能，無止盡分歧的情境，全在凱蒂的想像中纏繞。

「要是有人找到一齣我們不知道的莎劇呢？或者哈波．李除了《梅岡城故事》外還寫了另一本小說，有人讀過，還記下來呢？」

「可是她沒有。」

「要是有呢？妳想像看看。」

「味道和我想的不太一樣。」特莉絲把湯匙湊到唇邊，「或許我應該量一下辣椒的量。」

凱蒂說：「『我們在世上過的每一秒，以及其中眞正有意義的瞬間』。」

「妳講到書就這樣耶？」特莉絲說，「我猜每個人都會對某件事痴狂吧。」

□

晚餐時，凱蒂胡亂灌下非喝不可的扁豆湯，帥哥和特莉絲則聊起今年選舉，討論昆士蘭省省長喬赫能否連任（特莉絲：可以。帥哥：不行），還有瘋子樂團是不是澳洲史上最讚的樂團（特莉絲：是。帥哥：不是）。他們的對話像霧飄過凱蒂身旁。

吃飽後，帥哥負責洗碗，她負責擦乾碗盤，這時決心開始長出如蛛絲般的根。稍晚她洗頭時，根紮得更深，把捲鬚探進她的想像，緊緊抓住。等到就寢時，凱蒂知道自己已徹底下定了決心，這輩子沒有哪件事顯得如此清楚過。

她要找到那個圍圍巾的女子。

人生鮮少會突然感到意識無比清晰。她在上百本書中讀過中選之人的故事，現在她興奮地想，輪到自己了，她等待已久的無名目標。她想像茵嘉・卡爾森親自支援她：殺害茵嘉・卡爾森的凶手從未受到制裁。茵嘉用父親的聲音向她私語。她對每個人說話，卻讓你覺得她只對你說。

午夜，凱蒂獨自躺在床上，天花板上的風扇搖晃得嗒嗒作響，燈泡在上頭燃燒。她才關燈，一隻蚊子便俯衝飛向她的耳膜；她一把燈打開，蚊子又消失了。

她對天花板角落的壁虎說：「別偷懶。」牠用舌頭舔了舔眼睛。

# 第四章
## 賓夕法尼亞州阿倫敦，一九三三—一九三六年

瑞秋在鎮上的房子度過十歲、十二歲、十四歲的生日。小房子位在一排住宅中央，什麼都和磚塊馬路一樣堅硬紮實，四處都看不到綠色黃色，風向改變時也不會像玉米搖擺。到處都是人，瑞秋聽到他們在牆的另一側呼吸、朝尿壺尿尿，或者咳嗽。在牆的這一側，他們全睡在同一間房裡，瑞秋的父母華特和瑪莉，還有她和喬治。一開始因爲賣掉農場還清了債，所以好睡多了。

她母親做起餅乾和豆子，還有賓夕法尼亞州最好的醋餡餅，畢竟不管住在哪兒，他們仍是鄉下人。她父親帶他們去河邊野餐，瑞秋把整條河，包括深處和淺岸都摸得透徹。他帶他們去參加教堂的合唱活動。左鄰右舍大多在礦坑工作，但華特很幸運，靠著修理農場機具的能力，成了絲綢工廠的維修員，薪水優渥。他是大批女工中少數的男人，他工作努力，鮮少抱怨。好一陣子，他都沒從褲子的皮帶環抽出皮帶。好一陣子，瑞秋的父母幫她擋住了世界。母親待在家裡縫紉、照顧喬治，瑞秋則繼續上學。擁擠的學校位在工廠另一側，瀰漫著腳臭。她在默讀和朗讀排名第三，拼字排名第四，但碰上算術、歷史和針線活，她連眼睛都撐不開。回家路上，她會摘下偶然瞥見、正在生長的罕見植物——坍倒破牆上的爬藤、人行道裂縫中奇蹟般冒出的寬葉野花——種

在裝滿泥土的蛋殼裡，如果活下來，再移植到從垃圾堆搜出的生鏽罐子，排在窗台上面向陽光。她伸手撫摸時，植物會搔癢她的手掌。

瑞秋十五歲了。她好多年沒看過農場，也習慣了城市的木材冒煙和腐爛氣味。一家絲綢工廠倒閉，接著又關了一家。華特保住了工作，但薪水少了四分之三。瑪莉也必須工作了，不過他們依舊幸運，她在華特的工廠找到紡織女工的工作。現在整個州有一半的人失業，大家都在餓肚子。人民走上街頭；童工發起罷工，反對平常每週五十四小時的工時，爭取較短的勞動時間和基本工資，取消受雇前必須支付的教學費用。每個週日，瑞秋都在房子旁的一小塊地上犁田，種下蕪菁、豌豆、番茄和馬鈴薯。除了去免費圖書館或埋頭讀書，她最喜歡在這兒用手指觸碰泥土。她溫柔地誘哄作物，而它們也會對她說話。

她父親沒有幫忙。他站在一旁抽菸，看她跪在土裡，彷彿他這輩子沒種過任何東西。

她讀了《山月桂》，知道主角瑪姬的負擔比她重多了。她讀了《大地》，並期許自己和阿蘭一樣忠誠有理。她把日子花在閱讀和種植作物上：人生還能更美好嗎？

後來瑞秋必須休學，照顧喬治和家裡。她早知道如何拿熱水煮衣服，擦地前要先掃地，如何燙平衣服。她知道怎麼做家事很久了。

□

瑞秋快要十八歲時，有一天被瑪莉的咳嗽聲驚醒。她到工廠工作不久就開始乾咳，而且狀況越來越糟，病情惡化了數個月，頭髮都白了。她不時的喘息融入生活的背景音——房子後方軌道的哐啷聲，左右鄰居的怒吼和放屁聲。瑞秋煮水製造蒸氣，華特則是來回踱步，看著瑪莉的嘴角逐漸泛藍。她的每一口氣似乎都可能是最後一口。

「喔，親愛的主啊。」華特用指甲搔搔頭頂，「她是個好女人。」

他們把大家的外套蓋在她身上，搓揉她的背和腳，泡紫草茶給她喝，但她幾乎無法下嚥。華特的扁酒瓶裡有一些威士忌，夫妻倆常爲此爭吵，但現在他用酒滋潤瑪莉的嘴唇，她毫無抵抗。喬治不知怎麼在他和瑞秋共用的床角睡著，沒有目睹最糟的時刻。看她大口喘氣，宛如看她在空氣中溺水。瑞秋願意犧牲一切，只求母親康復。她覺得白天似乎永遠不會來。

□

不過天終於亮了。瑪莉撐過了這晚，睡著了。她的頭髮汗濕，呼吸依然有雜音，但睡得很沉。瑞秋和父親都整晚沒睡。

「去換衣服，」他對她說，「外出服。」

她聽話照做。她煮了燕麥粥當早餐，留一些用碗蓋好，給母親和喬治。她穿上母親的外套和靴子，隨華特一起走進晴冷的早晨。

他們快七點抵達工廠，走過一排排永無止盡的織布機，有些已經哐啷作響，有些剛剛發動。操作機器的都是女人，沒有人看他們一眼。瑞秋從未想像過這種聲音，此時正占據她腦內腦外所有的空間。不過工廠的窗戶很高，室內還算溫暖。她心想，這些老闆人眞好。幾天後她才知道，手指冰冷容易出錯，女工也需要光線才能看見絲線的缺陷和弱點，所以這個房間與所有舒適的待遇，都是爲了絲綢好。

工頭汀利先生在窗邊一排紡織機的盡頭。父親抓住她的手腕，帶她過去。

汀利先生以蓋過機器的聲音大喊：「她是誰？」他的襯衫勉強算白，穿著外套，不像廠內其他男人，他們大多像她父親一樣是維修員。

「我的大女兒瑞秋，來頂替黎赫太太。」父親的語氣令她想起離開農場那一天。

汀利先生退後一步，從頭到腳打量她。「頂替？你當我是慈善機構嗎？我有一堆女生等著上工，名單和我的手臂一樣長。」

「沒有必要。我太太是優秀的女工，她明天就會回來。」

汀利先生吸了吸牙齒。「手。」

瑞秋不懂他的意思。

「瑞秋，給汀利先生看妳的手，快點。」

她把雙手舉到面前。汀利先生抓住她的手，翻過來，用粗糙的拇指刮過她的手掌和手指，接著出乎意料之外，他猛然把指節用力戳向她的手指與掌心相接的柔軟之處，從頭到尾直盯著她的眼睛。她急抽了一口氣，但沒有甩開手。他的手溫熱肥滿，像生肉。

「太軟了，」他說，「沒用。她這輩子沒好好做過一天活。」

「她上過學，所以動作快，又乾淨。」

「我們不需要上過學的女生，你沒幫上她什麼忙。」

「大部分女生可能是這樣沒錯，但瑞秋不一樣。汀利先生，她是好幫手，」她父親說，「很聽話。」

「嗯，」汀利先生說，「我倒是很需要聽話的女生。轉身。」

她緩緩轉了一圈。

他說：「以十五歲女生來說，她算高了。」

「汀利先生，」她父親說，「她母親拿成年女工的薪水。瑞秋十八歲，差不多了。」

「眞可惜，我需要十五歲女工來頂替你太太的位子，不然工作就要給下一個名單上的女生。我們問問你女兒吧？瑞秋，妳幾歲？」

瑞秋看著父親。「先生，我十五歲。」

「看來上學還是挺有用的。安妮！」汀利先生叫來一名頭包圍巾的年輕女孩。她在機器間跑來跑去，臉色泛紅，一手拎著裙子，一手拿著空線軸。她跑過來。

「帶小瑞秋過去，教她妳的工作。機靈點。」

安妮扭扭頭說：「過來吧。」

□

隔天瑪莉沒有回工廠。她走路會喘，不出十幾步就會頭暈，每吸一口氣，肋骨都會震動壓擠。於是每天早上，瑞秋把頭髮塞進髮網，把圍裙放進衣物袋，和其他女孩一起走去工廠。絲線與臉頰內側一樣柔軟，也和鋼纜一樣強健。起初瑞秋負責搬運線軸，在機器間來回跑動。她上十二小時的班，外加週六半天。纖維變成線縷，線縷變成紗線，紗線捲成一綑，整綑清洗後曬乾，運去染色，再運去織成褲襪和布料。天氣一天天變冷。回家後，她吃完飯會拿熱水泡泡腳，然後馬上就睡著了。

「妳沒有和工廠那些平民女生說話吧？」有天晚餐，瑪莉喘著氣緩緩對瑞秋說，「假如她們和妳說話，妳就撇過頭。她們很快就會知難而退。」

父親說：「如果她一直這樣，會待不了兩分鐘。」

「我們不是真的工廠工人。」

華特說：「我們現在是工廠工人了。」

瑪莉伸手撫平瑞秋翹起的領子。「妳爸爸的家族擁有這座山谷的土地。妳只要潔身自愛，好事就會來。」

華特猛然站起身，宛如蠻力爆發，椅子往後倒在地上。他從鼻子哼出一聲，拿起盤子，摔向牆壁。

喬治驚叫起來。盤子碎成三塊，灰泥牆也破洞崩落，像雪片落下。

「我們現在就是這樣。」他說，「我們就是工廠工人。妳再多說一個字，瑪莉，妳再多說，就別怪我了。」

他拿起外套，走出門外。

□

瑞秋在工廠看到全新的父親。以往在農場，他日出而作，獨自去玉米田播種、照料作物，或駕駛拖拉機拖著收割機。他晚餐喝湯時都會打瞌睡，幾乎沒時間看孩子。現在她在一排排機器間跑動遞送新線軸時，會看到他四處維修每台機器。她看到他讓小零件和工具掉在地上，女孩便會彎腰幫他撿起來。他和汀利先生隔著廠房向對方微笑，彷彿他們會說一種女孩不懂的語言。他在家鮮少說超過十幾個字，然而在工廠，他和每個人聊天，他會說笑話，掌控整個工作區。面對新來的女孩，她父親是一人歡迎大隊。**妳從克里夫蘭來！我也是呀！我叔叔法蘭克是克里夫蘭人！我在那兒待了很久，很棒的小鎮。我打賭妳是鎮上最漂亮的女生。**

第一週後，他不再與瑞秋走路回家。他告訴她，工時越長工資越高。**妳自己走吧**。有天晚上，瑞秋到鎮上母親的朋友家拿滋補劑，途中經過一家小酒館。透過窗戶，她看到父親坐在吧檯，張開雙臂，正在講故事。汀利先生在他旁邊，仰頭狂笑。她獨自走回家，冰冷的拳頭緊握著小瓶子。

當天稍晚，父母在廚房爭執的聲音吵醒她。「我結識那個女人，只是爲了消磨白天的時光。」她聽到父親說，「我不管妳以爲妳看到什麼。」

# 第五章

## 昆士蘭省布里斯本，一九八六年

週一早上，凱蒂騎腳踏車到河城讀者書店。路上改革的痕跡極為明顯，昆士蘭省的「民選」官員渴望城市變得成熟——更高大、更閃亮、更世界級。建築不斷消失，取而代之的是停車場、深坑，以及鋪滿反射玻璃的尖塔。高樓讓城市變得更熱，布里斯本市民很快便學會垂下視線。七〇年代末期，昆士蘭省政府非法剷平名下有近百年歷史的貝爾維飯店，把精美的鐵花窗當廢鐵賣掉。雲境舞廳的拱形屋頂近十八公尺高，許多小燈照亮室內，舞廳以露天地面纜車連接市內，美國歌手巴迪・霍利、澳洲歌手強尼・歐基夫、午夜石油合唱團和聖徒樂團都曾在此處表演。四年前，拆卸工程的鐵球在凌晨四點擊穿舞廳。

凱蒂在開門前十分鐘抵達書店，把腳踏車扛到後門樓梯下放好。她的袋子裡裝了保溫瓶和一顆蘋果，鑰匙用繩子掛在脖子上。她感覺渾身發熱——在她腦中，與其和上班族一起擠公車，快速騎過米爾頓路似乎涼快多了，但現在她後悔了。她從辦公室的小冰箱拿出一把大小不一的冰塊，用茶巾包起來，按著喉頭。

開燈拿出吸塵器之前，她站在兩張「特別」的桌子之間，閉上雙眼，伸出雙臂。小說擺在右側的牆面，傳記和旅遊書擺在左側，這麼多真實和虛構的故事。她心想，要是能讀更多就好了。讀書是時光旅行、太空旅行、調劑心情的藥物，也是心靈融合、心電感應、前世回溯。她無法理解怎麼有人能站在這兒，卻感受不到書中的魔法。

大門滑開。克莉絲汀抱著滿懷的包裹，同時拿著鑰匙和午餐盒。無論天氣如何，她都穿花呢裙子，上半身搭配T恤和棉質開襟衫，臉上掛著無害的惱怒表情。凱蒂沒在室外見過克莉絲汀，但她的肩膀和上胸就像標準的昆士蘭人——密集又明顯的白色褐色斑點散落在亮紅的肌膚上，像乾河系統的空拍圖。

克莉絲汀看到凱蒂伸長雙臂，舉起手掌。「妳看起來好像要指揮貝多芬的第五號交響曲。」

「我在與大自然交流，」凱蒂對她說，「等我一下。」

凱蒂自十五歲以來就斷斷續續幫克莉絲汀工作。在凱蒂眼中，當年的克莉絲汀感覺年過七十，隨著自己漸漸長大，現在的克莉絲汀則大約五十歲。她有各種度數的閱讀用眼鏡，依照眼睛的疲勞程度替換配戴。她每天都從盒子裡直接拿紅鬱金香牌的餐後薄荷巧克力來吃，皺皺的空包裝掉得滿地都是，被不知情的客人踩在腳下。凱蒂的父親過世時，克莉絲汀仍對她公事公辦，板著撲克臉，沒有可憐她，也因此讓她忘卻悲傷。凱蒂剛認識克莉絲汀時，深信她讀過每一本英文書，不過現在她對這種事有概念多了，知道頂多九成吧。

凱蒂放下手臂，結束交流。克莉絲汀走到她身後，幫她把上衣標籤塞進衣領。

「怎麼樣？」克莉絲汀說，「殘片的展覽。符合妳的期待嗎？」

「超越預期呢。」

凱蒂打開日光燈，燈光閃爍嗡嗡響。她告訴克莉絲汀在展場的奇遇，這回再講起來感覺更瘋狂了。

「眞沒想到，」克莉絲汀說，「報紙上可讀不到。」

克莉絲汀坐上櫃台後的凳子，幫幾位早到的客人服務——常客來取訂書、閒逛的路人在牙醫約診時間之前進來殺時間。凱蒂猜想還沒人拆封週五下午送來的貨，於是走到後方，果然看到貨物放在角落。她不介意，她喜歡與箱子獨處。這兒可見凹陷的扶手椅和水槽，還有來歷不明的各式茶巾，幾個裝著洗碗水和湯匙的馬克杯，水面漂浮著茶葉。店裡有一堆訂單等著核對，她有很多事要想。

等到中午，她再也忍不住了。

「妳下午需要我嗎？」

「妳本來就該請連休。我打電話叫丹來，多上幾個小時的班對他比較好。」克莉絲汀的手已經伸向電話。

「妳確定沒關係？」

「別開玩笑了，妳在這兒待的時間比我還長。我只希望妳是去約會，但我想不可能十全十美吧。」

凱蒂曾爲情所傷，不過是很久以前的事了。現在她會不情願地嘗試約會，偶爾和朋友好意介紹的朋友吃頓晚餐應付一下。六個月前，她挺過極爲糟糕的一夜情，對方是她高中認識的男孩，他現在皮膚好多了、衣著也好多了，但還是那麼自以爲是。年末三十，她已感到人生萎縮成每天溫和不變的生活，在自己建構的舒適牢籠中來回踱步。她需要與人碰撞，搗亂常規。她知道不能繼續這樣下去，必須解決憧憬與恐懼之間的緊張關係。

但不是現在，現在她有別的事要處理。凱蒂抓起袋子。室外天空淡藍晴朗，她走向城市遠端的昆士蘭科技大學，一路上盡可能躲在陰影下。

圖書館並不擁擠。她熟門熟路，不久便在參考書區的《美國文學簡明指南》找到她要找的資訊。

> 茵嘉・卡爾森（一九一〇年生於奧地利普賴特內格；一九三九年死於紐約市），美國作家，著作包括普立茲得獎作品《萬事皆有終》（一九三五年）及失落的作品《每日，每分》（一九三九年）。卡爾森的作品探討寬容、不公義及平等議題。她留給後世的小說，主角是奧地利移民的美籍女兒凱登絲・威爾斯，面對歐洲極權主義高漲，她必須保護父親不受過去所害。因為被大量研究的剩餘頁面「殘片」上出現「凱——」的文字，部分學者認為卡爾森

失落的第二本小說是該作續集，或是前傳。麥羅・哈洛蘭教授指出：「『凱──』一字明顯是指稱凱登絲・威爾斯。」（反對論點請參考莫瑞・克林教授的著作《創新考驗：重新定義茵嘉・卡爾森的文學遺產》）讀者可能永遠無法得知《每日，每分》的確切主題。一九三九年二月，由於讀者高度期待，加上有人意圖竊取小說鉛字版，出版方採取了嚴格的防護措施。唯二讀過原稿的人是卡爾森及她的出版商兼編輯查爾斯・克里本，兩人皆在倉庫的縱火案中喪生，大火也銷毀了所有完成的小說成書，以及裝有鉛字版的保險箱。警方調查並無定論，但克里本與案件的關聯仍廣受臆測。卡爾森研究學亦延伸出分支，研究火災的原因。（請參考維吉尼亞・克雷的《鑑識科學揭露的茵嘉・卡爾森謀殺案》；華勒斯・菲力彼的《背叛：美國傳奇之死》；史奇普・約翰森的《黑幫暗殺：聯邦調查局如何辜負甘迺迪總統和茵嘉・卡爾森》。）

這條條目連到另一條，再連到另一條。每一條講的都一樣。世上有兩個人知道小說內容，而兩個人都過世了，沒有其他人知道。

午餐時間過去很久之後，她才想起蘋果。她走去置物櫃，探進袋子裡，摸到一張對摺揉起的紙，上頭還沾了昨天蔬菜捲的番茄漬。原來是今晚有關茵嘉・卡爾森生平的演講傳單，講者是退休學者詹姆・加尼維博士。傳單上寫，**澳洲研究卡爾森生平及作品的頂尖專家難得公開演講**。假如女子瑞秋真的知道失落小說中的句子，她應該去請教他。

□

當天下午，她沒有騎車回家，而是在薄暮時分騎到達頓公園。她牽著腳踏車走過嘎吱作響的木棧橋，登上開往昆士蘭大學的渡輪，剛好看到一大群黑色狐蝠從上游的因杜魯皮利島棲地飛來。她是唯一的乘客。微風吹拂，但潮汐很強，她聽到浪敲著船首，看到光點在河面閃爍。河，校園，燈光的角度。在薰衣草色的時刻，沒有地方比得上這兒。

一百萬年前她父親還在世時，她在這兒唸書。她記得第一次看到廣大的綠色運動場和砂岩建築時有多麼激動。規矩整潔的環境讓她開心。世上沒有別的草地鋪得如此舒適，如此碧綠，沒有別的樹叢剪得如此精準，沒有別的噴泉能噴出如此優雅的弧線。她班上有名看似亞洲人的男孩，她在走廊上與戴異國頭巾的女子擦身而過。週五晚上，她在學生俱樂部看同學暢飲班達柏格蘭姆酒和可樂，彷彿生來就要開心談笑。她感覺拿到通往大千世界的護照。現在學校花園顯得頹喪，每一株生長不良的植物都像古代中國女子變形的小腳。校園有力場包圍，她差點掉頭回家。

不過她還是找到演講廳，把腳踏車鎖在門口。室內坐滿了人，但不是學生——學期還要一個多禮拜才開始。她很幸運在後排門邊找到位子，座位往下面向講台。美術館的策展主任麥肯・

柯比已站在台上，他看起來頗爲開朗，或至少裝得很像。他談起殘片，規劃將展品帶來這兒的多年歷程，保險的挑戰，物流的惡夢，展品空運時不眠的夜晚。他說殘片在商務艙有專屬座位，可惜沒能好好享用免費香檳。這番努力——他表現得像身負重任的天才，像不受尊重的辛納屈準備高唱〈我的方式〉——看到大眾的迴響都値得了。柯比說，看看排隊的隊伍，看看隊伍和媒體報導。最後他介紹這位退休的專家。講者大學主修英國文學，論文研究「浪漫和平主義：茵嘉·卡爾森小說中的道德、政治與寬容」，碩士研究「道德敘事與其在社群扮演的角色：《萬事皆有終》的全球影響」，博士研究「幻想的英雄與投射的危險：茵嘉·卡爾森生平及著作中身分的本質」。他曾在哈佛大學進行博士後研究，多方發表論文。學界失去他是民間的福氣。他是詹姆·加尼維博士。

她發現她聽過這個名字。夏洛特街上的加尼維珍本書店。

加尼維博士從第一排的座位爬上台。她意識到他並非屆齡「退休」，只是離開學界；他還不到三十五歲，不過頂著一頭胡椒鹽色的頭髮，過長的飄逸髮絲垂在眼前。他身材厚實，牛仔褲包著肥滿的大腿，開襟襯衫露出下巴掛的肉，看似早衰的辯論社社長。他走上講台，摘下眼鏡，用沒紮的襯衫擦一擦，又戴起來。他的臉太靠近麥克風了。

「呃，」他說，「哈囉。」

回聲尖銳極了，大家都揪起臉。

「對不起。這樣比較好嗎？大家都聽得見嗎？」

觀眾要不是睡著，就是死了。他攤開一疊紙，但紙從講台滑到地上。沒有人動，眼睜睜看著他跪下來，撿起紙張，重新排好，清清喉嚨，再次開始。

「呃。茵嘉．卡爾森，」他讀道，「不是很好的筆友。如同聖誕老人和茱麗葉，她每年收到數百封信，卻從不回信。」

凱蒂替他感到難堪，不過隨著時間過去，他講得越發流暢，他沉浸於講述茵嘉的故事，似乎忘了觀眾。她想起大學時代的明星教授，他們聰明詼諧，會冷面評論學界的敵手和理論家。詹姆．加尼維沒有這些特質，他的真誠幾乎令人痛心。凱蒂感覺得到，他也深愛茵嘉。

她已經知道茵嘉的祖先、父母和童年，她的老家和村莊。不過他很快談起文本評論和文學理論，穿插一些小故事——茵嘉兒時寵物的名字（一隻叫慕希的貓），她早年的工作（她在有聲電影的創始年代嘗試演戲，寫了一本劇本，雖然賣出但沒有製作），以及幾位謠傳的過往情人（服務明星的知名外科醫生、默片偶像康拉德．內格爾）。他談及當年文學知識份子的信件和日記，其中提到與茵嘉見面時口氣粗魯、輕蔑或好色，談論她的作品時則充滿性別歧視。

她的謀殺案——這部分他輕輕帶過。他說他不是偵探，也對這個領域不感興趣。外傳許多理論，大多極爲荒謬，全都與茵嘉．卡爾森留給我們的資產無關。從頭到尾他都低頭盯著講稿。

演講超乎預期。他的字句盛載著滿滿的情感，她可以聽他說上一整晚。然而演講內容沒有能解開她那謎團的線索。

一陣掌聲嚇了她一跳。麥肯·柯比上台收尾，整場演講便結束了。觀眾三三兩兩離開，幾個人走向加尼維寒暄。凱蒂等到最後。他把講稿收進皮書包時，她問他有沒有一點時間。

他沒有抬頭。「我猜有一點吧，」他說，「不過人生在世有多長，誰也不知道吧？」他闔上書包，扣好釦環。

「嗯，」她說，「我是問你實際上現在有沒有時間。」

他抬起頭，皺著眉頭。她第一次看到他的眼睛：深邃澄澈，睫毛長到可以拍睫毛膏廣告，眼眶宛如畫了眼線。喔，天哪，他在學時，足球隊的男生一定很愛欺負他。

「那個，抱歉。」他說，「我不太——」

「不用多久。有沒有可能——」

「沒有。」他說，「不好意思這麼直接，但事實就是：沒有，沒有可能。」

她感到似曾相識。回憶全力襲來——就在這間演講廳，她問了錯的問題，遭到教授鄙視，其他同學訕笑。講師臉上寫滿了任意隱瞞，他握有知識，而她沒有。雖然與昨天美術館門外老太太的表情不同，效果卻一樣。

「你不知道我要問什麼，這個問題很重要。」

「讓我猜猜。」他的口氣並不刻薄。「茵嘉·卡爾森改變了妳的人生，她打開妳的心房，妳讀出奧妙宇宙的訊息，她在妳心中的地位舉足輕重。或者妳在研究寫書，還是拍短片。也許妳已經賣出提案，現在死線要到了。妳認爲茵嘉能讓妳賺飽荷包，或至少揚名立萬，因爲妳從小就愛上她了。」

她感到臉龐發熱。「哇，太厲害了。你不但在我開口前就知道問題，還神祕地預測到你無法回答。你眞該登台演出。」

「呃，對，我在台上沒錯，眞的。」他看看手錶，走到舞台邊緣，下了台階，凱蒂跟在後頭。開朗的麥肯．柯比也在和觀眾聊天，他已經走到走道中段，這時轉過身，揮揮手。

「你講得太好了，詹姆，太好了。精彩至極，辛苦了。」他說，「下星期在展覽會場可以再來一次。『讓我們再次衝向破口』？」

「如果你沒記錯，下一句是『否則便用我英軍的屍體封住城牆』。」詹姆說，「我們說好了，僅此一次。現在我們扯平了。」

「沒錯啦。不過假如你改變主意，打個電話給我，好嗎？你眞是浪費天分，我們莫大的損失。改天再聊？」

柯比小跑步跑向門口，詹姆盯著他的背影，彷彿在大雨中飛奔追趕末班公車，卻眼看著公車開走。四下無人，他停下來轉過身。凱蒂和他的肩膀一般高——他的體型掩飾了他的身高。他把頭穿過書包背帶，拿下眼鏡，用襯衫擦一擦。少了眼鏡，他的眼神顯得更加柔和。她感覺到手臂上的毛髮豎起。她擋住他的路。

「小姐，抱歉。我得先告辭了，拜託。」他繞過她。

「我叫凱蒂。」她脫口而出，「這眞的是我的名字。」

他轉過身。「除非妳幫自己取名，否則不是妳的錯。但妳不是凱登絲・威爾斯，凱登絲・威爾斯是小說裡的角色。」

「我碰到一個女人，她知道殘片上沒有的句子，在兩百頁。」

他看著天花板，一隻手探向後頸，揉揉髮線。「凱蒂，妳想想，妳不知道這個女人是否知道書中的句子。沒有人能確定，因爲沒有人知道其他遺失的句子。」

迷路的食根蟲撞上他們上方的日光燈，一次、兩次。

「聽起來很完美。」

「聽起來像創意寫作課的習題：從殘片兩百頁開始寫，直到寫出一個短篇故事。妳碰到的女子八成是退休的英文老師。」

她說：「不是。」

「不是？」

「聽你胡說。我讀了又讀卡爾森寫過的每個句子，我能一字不漏背出她的第一本小說。每個研究過茵嘉的人，每個認眞鑽研比較文學的人，都認得出那是卡爾森寫的句子。」

「聽我說，」他說，「試著相信我，我是爲了妳好。茵嘉・卡爾森很迷人。美妙的小說，悲慘的生平故事。她有誘人的吸引力，會把人吸進去。」

「對。」凱蒂心想：詹姆・加尼維也懂。

但他繼續說：「年輕聰明的時候，很容易花好多年沉浸在別人的人生當中，一個死人的人生。妳必須抽離，開始過自己的生活，否則茵嘉・卡爾森會奪走妳的人生。等妳反應過來，已經過了好多年，再也來不及反悔了。我先告辭了。」

她不發一語。他轉身離開，獨留凱蒂在演講廳，只有她和一排排空椅子。

□

接下來幾天她都難以專心。她盡量努力工作，回答常見的問題。我在找一本書，妳應該知道吧，黃色的；還有爲什麼現在作者用字這麼低俗，妳可以保證這本書沒有髒話嗎？還有你們有沒有《健康一輩子》這本書？我朋友黛比瘦了三公斤。

幾名友人邀她去黃金海岸渡週末，新賭場剛開幕，就像賭城。他們想看舞女擠進人造寶石緊身衣，戴上羽毛頭飾；他們想拿房租押注生日數字，看輪盤轉啊轉。凱蒂向來不賭博，所以便婉拒了。這段期間，瑞秋就像她鞋裡的小碎石。詹姆・加尼維也是，她忘不了他拒絕時那溫柔的眼神。

週三晚餐後，特莉絲和帥哥在唸書，她則趴在沙發上看《歡樂酒店》和《雙面嬌娃》。播起片尾名單時，她才發現自己不知道麥蒂爲什麼那麼氣大衛，還有大家爲什麼那麼氣山姆。

週四晚上，她洗了髒衣服，掛在房間裡晾乾。

她告訴自己，算了吧。

加尼維珍本書店是古籍經銷商兼拍賣公司，位在舊印刷廠的倉庫裡，附近鬆餅店門口有巨大的西洋棋組。以往學校放假時，凱蒂的父親偶爾會帶她去吃鬆餅，下西洋棋。她記得巨大的士兵和騎士棋子，幾乎和她一樣高。

週五上班路上，她特別觀察阿德雷德街上的櫥窗擺設，注意每個眼神死板的模特兒角度。到了書店，她拿出裝文具用品的塑膠盒，裡頭有量尺、剪刀、釘書機、雙面膠，以及她最喜歡的熱熔膠槍。她心想，來做食譜的展示吧。冰淇淋、沙拉和微波食譜，畢竟天氣太熱，不適合開烤箱。她找來海報和彩帶，用粉彩色硬紙板剪出雪花，拿棉花球做積雪。她想還算逼眞，她從沒見過雪。

她整天除了接待一波波客人和送貨員之外，其餘時間都在櫥窗的梯子爬上爬下。克莉絲汀很滿意。

下午四點，凱蒂發現自己站在加尼維珍本書店門口。

# 第六章

## 賓夕法尼亞州阿倫敦，一九三八年

某個層面來說，工廠和學校沒什麼不同。早到，努力工作，不要出頭。有些女孩十四歲開始工作，現在已能紡織或操作緯管機。這些女孩都是礦工的女兒，吃苦耐勞，習慣冷天氣。她們對家人的生計大有貢獻，但直到結婚都還是女孩，甚至可能嫁不出去。工廠有些女孩都六十多歲了。男人做不來這種工作，只有纖細的手指能順開最高級遊絲線上最小的結。

「在工廠工作。」瑞秋趕去煮晚餐時，瑪莉坐在位子上說，「我媽媽在地下都不得安寧了。我阿姨啊，我絕不敢告訴她。」

「工作對女孩好，讓她們有事忙，不會變成妓女。」她父親說，「當然，有些人已經來不及了。」

他說的「有些人」負責操作後方的機器。露絲、海倫、莉迪亞，其他人則來來去去。她們會圍在一起談笑，呼叫經過的維修員。她們的裙子下露出襯裙裙襬。有時天氣不算糟，她們會在工廠兩廂之間的小中庭吃中餐。她們會站著，因爲汀利先生不想鼓勵閒散的態度，所以不允許休息時間坐下。她們會靠著冰冷的磚牆，一手勾著午餐籃，盡可能壓過牆另一側機器的哐啷聲聊天。

瑞秋上工的第二週，她和安妮站在中庭另一邊，這時海倫說：「唷喔，過來站這裡吧。」安妮猛然伸手抓住她的前臂。瑞秋先感到安妮炙熱的手掌，好奇了一會兒之後，才意識到海倫在叫她。安妮微微地搖了搖頭。

「來吧，書呆子小姐。」露絲說，「別聽那個醜小鴨亂說，不甘她的事。我們不會咬人。」她沒有別的選擇。瑞秋走向其他女孩。安妮雙手抱胸，看她離開。

露絲說：「這不是很好嗎？朋友聚在一起。」

海倫對瑞秋說：「黎赫先生是妳爸爸，是嗎？」

瑞秋點點頭。

「我們沒在舞廳看過妳。」莉迪亞說，「妳是太保守，不跳舞嗎？」

「如果妳想等男生邀妳，得多鼓勵他們。」露絲說，「妳連對他們笑的方式都不對。妳要收下巴，懂嗎？然後從午餐籃中拿出一點東西送他們，展現妳的好手藝。」

莉迪亞說：「送甜食，例如送派，不要送鮪魚酥餅。」

「妳們少煩小朋友了。」海倫說，「這邊的小男生誰在乎呀？」

瑞秋說：「我不會跳舞。」

「妳需要男人教妳，」露絲說，「成年男人。」

海倫說：「成年男人也能教妳其他事。」她伸出一隻手，繞過隱形舞伴的脖子，另一隻手擺在他的手會放的位置，開始左右搖擺，接著一個人跳起林迪舞。

她們咯咯笑了起來，但瑞秋沒有笑。她無法把視線從海倫身上挪開。海倫宛如蛇一般地擺動身體，她很肯定自己根本不該看海倫這樣跳舞。這些女孩頂多比她年長三、四歲，感覺卻像完全不同的人——她們習慣苦活，並不訝異要一肩扛起重任；她們把微薄的薪水交給母親，照顧大量的年幼弟妹，挑水清洗父親的衣服。

露絲拍拍膝蓋，側眼瞥向海倫，一臉不贊同，卻又暗藏敬佩。

海倫說：「幹嘛？」她把裙子撩到膝蓋，再鬆開手。「人生苦短已經夠糟了，不應該還過得無聊。」

瑞秋知道這些女孩是平民，也首次感到或許這值得稱許。在走路回家的漫長途中，她想像舞廳的音樂和搖曳的裙子，這些溫暖的女孩抱著彼此談笑，而她也身在其中。

□

隔天早上，她正準備自己和父親的午餐籃時，父親從院子走進來，一面拉平襯衫。她幾乎認不出他。他的頭髮抹了髮油，滑順黑亮。她沒注意到他留了一抹很有魅力的鬍子，像克拉克・蓋博。他看起來彷彿不曾花無數個月照料玉米，如果不是她的父親，他都可以當電影明星了。

母親坐在屋內桌旁。喬治已經去上學了，他會和同街的一群男孩在路上會合，無疑是要去惡作劇。

瑪莉看到丈夫，開口說：「我的老天，你是怎麼回事？」沉默重得像麵包壓著瑞秋的舌頭。父親扭過頭，猶如大船掉頭。

父親說：「妳在和誰說話，我嗎？」

瑪莉說：「這裡還有別人嗎？」

瑞秋。瑞秋也在這兒，但她懂母親的意思。她在這個家感覺像鬼魂，像可以穿透的一團氣體。縱使她想，她的手也無法抓住父親的手臂，或緊緊摀住母親的嘴巴。

父親一腳踩在椅子的椅墊上，好像這輩子沒有人制止過他。他用袖子擦擦鞋面，左右端詳，吐了一口口水，再擦亮一次。「聽妳那口氣，我以爲妳在和家具說話。」他說，「而不是確保大家有飯吃的一家之主。」

瑪莉說：「如果你少花點錢，別把自己弄得這麼可笑，我們能吃更多飯。」

瑞秋站在窗戶旁，遠在世界的另一端。她看父親站起身，從椅子上抬起閃亮的鞋子，靜靜放在地上。她想阻止一切，她想用手指壓住時鐘的指針，因爲再下去只有一種下場，她很訝異母親看不出來。她必須說點什麼，砸壞什麼，劃破空氣，但她只是鬼魂。

父親舉起右手臂，橫越身子畫出優美的弧線，手掌舉到頭頂。手頓了一下，像擺到頂端的擺錘。沒什麼能改變接下來的風暴，沒什麼好說了。他的手臂一揮而下，身體一扭，滑動的手甩上母親臉頰，瑞秋肚子深處都能感覺到這一掌。父親的手臂繼續優雅滑順地甩動，將母親從椅子上挑起。椅子側倒在地上，她撞上牆壁——砰——然後癱倒在那兒。

一切都靜止不動，瑞秋即使努力也動不了。瑪莉用一手摀住嘴巴，一會兒後，深色的血開始從指縫間滲出。父親走到躺在地上的母親身邊，蹲下來，頭歪向一邊，仔細觀察。她發出咯咯的微響。

他在她耳邊輕聲說：「看妳逼我做了什麼。」

瑪莉翻過身，雙手膝蓋著地跪著。他又站起來，踹了她的肚子一腳，聽起來像藤條重擊厚重的地毯。她倒在地上。

「妳要懂得尊重，瑪莉。」他說，「不算太過分吧。還有弄一下妳的頭髮，現在毛毛躁躁的，看起來像有色人種。」

瑪莉緊縮成一顆球，不住呻吟。她咳了幾聲，一顆白牙滾到發黑的紅血中。

父親說：「至於妳。」瑞秋很訝異他知道她在。她舉起手，轉到正面又翻到背面。沒錯，他看得見她。或者他可以聽到她狂跳的心跳。

「如果妳上班遲到，別指望我救妳。」他說，「還有今天動作快一點，獨腳女孩速度都比妳快。」

他拿起午餐籃，走出家門。當晚和隔天晚上，瑞秋幾乎整晚坐著，等著聽他的鑰匙聲。他兩天都沒有回家。

# 第七章

## 昆士蘭省布里斯本，一九八六年

凱蒂推開加尼維珍本書店沉重的大門，迎面的是狹窄的前廳，ㄇ字型的皮沙發有些裂痕，玻璃展示櫃像柱子般四散各處。後方可見一張層板桌，前面擺了六張塑膠花園椅，數名男子坐在那兒，留鬍子、戴眼鏡的中年男子，其中一人的枴杖靠著大腿。她很訝異，在她工作的書店，男女客人的比例是一比十。

男客人低頭讀著面前攤開的書，不時翻翻書頁，用手指劃過句子，在小筆記本上抄寫。沒有人注意到店門被打開，也沒注意到凱蒂。她宛如隱形，像鬼魂一樣。

桌子另一側有好幾個書架，三名像學生的年輕人正把皮封面的書放回架上，或拿出來攤開放在翻閱的男子面前，他們伸展彎腰的動作像跳著噤聲的芭蕾舞。再往後，室內空間變得寬敞，更多塑膠椅一排排放在講台前，牆邊都是滿出來的書櫃。

她抓著手提包在門口逗留。沒有人靠近，沒有人說話，於是她走到一個玻璃櫃前，試著裝出入迷的樣子。她看到一本《一九八四》，作者姓名和書名用白色草寫字體寫在鐵鏽色的書衣上；兩冊《唐吉訶德》英文譯本，深綠色皮書皮，書名燙金；英國作家伊夫林．沃的《一掬塵土》，查普曼與霍爾出版社版本，書衣的書背上印著「7/6標價」。每本書都擺在壓克力架上、裝在玻璃櫃裡，當作裝飾展出。

凱蒂想像以前擁有這些書的男男女女。她猜想這些人是誰，想到他們不知道自己的書在這兒，與素昧平生的外人所擁有的書比鄰而居，不禁連結起了他們與陌生人。二手書店總是令人心碎。人們都是因爲想要這些故事才買回家，到頭來卻像垃圾般拋棄，或是爲了錢典當。

她身後響起聲音，問她要不要看目錄。

她轉過身。詹姆．加尼維站在她眼前，身穿白襯衫和灰西裝褲，看起來像是穿著這套衣服睡覺。

「嗨，又見面了。」她舉起手。

店門打開，鈴鐺叮噹響起，他們都轉過頭。走進門的男子年約五十，頭髮灰白，留著鬍子，有雙大手，穿著皮夾克，一邊腋下夾著黑色安全帽。他看起來彷彿會像摩登原始人直接拿起骨頭啃肉吃。

「加尼維，」他經過時說，「我訂的阿赫瑪托娃詩集到了嗎？」

「隨時都會到，賽門，我會打電話通知你。」

賽門漫步走向書店後方，把安全帽像保齡球般甩動。

凱蒂精於從小事挖掘只屬於她的小確幸。在她的書店，閒逛的客人不會讀俄國詩人阿赫瑪托娃的作品，只有一、兩個人知道這個名字。她笑了，並看到詹姆．加尼維也在笑。

她說：「瘋狂麥斯：超越風暴詩集。」

他說：「王者之劍：圖書館員蠻王科南。」

他們之間燃起一點火花，但是很快就消失了。

「妳叫凱蒂吧？我說過了，我幫不了妳。」

「這裡是書店，我想買書。那本多少錢？」她指向《唐吉訶德》。

「四千五百澳幣，妳要用支票還是刷卡？」

她摳摳包包的塑膠背帶。「這種書到底有什麼意義？又不能讀，搞得好像把它關在牢裡。」

她用指甲敲敲玻璃，彷彿要吸引書的注意。

「我比較傾向把這兒想像成動物園，為後世保存瀕臨絕種的生物。唉，我就坦白說了。我工作是為了賺錢，我不是學者，我是書商。」

「你不是書商，」她說，「我才是書商。書商是專業的閱讀顧問，把一般人買得起的書，賣給想讀書的人。」

他把手探進褲子的口袋，掏出一串鑰匙。他說：「把手伸出來。」

她眨眨眼，但聽話照做。他走近玻璃櫃解開鎖，拿出其中一冊《唐吉訶德》，放在她手上。書的重量令她驚訝。「我不用戴手套嗎？」

「戴手套就感覺不到了。」他說，「這本書印製於一七四二年，用的是雕版，妳看……」他用指尖攤開書頁給她看，「這不只是故事，而是……了解世界的方式，從一個人傳給下一個人，並且在傳承的過程中改變每個人的人生。重點是氣味和觸感，書是能對我們說話的藝術。」

這本偉大的作品沉沉地躺在她手中。橫跨數世紀的鏈結，最後一環來到了她——凱登絲・沃克。在她眼中，時空未必永遠呈現線狀，偶爾也會摺出皺褶。她想像所有拿過這本書的人，每個人都走在他人的腳印上。

她把書遞給他，讓他把書放回櫃子裡。

「茵嘉・卡爾森，」她說，「拜託。」

他不發一語。

「我必須知道答案，否則不會罷休。」

「妳是要寫論文嗎？還是什麼工作？」

她說不是。她重述了一次在美術館門外和一名女子說話的經過，僅此而已。她不記得上次是何時曾經感到如此荒謬，或是爲了哪件事，還是一個可能性而如此興奮。她想到她的同事正在打包行李，準備去賭場旅行。或許到頭來她也是賭徒，追尋百萬分之一的渺小可能。

她說：「我通常不是這樣。」

他又靜下來，張開嘴，再閉起來。然後他說：「不少客人想買那本《唐吉訶德》，但我從來不賣。接手書店後，那是我買的第一本書，也是我年輕時最喜歡的小說——當然不是這個版本。我好愛那個瘋狂的老混蛋。」他說，「等我一下。」

他走進一間小辦公室，手裡拿著皮夾出來。

「瑪莉卡，我去喝個茶。」他對其中一名正在整理書的年輕人說，「不會太久。」

□

他們來到相隔幾間店的鬆餅店，坐在西洋棋組前方的陰暗雅座。沒多少陽光穿透高大的彩繪玻璃窗戶，但她看到幾枚棋子磨損，一枚黑色騎士棋子的邊緣都缺角了。她記得兒時吃完鬆餅，想要移動士兵棋子使其面向前方，小手因此在棋子纖細的腰上留下了奶油漬。她很不會下西洋棋。預見接下來的五、六步，或是在行動前評估各種可能，她都不會。

綁馬尾的服務生知道詹姆喝英式早餐茶，凱蒂也點了一樣的，不過女子沒看她一眼。餐廳所在的建築曾是教堂，深色木材天花板挑高傾斜。室內涼爽，像地下墓室，一尊等身大的盔甲守著通往廁所的走廊；凱蒂不知道爲什麼。

詹姆將手肘擱在桌上，指尖互觸，歪頭從鏡框上緣看著她。他說：「說服我吧。」

她從袋子裡拿出筆記本，翻到抄下句子的那一頁，滑過桌面給他。

他讀完後聳了聳肩。「這不算證據，研究過茵嘉寫作風格的人都寫得出來。即使她的年齡符合——這個女人說話是什麼口音？就算奇蹟發生，她眞的讀過原稿好了，但她爲什麼在這裡？」

他說的對，這是個問題，不過她不準備現在面對。

「一般認爲三〇年代沒有其他人讀過這本小說吧？怎麼可能？」

「在第一本小說大獲成功前，茵嘉・卡爾森就個性孤僻，討厭訪問、討厭派對。她在好萊塢那段期間，經常出席活動時中途消失。她生性內向，幾乎算是有恐慌症。她沒有密友，在美國沒有親戚。她不相信任何人，連銀行也不信。她只和查爾斯合作過。」

雖然她早就知道了，但凱蒂仍問他們是怎麼認識的。

「完全是巧合。當她從洛杉磯搬到紐約——她原先想闖蕩電影圈卻失敗了——透過介紹所當起保母，負責照顧他的孩子。那時他還不出名，不過已繼承家產，是個聰明的年輕出版商，未來前途無量。他是那種愛喝馬丁尼的紐約社交寵兒，碰到的每個人都會塞書稿給他。」

他的表情變了，彷彿甦醒過來，雙眼閃閃發亮，語氣生動許多。

凱蒂說：「包括茵嘉。」

「她很聰明，什麼都沒說，只在某天晚上回家前把書稿留在茶几上。整個房子到處都是讀到一半的書稿，他總是隨便亂放，所以大家都以爲那是他正在讀的稿子。隔天晚上，他太太就寢後，他倒了杯酒，剛好看到茵嘉留在那兒的書稿。他讀了第一頁，等他回過神，女僕已經開門來上班，原來已經早上六點了。」

凱蒂想像那個早上，查爾斯・克里本坐在陳舊的皮椅上，身旁放著空的威士忌酒杯和滿的菸灰缸。他眨眨眼，意外聽到大門打開，晨光從面東的窗戶露臉。他興奮地發現自己找到奇蹟般的作品，一本名作瞬間僅屬於他。

「即使現在，我想起這件事都還會起雞皮疙瘩。」詹姆撫撫後頸。

「沒有其他人讀過，沒有叫瑞秋的人，你確定？」

服務生端來茶，他倒了一杯。他的指甲短而乾淨。蒸氣看來屬於這裡，為了這段對話而存在老教堂之中，像香爐的煙。

「我很確定，全世界都很確定。茵嘉是二十世紀最為人研究的作家之一，她的社交圈很小，我們知道每個人的名字。如果還有其他人，而我知情，就不會在這兒拍賣書了，我會靠寫出的暢銷書收入逍遙度日。」

「她總該有編輯吧？」

他搖搖頭。「查爾斯親自編輯。當年如果出版社很小，很常見出版人兼任編輯。」

「一本書出版之前，通常還有誰會讀過？」

「書封設計師——但這次沒有。印刷商表示書封是單純的紅布，她的名字和書名打凸燙金。還有排版員，但查爾斯親自排版。而且她也不肯找校對員。」

「排版。出版人排版不是很怪嗎？」

他點點頭。「但不這樣她不同意再出一本書。那時候她已經變得疑神疑鬼，第一本書出版後大獲好評，攝影師會埋伏等她，有人還會翻她的垃圾桶，外界的關注令她非常不安。有一天，她收到六十二封信，全都是親筆信，全都渴望她回信。大部分人很愛她的第一本書，但也有很多人不喜歡，她收過不少死亡威脅。說來有趣，一九三六年底納博科夫寫信給太太，信中提到他碰到茵嘉，說她想搬得離紐約遠遠的，住在沒有人認識她的地方。」

「你怎麼確定？關於她對於排版的堅持？」

他歪過頭，朝她皺眉。「這件事為什麼這麼重要？」

她該怎麼解釋？她這個人就是很認眞看待每件事。周遭的人都在地球表面滑行，滿嘴「老兄她沒事啦」，或「差不多就很好了」。他們保證幫客戶訂書，卻從不去訂；他們會歸錯檔，或用美工刀劃開硬紙盒，然後照樣把受損的書放上書架。她彷彿欠缺與別人一樣的外皮。懂得在乎的人好像不酷，「酷」這個字本身就暗示著冷漠不關心。

最後她說：「就是很重要。」

他大力點頭，彷彿她給的理由夠了。「查爾斯死後才寄到的信中有提到排版安排。那封信很有名，目前就在布里斯本展出。信在雙方都過世之後才寄到，她一定是在火災當天寄的，寫得很趕，看得出來她當時壓力頗大。她寫道：『……感謝你為了我，費盡心思搞定那些討厭的小字母。查爾斯，親自排版是你釋出的莫大善意，我不會忘記。』」

他這個人也能把句子倒背如流。

「感覺很辛苦。」

「非常了不起，但他盡心盡力。妳別忘了，茵嘉的第一本書非常成功。出版界充斥著這種故事。麥克斯威爾・柏金斯負責編輯美國作家湯瑪士・伍爾夫的作品，他的編輯手法如此……」他尋找著適當字眼，「如此激進，學者甚至爭論柏金斯和伍爾夫的界線何在。那個年代，編輯都會無所不用其極。」

「所以不可能有其他人了。」

他往前傾，雙手十指交握；嘴角一邊翹起，但眼神和善多了。

「如果有，早該有人找到了。妳應該可以想像，當時這可是大事。茵嘉過世？在經濟大蕭條的尾聲，她以一萬二千美元賣出《萬事皆有終》的電影版權，幾乎相當於現在的二十五萬美元。她贏得所有的小說獎項，第一年就售出大約二百萬本，再刷十四次。火災登上新聞頭版，整座建築燒燬，兩名消防員身受重傷。」

「你覺得爲什麼失火？」

「這不是我的專業。」

「你總該有想法吧。」

「我的想法是，大家不該沒有證據就亂推論。沒錯，警方找到助燃劑的痕跡。沒錯，只有查爾斯有倉庫的鑰匙。但這不表示是他放的火。怪罪他很容易，畢竟他已無法為自己辯解。」他把杯子放回茶碟，杯子嗒嗒作響。

「但他也死了。」

「有人說他可能搞砸了。他們推論那本小說糟透了，於是他決定全部燒掉，好維持茵嘉的神祕感，衝高第一本小說的銷量。也就是說，他不只是殺人凶手，還是不稱職的出版商。」

「可是你不相信。」

「我認為大家說的助燃劑，是他藏在倉庫後面的酒像火箭爆炸了。查爾斯喜歡喝酒。當時禁酒令才廢除幾年，我猜他手邊還囤了一些貨，以防萬一。」

「那遺體呢？都有確實確認身分？」

他點點頭。「茵嘉發電報給查爾斯，請他到倉庫碰面，警方在他的口袋裡找到電報。查爾斯沒有茵嘉燒得嚴重，主要是吸入濃煙。她的遺體狀況很糟，只有一隻手臂較完好。身分確認無誤，她的遺囑上剛好有一點墨水痕，警方發現指紋與遺體相符。這個案子也用最新的鑑識技術重新調查過——現在能從她寄給書迷的幾封信中採到指紋。全都符合。那樣過世……現在可能感覺很稀奇，但那個年代的安全標準爛得要命。幾年後又發生椰林夜總會火災——一根火柴在幾分鐘內把將近五百人燒成灰燼。妳有看到項鍊嗎？玻璃那條？」

沒有，她沒看到。展場有展出，就放在火災相關的展示櫃中，她撇過頭沒看。凱蒂搖搖頭。

「綠色玻璃，上頭有蜜蜂，她去哪兒都會戴。項鍊在大火中熔化，但仍能認出是她的。那麼多書，那麼多紙，簡直是煉獄。倉庫的窗戶都裝了欄杆——消防員表示他們不可能逃出來。」

她現在走的這條路，比她聰明很多的人都走到爛了，當然沒剩下什麼好發掘的。「查爾斯一定對她忠心耿耿，才會費盡心思自己排版。」

「沒錯，但不是妳想的那樣，他們之間沒有那種關係。當然，他是出了名的花花公子——炫耀賣弄，嗜酒如命，最愛派對，會戴高帽、綁領巾。但她散發的純眞令人難以抗拒。」他說，「大家都說她能激起旁人的忠誠。」

「展覽很棒。」她知道自己開始說陳腔濫調，但她不希望對話結束。「這麼多她的遺物都保存下來，眞好。」

他朝她微笑，被她逗樂了。

「大多是運氣好。她過世時，世間當然一片哀悼，不過同年沒多久希特勒就入侵波蘭，世人就有別的事要煩了。茵嘉的東西大部分都搬去儲藏。查爾斯死後留下太太和孩子，出版社關了，一個女兒把他所有的文件都收在床底的盒子裡。戰後，《萬事皆有終》正是大家需要讀的作品——茵嘉狂潮正是從戰後再版開始。」

「你呢？」

「我什麼？換妳了。那個女人——妳的老太太。」

她描述起隊伍，衣服上畫著黃色眼睛的聒噪攝影師，以及女子的儀態。神祕的瑞秋。她這番話聽起來既模糊又瑣碎，宛如描述前臂的毛髮反射逐漸沒入雲朵後方的太陽。她在想什麼，浪費這個人的時間？

他說：「很牽強。」

「我知道，是我自己一廂情願。」她很久沒抱什麼期望了。她現在發現，渴望本身讓她快樂。渴求所散發的能量陣陣搏動，極爲重要。

他說：「大部分的人一輩子都會渴望各種事。」

「當初你怎麼會對茵嘉感興趣？」

他喝完茶，擺弄起杯子。「起因是我唸藝術學位第一年的小報告，要針對查爾斯・克里本簡報十分鐘。我是個爛學生，原本只打算抄一頁筆記，及格過關就好，好趕去喝酒。結果不知爲何，我一直讀下去。當時我年輕天眞，她感覺完全符合我追求的目標。我發現我愛上了茵嘉。」

她可以理解。「所以你也是研究查爾斯的專家？」

他微微聳肩。「他的相關紀錄不多，很可惜。茵嘉當然有種魔力，但查爾斯也很特別。現在看來，他的出版社不只老派，還有點古怪；他有一些使用格式的怪癖——老天，他甚至會標分音符。妳知道那是什麼嗎？就像歐語文字的變音符？現在只有《紐約客》雜誌還標，但當年他可前衛了。他是退伍軍人，在法國受傷，那時大家常說他選書偏好歐洲作品。還有什麼？他當然很有錢。他的祖父母是銀行家，所以他不大需要工作。大家都知道他對其他作者很沒耐心，但茵嘉想要什麼他都照做。要不是與她有關係，大家早就忘記他了。我總是忍不住想，如果他沒有英年早逝，會有什麼成就。」

又來了，精妙地轉移話題。她的問題是問他，他卻談起查爾斯。他的手法細膩，大多數人不會發現。

「你對茵嘉的熱情呢？」

「都過去了。我現在的工作是賣書，就像妳說的，註定沒有人讀的書。」他挪到雅座邊緣。「我先走了，先去付錢。妳慢慢來，凱蒂。」

□

和詹姆・加尼維喝過茶之後兩天，凱蒂在凌晨醒來，裹著棉被的身體都是汗。她聽到冰雹重擊鐵皮屋頂的波浪板。夏日暴雨在布里斯本很常見，但通常發生在下午。往窗外看，會發現空氣沉靜得可疑。如果固定開車去公司、工廠或學校，腦中會有一張地圖，標出路上所有可停車的遮蔽空間，橋梁、高架道路、廢棄加油站的雨棚。有些日子，雲朵邊緣會出現如瘀青般的綠色色澤，這種天空可能會毫無預警降下冰雹。橢圓形雲朵變成一片白，冰雹砸死樹枝上的鳥兒，鑿穿窗戶，像沿平坦球道打出的直球，在引擎蓋上撞出深達一段指節的破洞。接著風勢越來越大，然後雨就來了。四周一片混亂，宛如困在洗衣機裡。爲了晴空萬里的日子，得付出這種代價。

她可以起身去看之字形的閃電照亮天空，但她沒有義務在這憂心忡忡的時刻起床——她沒有車，至於屋頂的情況，現在她也無能爲力了。她轉而思索她的夢境：夢中天氣炎熱，凝重又雜亂。她小小的身軀穿著學校制服，坐在車庫地上，父親彎著身，專心修手錶。

她父親修復手錶。百年靈和歐米茄，萬國錶和勞力士。他偶爾會修懷錶，但仍偏好腕錶。他喜歡手錶兼具優雅與實用。他的第一份工作是珠寶工匠，似乎能結合他對細節的注意，以及對裝飾藝術的熱愛。學徒時期，他的英雄是二、三〇年代的偉大珠寶商——德普雷、萊儷、寶詩龍——但熟悉工作之後，他的愛變得無遠弗屆，他愛心懷目標、努力工作的珍貴人才。她小的時候，父親偶爾會說，重點不是工作的本質，而是做任何工作的態度，這會向世界展現你的性格。

他在車庫裡放了張老桌子，每個抽屜都塞滿沒有蓋子的破舊紙盒，有些裝著依尺寸和製造商分類的機芯，有些裝著不同金屬做的錶背或鏡片。桌子前緣擺了一排有瓶塞的塑膠藥瓶，裝著微小的螺絲、栓子、錶面、指針、釦環和固定環，全都依照尺寸顏色分好，有些還分型號。雖然他只愛用其中一個，但他有六個放大鏡，此外還有許多鑷子、刀片、塑膠袋和線團。桌子上方的釘子掛著各種顏色的錶帶和錶圈，修到一半的手錶也用釦環吊在空中。

她喜歡跑來看他工作。通常放學後，她會去特莉絲家，奧琳匹亞會切柳丁讓她們在電視機前面吃。不過一回到家，她會直接跑去車庫，確認父親的桌燈開著，然後幫他泡茶。她是愛管事的小孩，如果發現父親的午餐三明治沒吃，麵包到下午四點都捲起來了，她會用一腳撐著全身重量，雙手扠腰指責他。週末她會盤腿坐在地上讀書，不時抬頭看他駝背坐在桌前，面對整面牆上撕下來的珍貴珠寶照片。他那麼專注有耐心，大半時候甚至沒發現她在那兒。即使現在，偶爾她在客人手腕上瞥見漂亮的錶，特殊的老錶，仍會想像父親彎著修長的手指修錶。

這就是她的夢。父親不知道她在看他，她看到他曬黑的後頸，他修剪過的鬢角。他一邊工作，手錶指針仍繼續走動。滴答，滴答。滴答聲越來越大，最終轉爲打中屋頂的冰雹聲。然而父親沒有反應，沒有什麼能催促他。她看到他的專注，他安靜的努力。

查爾斯・克里本很有錢。「大家都知道」他對其他作者「很沒耐心」——但茵嘉想要什麼，他都照做。她看到父親周圍環繞著破舊的珠寶照片，以及精心整理好的微小手錶零件。

她對排版毫無概念，但她知道哪種男人能全心致力於優雅的秩序。父親沒有事業心，有時他受雇於珠寶店，但大多時候他會逼得老闆抓狂——他的完美主義，他對費心照料手錶的堅持。他會突然回家，手中紙箱裝著髒茶杯和他的工具，臉上掛著不好意思但並不意外的表情。**走人**，他們都這麼說，**我們必須請你走人**。所以他在車庫裡幫個人客戶工作——這些人口耳相傳找到他，從墨爾本和雪梨用快遞把現在和未來的傳家寶送來修復。

凱蒂在床上坐起身，捶捶枕頭。今天晚上沒得睡了。她不知道以前怎麼做書，但她想像一張如同父親那樣的桌子，只是抽屜裡頭紙盒裝的不是手錶零件，而是獨立的小小ａ、ｔ和ｗ。查爾斯・克里本——受傷的退伍軍人，有錢的商人——有這麼愛茵嘉寫的「討厭的小字母」，願意替一整本書排版嗎？她得查出眞相。

# 第八章

## 賓夕法尼亞州阿倫敦，一九三八年

那個週日早上，瑞秋很早醒來。喬治像海星一樣躺在他們床上，睡得不省人事。父親躺在對面的床上，從後方抱著母親。她在睡夢中依偎著他，他的手臂環住她的身體。最近他們溫柔多了。華特會幫瑪莉把食物切成小塊，或像魔術師那樣從外套口袋裡變出香蕉。瑪莉的眼神風情萬種，拿手帕遮著嘴咯咯笑。他們會一起笑瑞秋沒有情郎。要不是她母親下巴邊緣桑葚色的陰影，你會以爲他們是新婚夫妻。

瑞秋拿掛在門後的睡袍裹住身子，找出住在農場時的室外靴，把腳塞進去。肌膚觸碰到的一切都好粗糙——睡袍粗大的編紋，櫥櫃龜裂的木材，參差不齊的地板。以前在農場，她的周遭都是美，而且普遍到從未有人提起。雖然花了些時間，她終於也開始在鎮上看到美的蹤跡，而且不限絲綢。那些女孩，她們強壯的手臂拉動線團，她們驕傲的脖子上，玉米色的頭髮垂散在臉旁。

她點燃猶有餘溫的爐子，煮水泡燕麥粥。她拉開前廳的窗簾，迎向晚來的冰霜；每塊窗戶玻璃下方角落都出現薄薄的霜沫，近看會發現清脆的白蕨爬過玻璃。她心想，只要什麼都不碰，即使在這個鎮上，也能處處找到美。

這時她瞥見一個女孩站在對街，靠著對面公寓的黑色欄杆。她裹著好質料的外套，手臂深深插進口袋。她彎著一條腿，往後放在身後的階梯上，另一腳的黃色靴子則踩在最後一絲骯髒的雪上。厚重的深色圍巾幾乎蓋住整張臉。瑞秋心想，她挑了好怪的地方等人。

稍後華特、喬治和瑞秋出門前往教堂。母親說她身體不舒服，一副她是氣喘才整週不出門，不是因爲臉上巨大的瘀青。瑞秋注意到女孩還在那兒，但換把另一隻腳靠在後頭，全身包得緊緊的，像樹枝上的貓頭鷹。瑞秋來到室外近看之下，女孩似乎有點眼熟。

她對父親說：「對面那是海倫嗎？」

「誰？」

「海倫，工廠的同事。」

他看都沒看一眼。「我哪知道？」他說，「我要負責管社區每個蠢女孩嗎？」

瑞秋握住喬治的手，他扭著掙脫。

「是啊，小瑞。」他說，「老爸要負責管每個蠢女孩嗎？」

他們在冷冽的風中走得很快，難得剛好趕上禮拜。喬治沿路說個不停。老爸，腳踏車要多少錢？等我買到腳踏車，很快就會有送報的路線了吧？然後我要存錢買汽車。等我有了車，禮拜天我要帶你和媽媽去兜風，我們可以吃冰淇淋。我想瑞秋也可以來啦，但她要好好求我。他沿路跳舞，半踩在排水溝上，穩穩地走在路緣邊。

他們走到教堂門口，華特停下來。「這個禮拜我在上帝眼中表現得很好。」他說：「你們兩個去吧。」

喬治說：「可是老爸。」

「快去，慈愛的主會諒解的。」

喬治說：「老爸，祂會諒解什麼？」

他說：「諒解男人需要沒人狂問問題的好日子。」他領著喬治進去，手推著瑞秋的後腰。靠這麼近，她可以聞到他身上的皀沫味。

她說：「爸，禮拜結束後我們會等你。」

他說：「不用。」他摘下帽子，抓在手裡。「妳是成年女人了，可以自己找路回家。」

□

他們自己回家。路途不遠，但瑞秋和喬治一路磨蹭，畢竟他們人生中少有沒人看管的時間。他們邊走邊玩猜謎遊戲。等他們走到家門前的街道時，天色已經晚了。母親穿著華特的浴袍，在門口迎接他們。

瑪莉馬上說：「他去哪兒了？」

她任由爐火變弱了，瑞秋過去處理。

喬治說：「沒有人狂問問題的地方。」

瑞秋在餐桌上擺了四人份的刀叉和燙平的餐巾，他們吃完晚餐，上床睡覺。隔天早上華特仍不見蹤影，但他們在櫥櫃上找到他的鑰匙，旁邊空的法式浮雕玻璃噴霧器是瑪莉的薇拉阿姨送的禮物。瑞秋去上班，喬治去上學。華特不在工廠。瑞秋開始輪班後不久，注意到後排一台機器空著。海倫也不在。

等到午餐時間，瑞秋鼓起所有勇氣，向汀利先生說不好意思，能否和他談談她父親。

他眨眨眼，聚焦眼神，彷彿她從眼前憑空出現。「妳是誰？」

她提醒他，她是瑞秋・黎赫，華特的女兒。

接著她遭到一頓責罵，聽他抱怨工人言行不一，不懂得感激好工作。感覺彷彿是瑞秋先進工廠工作，才替父親擔保，而不是反過來。

「有機會我就該開除妳。」他對她說，「上梁不正下梁歪。」

然而最終他給了起初她就該拿的金額，成年女子的薪水。

□

少了華特的第一週，瑪莉的瘀青變得越大越深。瑞秋覺得喬治每個小時都在問老爸什麼時候回家。

第二週，瑞秋不記得看過的傷在母親肌肉深處等到機會，化為新的瘀青浮現。

喬治不再問問題。家裡空氣凝重，等待事態發展。

有天晚上，瑪莉尖叫著從夢中驚醒，雙手摀著臉。瑞秋爬上她的床，抱著她，直到她再睡著。前廳桌上放著一張傳單，昨天輪班結束時，海倫的兄弟來工廠發給每個人；傳單上寫著失蹤少女，上頭印了海倫模糊的照片，照片裡她瞇眼看向太陽，毛帽壓扁了她的頭髮。尋獲者有賞。他們逼工人各拿一張，甚至更多。他們表情緊繃堅毅，咬牙切齒。

「我想妳不知道妳父親的下落。」她的兄長站得太近，對瑞秋說，「我們想找他談談。」

瑞秋搖搖頭。

等到第三週，只靠瑞秋的薪水已不夠用，不過喬治開始在放學後打工，在鑄造廠清洗推車。他晚上不再抓她，纖瘦的手指不再捏緊她的手腕。瑪莉接了一些縫補工作。他們吃粗鹽醃牛肉、豆子和餅乾。來到第四週，瑞秋母親的肌膚恢復了原本的顏色——宛如溫暖的大麥田。現在瑞秋十九歲，母親三十四歲，要不是母親少了牙齒，她們看起來就像姊妹。每個週日，他們仍舊晚起。隨著天氣轉暖，瑞秋的蔬菜也收成了，新鮮馬鈴薯、歐洲蘿蔔和蔥。他們拿多餘的菜交換蛋和一點鹹豬肉，坐在後門門廊，用手拿冷豬肉和奶油炒蛋吃。他們想吃什麼就吃什麼。

一切原來是這樣，華特吃很多，又愛喝酒。男人需要隨身攜帶零花錢——沒聽到錢幣在口袋裡叮噹作響，就覺得不受重視——所以現在他們三人手上的錢比想像中還多。瑞秋甚至存了一點錢，她用手帕包好，跟麵粉一起放進塑膠容器。她能睡過整夜了，不再有各種微弱的聲響吵醒她。沒什麼要檢查的，不需要警惕了。

有天瑞秋下班回家，看到瑪莉坐在餐桌旁，笑著把圍裙裡的豆子剝殼後倒進平底鍋。瑪莉更努力做事，努力打掃。瑞秋覺得她想把房子打掃得清潔溜溜，不是因為掃不乾淨會大禍臨頭，而是因爲這是他們的家。就寢前，她坐在瑞秋身後，梳她的頭髮一百下。喬治逐漸長成一家之主。瑞秋把父親的鑰匙藏在櫥櫃某個抽屜後頭。

有天晚餐時，瑪莉說：「我不希望他回來。」

瑞秋把豆子遞給喬治。

「我希望你們了解，」瑪莉說，「問題不是他的脾氣，那是身為妻子的宿命。問題是這個女孩失蹤帶來的恥辱，路上行人看你的眼神。我不希望他回來。」

剛進入第十週，有天瑞秋起床點燃爐火時，發現前廳傳來奇怪的味道，很淡卻明顯，是菸味。她感到嘴中湧出唾液。她偷偷摸摸走到大門旁的小窗戶，拉開窗簾兩三公分。一名衣衫不整的男子睡在門廊角落，他的領子拉高，帽子壓低，外套像毯子攤開。他瘦得像山核桃樹枝，但從突出的肩膀，她認出那是父親。

# 第九章
## 昆士蘭省布里斯本，一九八六年

再次休假，凱蒂發現自己又搭上開往大學的渡輪，不過這回是早上。距離上次她來才過了一個星期。二月清早的校園空無一人，運動場的灑水器雖然催眠似地轉個不停，但空氣仍舊乏味悶熱。昨晚她打消主意不下十幾次，幾乎不敢相信自己現在會在這兒。大費周章跑一趟可能一無所穫，但她就是沒辦法先打電話。致電代表她有計畫，等於坦承她的意圖，她會喪失勇氣。

在河邊下船後，她走進學生會大樓，穿過學生餐廳。大樓內部陰暗，通往學生法務服務室、理髮廳和女性中心的門都鎖著。沒有人坐在大樓前方的長凳桌椅旁，沒有攤位在販售焚香或紮染上衣，也沒有哈瑞奎師那教徒在送米飯和扁豆。

她走到大中庭，靠著砂石牆面，在福爾根・史密斯大樓外的迴廊等待。她知道要拜訪的辦公室在哪兒，但她需要鎮定心神，才能爬上那道樓梯。她等了一會兒，深呼吸，緩下狂飆的心跳。牆上石雕不懷好意盯著她。早上她無法將堅果麥片塞進嘴裡，於是出門前往口袋塞了兩塊圓起司，看起來像逐漸軟化的紅蠟包著奶油狀的橡皮擦。她已經吞掉一個，把包裝蠟紙搓成一粒粒小球。她幻想目送年輕的自己散步經過，朝她彈射蠟球。她猜想她會怎麼警告自己。

她心想，天哪，凱蒂。她肯定很想解開這個謎團。**現在宇宙在叫妳整頓人生，關心別的事，不管是保齡球也好，排舞也好。**

她等的男子不會改變習慣，所以不用等多久。他從敞開的門口出現，與一名年輕女子一同走向凱蒂。女子——應該說女孩——身穿牛仔裙、夾腳拖和靛藍色無袖背心，黑髮綁成高馬尾，臉龐清秀，乾淨清新。她胸前抱著一疊書，一邊肩膀揹著黑色背包，快步跟上菲利浦。凱蒂猜測她是他的學生。他一邊說話，一邊用空手比劃，生動又有存在感，就在眼前。女孩點頭，匆忙跟上去。他看到凱蒂，停下說到一半的話，女孩也站住腳步。他的嘴巴先緩了一下才繃緊。她的心臟怦怦跳。

他像演員挑起一邊眉毛。他的雙眼宛如湛藍冰霜，頭髮是稻草的顏色。他穿著藍色亞麻短袖襯衫、打褶燈芯絨褲和帆船鞋。他比她的室友帥哥（本名強）還要英俊，很了不起。

他咬咬牙，雙手抱胸，擺出作戰姿態，做出臨時盾牌。

「唉呀，唉呀，」他說，「浪子學生回頭了。」

她只能打招呼，聲音聽起來還算像她。

「喬，妳別等我，先去，好嗎？我不用太久。」他的視線沒有離開凱蒂。

「好啊。」女孩說，「我幫你點老樣子的？」

他點點頭。女孩喬甩著馬尾，沿迴廊走開。

菲利浦靠著砂石牆面。

凱蒂說：「好一陣子沒見了。」

「看來妳輕描淡寫的天份還在。最近好嗎？我覺得妳瘦了。」

她告訴他，對，她最近很好。

「妳父親呢？我相信他也很好。」

她沒有猶豫就說，對，他很好。

渴望，那是最初她對菲利浦的感情。當時她十八歲，渴求毀了她，有時她以爲她會死去。沒有人警告她愛會這樣襲來，像染上疾病。現在她能看清自己毀滅的過程。她興高采烈飄飄然地墜入愛河；他的回應有所保留；她陷入絕望。他務實地揭穿她的幼稚——她不夠成熟才會誤認這是愛，她不了解世界怎麼運作，她太衝動了。現在依然如此。

與菲利浦分手後頭幾週，她從頭到腳都痛，眼瞼、腳趾甲、手指腹。她無法移動，食不下嚥。隨後幾年轉瞬間就過了，就像下午看電影出來，突然天就黑了。然而現在看著他，她的身體仍然記得，全都刻在每一個細胞上。她的脈搏加速，她意識到舌頭怎麼擺在嘴裡。一會兒之後，她想起菲利浦善於利用沉默挖洞讓人跳。他的臉完全沒變，甚至更加英俊，簡直不可思議。他老成了一些，更有自信。

「妳閒聊的技巧沒什麼進步。」

她說：「沒錯。」她又認得自己的聲音了。「我想問問一九三〇年代末期美國出版書的機制。」

□

十分鐘後，他們來到他的辦公室。菲利浦在木刻書桌後方，搖著辦公椅，一隻腳踝擱在膝蓋上。凱蒂坐在桌前爲訪客準備的扶手椅上。辦公室的門打開。他身後的窗戶面西，看向寬廣的天空和運動場。他的辦公室變大了；打掉一面牆，將隔壁房間納入。以大學的符號語言來說，這算好事。桌上那充滿未來感的小電腦，米白色的螢幕——算矩形，但兩側以一定角度傾斜——放在比錄影帶大不了多少的盒子上，正面有磁碟機。他飛黃騰達了。辦公室角落甚至有張空桌子——她猜是給研究助理用的。四處還是散落著一疊疊論文，龜裂的舊鞣製皮沙發本來就不可靠，現在則少了一隻腳、靠書撐著。他完全忘了喬，她大概正和冷掉的卡布奇諾一起等著他，而凱蒂也沒有提醒他。

「菲利浦，最近如何？」他說，「很抱歉沒和你聯絡。說說吧，菲利浦，過去六年你都在做什麼？」

「我眞沒禮貌，應該先問你才對，抱歉。菲利浦，你好嗎？」

他揮揮手不當一回事。「混得還可以。我在寫另一本書，不過有點超過交稿期限，我的經紀人快急瘋了。這不重要。我很佩服妳直奔主題的態度，我就配合妳吧。我不記得妳在學校時對歷史或出版特別有興趣。」他說，「妳喜歡浪漫派詩人，對吧？還有茵嘉・卡爾森。」

「書籍歷史是選修。」她說，「如果你沒忘記，當時我還有別的事要忙。」

「喔，我當然記得。」他懶懶地笑，視線落在中程的位置。「我不知道妳記得多少，但我不教那一科，授課老師是詹米森。學校砍了這門課，現在沒了。」

他桌上蓋滿書和紙，全都刻意擺過。桌上有個膠台，電話旁的盒子裝了支鋼筆。除了大門旁牆上的《蠻牛》電影海報，房內似乎沒有哪樣東西特別像是他的。海報中勞勃・狄尼洛赤裸上身，傷痕累累；他渾身是汗，野蠻凶殘，雖遭到殘忍對待，卻屹立不搖，專注於他的命運。凱蒂試著想像菲利浦全身骯髒淌血，挺起胸膛面對敵人。爭奪終身職、辦公室、一年級學生和學術休假的戰爭是側向斜擊的藝術，你要跟對手握手拍背，然後把薄薄的刀刃插進敵人的肋骨之間。

菲利浦從桌上的上釉陶碗拿出一把彩色迴紋針，悠閒地開始一一扳直。她確定他知道得夠多，可以幫她。她認識他之前，他的重大成就之一就是研究《萬事皆有終》的論文。他對茵嘉的興趣憑空而來，也很快就退燒了，但是那篇論文被引述了數百次，協助他晉升副教授。

她說：「不過你也懂吧？出版的歷史？」

「詹米森學術休假那年我幫他代課，那時候他早該退休了，不過——終身職嘛，還能怎麼辦？如果他想霸占辦公室，日漸衰老後在桌前讀葉慈的作品時死掉，誰能阻止他？」他撕下幾條短膠帶，綁住數根拉直的迴紋針一端。

她清清喉嚨。「一九三八年在紐約學排版有多難？」

「我說過了，這不是我教的科目，學校也砍了這門課。小凱，書本已死。詹米森這種人應該去動物學系，腐爛在研究恐龍足跡和大陸飄移的書呆子之間。或者學校應該叫他教所有的一年級生。老天，那些一年級生，全都自認文法很好。」他翻了翻白眼。「好啦。」他舉起迴紋針。「這是什麼？猜猜看。」

他扳開迴紋針再互相交叉，做成扁平的格網。外圍是兩條拉直的黃色迴紋針，下半截加了幾條綠的，垂直插了一條藍的和黑的，橫向再插一條紅的。

「我猜不出來。」

「來嘛，努力猜一下。很厲害喔。」

他用拇指和食指夾住黃色迴紋針，把格網舉到她的視線高度，在兩人之間揮一揮。「當然是倫敦地鐵圖啊。看到了嗎？紅色是中央線。」

「當然，倫敦。我真蠢。」

他把格網像飛盤丟進桌旁的垃圾桶，神祕兮兮往前傾。「這裡越來越像叢林，政治鬥爭太嚴重了。假如我還沒拿到終身職，就會叫他們去死了。溫哥華有所大學在找大英國協文學的教授，我認眞考慮接受，這樣應該能打醒他們。」

如果大學眞的成了叢林，她毫不懷疑誰會在食物鏈頂端。菲利浦根本是身穿花呢外套的馬基維利。

「拜託，菲利浦。」

「再誠懇一點吧，」他說，「再甜一點。」

「我會很感謝你，你等於幫了我一個大忙。」

他朝她揮揮手，她當作是繼續說的意思。

「一九三〇年代末期幫一本書排版很難嗎？」

「非常難。操作自動鑄造排版機需要高超的技巧。」

她不知道什麼是自動鑄造排版機，她從來沒聽過。

他搖搖頭，靠著椅背。「假如當初妳撐過去就會知道，現在也該拿到博士學位了。或許我應該對妳展現——大家都怎麼說——嚴厲的愛？逼妳回來系上，我確定我的團隊還能收妳。」

她雙手交疊放在大腿上，繼續等待。她覺得自己看起來很平靜，這就夠了。

「自動鑄造排版機有點像打字機，連接熱金屬鑄造儀器。當時書就是這樣排版的。操作員薪水非常高，往往供不應求。你必須先當學徒，畢竟技術不好學，需要非常專注。鍵盤有九十個字母，又熱又髒，如果機器卡住，就會噴出一大塊滾燙的鉛，掉在你的腿上。同時壓力也很大，每犯錯一次，整根鉛字條就廢了，得直接丟進垃圾桶。自動鑄造排版機操作員是出版公司薪水最高的員工，有時賺得比編輯還多。」

「機器怎麼運作？」

「很聰明喔。操作員坐在鍵盤前打字，機器會用字母的陰模排出一行，每一行再用鐵鑄造成一塊，叫作鉛字條。每一行排在一起，就成了一頁。」

「每一行鑄成一塊？」

「我是這麼說沒錯。」他走向門後三個灰色的鐵檔案櫃，停在最後一個櫃子前，雙膝大張地蹲下，翻起幾個掛著的檔案夾。「妳看。」他拿給她一張紙。

照片上是一台巨大的黑色機器，配有小鍵盤，後方連接的儀器有許多把手和控制臂，最頂端可見傾斜的擋板和某種滾輪。機器又大又重，隱約散發一股攻擊性，和她的想像完全不同。

「你會說這台機器使用『討厭的小字母』嗎？」

他聳聳肩。「妳講的聽起來比較像手動排版，也就是手工挑出叫鉛字的獨立字母，一一滑進字盤。妳想問什麼時候，一九三八年？當時除了標題和特殊設計效果外，早就不用手動排版了。一八八〇年代推出自動鑄造排版機後，一九一〇年代就已經很普遍了。」

一瞬間，凱蒂想到兩種不同的可能。第一，茵嘉不知道書怎麼排版，她沒聽過自動鑄造排版機，從來沒看過。她腦中的畫面和凱蒂一樣，想像查爾斯．克里本拿起一個個獨立的字母，放進框框。第二，查爾斯在紐約有房子，有錢又愛戴領巾，還出了名地沒耐心，他不像是會使用那台吵鬧骯髒機器的人。於是，查爾斯騙了茵嘉，他沒有親自幫《每日，每分》排版，有別人讀過那本書。

「哈囉？」菲利浦說，「有人在嗎？」

「自動鑄造排版機的操作員一定是男生嗎？有女生嗎？」

「我沒聽過。老天，這和女性主義有關嗎？凱蒂，妳對男人沒興趣了嗎？妳換邊了嗎？」

他不全然是在開玩笑。他想要她點頭，想要有理由解釋她爲何這麼多年沒聯絡他。她腦中閃過一段回憶——他的浴缸，獸腳老浴缸，總要好久才能放滿水。他們突起的白色膝蓋宛如騷亂海上的浪頭。他六〇年代風格的房子位在聖盧西亞區的數字大街上，平屋頂，四周環繞著矮樹叢。屋內擺放簡潔的丹麥風家具，光裸的木材和不存在的裝飾向她展現拮据的經濟狀況。後門旁的仙人掌盆栽下放著鑰匙，沒有人會看到她來去。他把上等威士忌排放在臥室衣櫃上方——這樣比較涼。酒的滋味，來自冰冷沉重的水晶酒杯，以及他溫熱的嘴。他曬黑的肌膚貼著她白皙的肉體。她感覺自己像世上最幸運的女孩，能與他共處，卻同時確信他從班上挑中她是因爲她最弱小，宛如《野生王國》節目中的花豹盯上羚羊。她感覺到赤紅熱潮爬上喉嚨和臉龐。她現在發現，不該來找他的。

「假如用這類機器幫一本書排版——這樣算是讀過嗎？我的意思是，能吸收書的內容嗎？」

他把下巴靠在交握的手指上。「我猜如果夠專心應該可以。大多數操作員完全不會注意排的文字，光操作機器就夠難了。」

「如果當年有女性自動鑄造排版機操作員，我要怎麼查？」

「男朋友？妳一定有男朋友。凱蒂，賞我一個痛快吧。光想到可愛的妳孤單一人，我晚上就睡不著。我希望他對妳很好。」

她眨眨眼。「我還在等一位特別的男人，他會告訴我一九三八年紐約有沒有女性自動鑄造排版機操作員——甚至告訴我哪位操作員幫哪家出版社工作。」

菲利浦笑了。「妳在開玩笑吧？當年美國的出版從業人員將近四分之一住在紐約，大概四萬人。男性自動鑄造排版機操作員有數百人，加上學徒更多，搞不好幾千人。妳想從中找到一個女人？況且歷史紀錄不會記下這些人。」

線索不會到這兒就斷了，不可以。「總有辦法查到吧。」

他從桌子對側往前傾。「妳為什麼要查？怎麼回事？」他瞇起眼。「妳有什麼沒和我說？」

她開口要說那名女子的事，但他瞇起的雙眼閃閃發亮。「沒什麼，」她改口說，「只是想解開謎團。我要怎麼查？」

「凱蒂，寶貝，妳講的是將近五十年前的事，而且還在另一個國家。如果女性操作員夠新奇——或許《紐約客》雜誌會提？圖書館有豐富的館藏，或許雜誌採訪過誰，或寫過專題。可是妳得花很多天讀微捲，不如說要花好幾個禮拜，而且極有可能查不出什麼。這是無聊的人做的單調工作，成功的機率極低。我相信妳能想出更有意義的事來消磨時間。」

「有誰更了解這個議題嗎？誰都可以。」

他拍拍手臂。「我不確定妳有沒有注意到，不過親愛的凱蒂呀，這裡是昆士蘭省，戰間期的美國出版業不是我們的專業。妳想知道純種馬的血蛋白或牛隻養殖計畫嗎？老兄，我們可是世界第一。妳可以找詹米森談談，但妳得確保他不會睡著。我以前認識一個卡爾森狂粉，他本來是學院院長的寶貝學生，後來卻鬱鬱寡歡，輟學去當什麼小飾品經銷商，我好幾年沒見到他了。有些人集全世界的運氣於一身，卻還是浪擲一切。」

這個「卡爾森狂粉」顯然是詹姆吧？難道他和菲利浦曾經很要好，後來鬧翻了？這個想法飛快浮現在腦海——她整天試圖專注做別的事，但詹姆・加尼維一直在她的腦袋邊緣打轉。他龐大的身軀……相對於有稜有角的菲利浦。她遲疑了一下。

「給我妳的聯絡方式，我想到什麼就告訴妳。」他說，「我不會咬人。通常啦，除非有人特別要求。」

他交給她紙筆，她寫下家裡地址，但沒有寫電話號碼。他把紙摺好，放進口袋。

他說：「妳要告訴我這突來的小興趣是爲了什麼嗎？研究計畫？」

如果當初結果不同，她可能已經拿到博士學位了。她或許會在這兒工作，擔任導師或初級講師，她的辦公室會在隔壁。然而——她對自己都很難承認——她那麼、那麼年輕的時候，其實只想嫁給他。她想與他共組家庭，每天幫他煮晚餐，用草寫體在紙上寫滿「凱蒂・卡麥可」。

「我不做研究了，我在書店工作。」她站起身。她知道他很忙，不管是否爲了她突來的小興趣，都應該感謝他花的時間和精力。「還是謝謝你，我很感激。」

他說：「別這樣。」他的下巴線條和可愛眼睛眞的非常迷人，他自己也知道。多年來她獨自度日，晚上孤冷，早上平靜醒來，從不遲到，心頭永遠安定、乾淨又整潔。

他越過桌子向前傾。「妳已經長大，不是這裡的學生了。我很想妳。我們可以去笑翠鳥餐廳，靜靜吃頓飯。」

她身後傳來聲響。她轉過頭，看到喬站在門口，手裡拿著保麗龍杯。「抱歉，教授。我想說……」

「妳想得很好。」菲利浦對她說，「沃克小姐和我正好談完了。」接著他轉向凱蒂，「妳現在需要的資訊都有了吧？如果我還能幫什麼忙，記得和我聯絡？我說眞的，凱蒂，什麼都行。」

「好，」凱蒂說，「好，我會。」

她的腿似乎沒有接上臀部，但她還是走到門口，經過喬。女孩把咖啡交給菲利浦。她很漂亮，纖瘦又亮麗。凱蒂在門口與她擦肩而過時，感到一股狂亂湧出的能量。只要稍有機會，這女孩會猛踹她的小腿吧。

□

幾天後，凱蒂看到一個龐克族坐在書店盡頭的角落地毯上，讀美國小說家布洛斯的《野男孩》。她的刺蝟頭至少與手掌張開一樣高，只有頂端三撮染成血紅色，搭配她的眼影、唇膏，以及黑裙和搭釦大靴子之間露出的格紋褲襪。凱蒂心想，她一定熱翻了，那件蓋滿釦子和飾釘的外套肯定重得要命。

女孩看來並不在意，她穿著靴子，卻仍盤起腿。克莉絲汀向來縱容客人在店裡看書，她說：「總比偷書好，至少我們有機會把書賣掉。」凱蒂也同意，況且她很喜歡龐克族，喜歡他們這麼大費周章。她沒打擾女孩，倒是懷疑布洛斯的作品是否適合她，或許該向她推薦德國作家萊辛？

克莉絲汀來到她身後，拍拍她的肩膀。「通常我不會說什麼。」

「對啦，」凱蒂說，「妳從來不把看法告訴別人。」

「妳沒有在找工作，或者要創業之類的吧？不是說我會怪妳，只是妳最近眞的很怪，不正常。」

「我之前很正常嗎？」凱蒂說，「老天，小克，妳怎麼不和我說？」

克莉絲汀雙手抱胸。「電話。」她朝辦公室歪歪頭。「有個人打來，屬於雄性族群。」

凱蒂走到後方辦公室，拿起話筒，打了聲招呼。

「終於找到妳了。我打了四間書店找叫凱蒂的人。」是詹姆．加尼維。

「沒想到你會聯絡我，我以爲你很高興把我送走。」

「我也沒料到會打電話找妳，不過今天早上有位老同事來拜訪。昆士蘭大學的菲利浦．卡麥可教授。」

凱蒂想起菲利浦低垂的眼瞼、輕觸的指尖、和善的屈尊俯就態度——全都在掩飾他超級好勝的腦袋正轉個不停。「這和我有什麼關係？」

「我不確定。他問起卡爾森的展覽，又問有沒有人聯絡我，想找排版員的資訊。他的問題和妳一樣：有沒有別人讀過那本書，還記下來。一個女人。他也問我知不知道查爾斯慣用的自動鑄造排版機操作員是誰。他覺得可能有人會來找我。」

她早該料到才對。「就這樣嗎？」

「他只說如果有人聯絡我，希望我和他說一聲。學者間的禮貌。重點來了——他買了我入手好一陣子的里爾克初版詩集，《致一位年輕詩人的信》，精裝版，曬得微微褪色，書背翹起有點鬆脫，但狀況很不錯。裝訂商送書回來後，我會拿去給他。」

「所以他買了一本書。」

「上次見到他時，我們不歡而散。今天他簡直迷人到不行，甚至沒有試著殺價，這表示他有所求。」

凱蒂說：「你不喜歡他。」

「我不會這麼說，他很討人喜歡，我只是覺得他是混蛋。」

沉默在他們之間蔓延。

「我上星期去找他，」凱蒂說，「問排版員的事。我認識他，但不算很熟。很多年前了，我還是學生的時候。」

詹姆說：「是喔。」

她手中的塑膠話筒突然感覺變重了。

「我完全沒提到卡爾森的展覽，他不可能知道。」

「妳有明確提到一九三八年嗎？」

有。她必須問得清楚，才能查到需要的資訊。

「整座城都在談論殘片的時候，妳跑去問這種問題？他才不笨。」

她用手指捲起電話線。菲利浦一定猜到要她找他幫忙不容易，背後必然有重要原因，值得花時間研究。

「你怎麼和他說？」

「如果妳是想問，我有沒有提到妳，還有妳在找誰——這個瑞秋——答案是沒有。我告訴他，我沒有耐心聽有關茵嘉的陰謀論，也無法忍受別人浪費我的時間。他夠了解我，知道我是說眞的。可是凱蒂，我也很了解他。如果他覺得有料可挖，是不會放棄的。」

她鬆開電話線。「但是沒什麼料可挖。你說的對——我們無法確定她是眞的知道那句話，還是胡謅而已。這是條死路。」

他頓了一下。她隱約聽到東西碰撞滑動的聲音，聽起來很熟悉——一箱書送到書店？目前爲止，她沒想過兩人工作的相似之處，只想到差異。凱蒂可以聽到他呼吸，幾乎感到吐息吹上她的耳朵。透過門縫，她看到龐克女孩四處張望，然後把布洛斯的書偷偷塞進袋子。

他說：「鯊魚可以從一百萬滴水中嗅出一滴血。」

「什麼？」

「我父親會航海，他老愛說這句話。他很懂這些事，捕魚啦、鯊魚啦、如果摔下船該怎麼辦。過去我們出門前，他都會檢查我的背包，以防我偷帶小說上船。」

「他聽起來很有趣。」

「喔，沒錯。他早上六點就起來做健美操，然後把船帆收摺起來。我的打結功力可是世界第一。」

「我不認爲查爾斯親自排版，」她說，「我確定他沒有，所以那名女子或許才是排版員。」

她說明父親的性情，那些小字母，以及她的誤解。

「不能算確證鑿鑿。」他說，「妳現在打算怎麼做？」

「你是說你相信我嗎？」

「我不會把話說得那麼滿，但覺得有機會狠狠虧菲利浦一頓，滿吸引人的。」他對著她的耳朵嘆氣。「或者過了這麼多年，我還是有點愛茵嘉吧。」

「大學圖書館有三〇年代晚期的《紐約時報》。菲利浦說當年如果有女排版員在紐約工作，或許報紙有報導。但是工作量太大了。」

「一個人做可能工作量太大，」詹姆說，「兩個人就不會了。」

# 第十章

## 賓夕法尼亞州阿倫敦，一九三八年

瑞秋一聲不發，偷偷溜進廚房又回來，耳朵緊靠著門，只聽到外頭傳來粗啞的呼吸聲。周圍的房間變得非常清晰——頭上綠色的錫製燈罩；低矮櫥櫃上正面綴有蕾絲的三個架子；鉤子上缺角的藍色琺瑯牛奶罐、相襯的咖啡壺、兩個閃亮的平底鍋；日曆上畫了於破曉天空下停泊在港口的帆船。時間不斷流逝，她不知道過了多久，但一抹陽光已出現在地上。這時她聽到極為類似父親的聲音，害她的胃一陣翻騰。

「小瑞，我餓了，開火吧。」

原來是喬治。他赤著腳，一面揉眼睛。他快十二歲，是個小大人了。

她用手指抵住嘴唇。喬治等了一會兒，很快地兩人都聽見了。門廊有人在挪動，手臂和靴底擦過木材，布料磨擦，聽起來像是濕透的狗兒正甩動身體。接著瑞秋聽到一個指節敲了敲大門。

「瑪莉，親愛的。」華特清清喉嚨，「我好像弄丟了鑰匙。」

瑞秋和喬治站著，動也不動。

他又敲了幾下，輕鬆活潑的叩——呀——叩——叩。

「小喬治，好孩子，你在嗎？外頭會凍死人呀。」

瑪莉出現在走廊，身穿睡袍、披著毛毯，柔軟的頭髮披散在肩膀上。她的視線直盯著大門，手摀住嘴巴，面如死灰。

他們聽到掌心用力甩上門板，接著換成拳頭和前臂。

喬治朝門口走了幾步，又停下來。

「我好好說最後一次。」華特說，「快開門，否則你們吃不完兜著走。」

瑞秋感到有一千隻蟲在皮膚下爬。「爸？」她問，「是你嗎？這陣子你都去哪兒了？」

「瑞秋，我的好女兒。」華特說，「快開門。」

「爸，好幾個月了。」瑞秋說，「你怎麼了？我們以爲你出事了。」

他們聽到粗啞的喉音，可能是笑聲。「不、不，瑞秋。我一切都好，感謝主，也感謝世上一些人的努力幫忙。」

瑪莉踉蹌走到椅子旁，坐下，縮起身子。喬治跟著蹲下來，彷彿他的腿再也撐不住身體。

「爸，大家都在找海倫。」

「瑞秋，世上充滿邪惡，人類靈魂中有看不見底的黑暗。」

「你知道海倫在哪裡嗎？」

「啊，這個嘛。」她聽到磨擦聲，以及火柴點燃的微響。他停了一下，點燃菸。「我很遺憾，我被那個年輕女孩騙慘了。不過這種事不該隔著門說，也不適合小孩子聽。」

「大家都很擔心你們。」

「瑞秋，她利用我的好心。她在這個世上孤苦無依，出於基督徒的慈悲，我決定保護她，甚至犧牲了自己的家庭。不過現在我回來了，感謝上帝。」

瑪莉用唇語說，**不行，瑞秋**。

「那個女孩需要援助的時候，我知道如果背棄她，我永遠無法面對妳母親，永遠沒辦法。妳母親是世上的活聖人。」

瑪莉站起身，朝門口走去。「華特，她在哪兒？那個女孩在哪兒？」

「我親愛的妻子，是妳嗎？我的寶貝，快開門。」當他們都沒有動作，他用力捶打又踢門。

「我叫你們開門。我被騙了，就這樣。我發現她是最糟的放蕩女子。她當我不會數數，當我是呆瓜。她利用我掩飾她和另一個男人的勾當，八成還有一推車其他的男人吧。」

瑪莉閉上眼睛。喬治坐在地上，雙臂抱住小腿，膝蓋抵著眼窩。

瑞秋深呼吸，把空氣吸進肺的底部。「爸，你走吧。」

「這不是妳的房子，與妳無關。我要守在這兒，直到我的瑪莉開口。」他的話像糖蜜一樣溫暖甜蜜。「如果她眞的拋棄我了，我會走，我當然會走。但我了解我的瑪莉，我的瑪莉不會因爲隨便一個缺德的蕩婦就趕我走。」

「瑞秋，」瑪莉悄聲說，「我不知道怎麼辦。」

但瑞秋知道，這她知道。

「爸，你走吧。」她說，「汀利先生把你的工作給了派特・麥克爾，我們也習慣現況了。你最好去別的地方重新開始。」

他重重撞了一下門，強壯的肩膀撞上門板。他助跑了一段，又撞了一次。三人猛地一顫，不過門挺住了。

「讓我進去，瑞秋，不然妳最好向上帝禱告，叫我住手。」

瑞秋知道厚實的後門有上鎖，窗戶也是。家裡只有兩個女人和一個男孩，瑞秋懂得做好防範。

「爸，如果你待在外頭，把事情鬧大，有人會告訴海倫的兄弟，他們會來找你。他們擔心死了，又很生氣，情況可能對你不利。你最好快走吧。」

他又捶了一下，踹了一下。

瑪莉說：「我得去躺下來，免得昏倒。」

喬治沒有朝她走去，瑞秋也沒有。瑪莉顫抖著腿站起來，一手扶著一邊牆壁，搖搖晃晃地走過走廊。

「爸，」瑞秋說，「爸，我們對你沒有惡意，我們祝福你，可是你得走了。爸，拜託。」

屋外靜默了一分鐘。喬治抬起頭，看著瑞秋。她偷偷爬向窗戶，拉開窗簾。門廊空無一人，只有壓扁的好彩香菸包裝紙，以及一根蘋果核。她把窗簾拉得更開，看向馬路。街頭到街尾都不見人影。她告訴自己，父親沒問題的。現在天氣比較溫暖，他不會凍死。他會在路澤恩縣找到礦工的工作，不會有事。

突然傳來一聲巨響，房子的地基似乎都動搖了。她嘴裡嚐到酸味，雙腿湧起瘋狂的渴望。兩者都說，**快跑，快跑，快跑**。

後門重重被摔開時，警告的話語依然響著。

# 第十一章

## 昆士蘭省布里斯本，一九八六年

凱蒂十歲時結識了一群鄰居小孩，他們屬於摒棄奢華的基督教派分支。他們的教會由斑駁的防水板搭成，位在風沙遍地的公園中央。有個週日下午，她和這群孩子到教堂周圍玩尋寶遊戲。帶領遊戲的牧師留著鬍子，身穿牛仔褲和紮染上衣。他把第一條線索裝在用過的瓦斯帳單信封裡，交給他們。線索寫著：「從以賽亞書三十八章八節尋找方向。」凱蒂完全看不懂，但其他孩子馬上就懂了。他們穿著燙過的牛仔褲跑了起來，互相推擠笑鬧，不時絆倒彼此，破壞基督徒形象。凱蒂跟在後頭。他們在教堂後面由上數來第十階的階梯下方找到另一張字條，遊戲便這樣持續下去。應該感覺很好玩才對，不過最終獎品卻只是一本大衛與歌利亞的立體書，和大家迫切的競爭不成正比。

跑這一趟的感覺也正是如此。即便他們找到女排版員的證據，又能證明什麼？她要自己理智一點，卻又想到菲利浦和他吹在她脖子上的吐息。即使目標依然成謎，但她知道自己想逃離什麼。菲利浦有研究助理、博士生和大學生幫忙。凱蒂比誰都清楚，他有辦法組織團隊幫他做事，還讓大家以爲是他們自願的。

週六早上，她和詹姆在大學圖書館門口碰面。今天他穿白色上衣和牛仔褲，戴太陽眼鏡。風越來越大。學生在石階和草地上遊蕩，抽菸或等人。他們看起來都很像——蓬鬆的頭髮，寬大的淺色牛仔褲，各種不同藍色的POLO衫或格紋法蘭絨衫——除了一、兩位像牙醫的年長學生，以及一位喬治男孩的歌迷，他一定清晨就起床化妝了。等大門打開，學生依序把包包放進置物櫃，通過旋轉柵門。

凱蒂和詹姆煞有其事地大步前進。他們就像電視上的警探搭檔，《龍鳳妙探》的蘿拉・霍特和雷明頓・斯蒂爾，或《哈特夫婦》。他們感覺像在公路旅行，她應該帶一袋零食才對。

她上回進來以來，所有想得到的空間都冒出了黑色的卡片目錄櫃，擠得像蜂巢。現在室內不能抽菸，所以經過幽暗的書庫時，不再看到微小的火光，不過舞動的乳白色陽光仍從高聳的窗戶流瀉到地上。這間圖書館總是擁擠；興建當時似乎認爲世上不會再有新發現了。但過去五十幾年，圖書館不定時擴建，增加夾層和活動櫥櫃——用很多壁紙蓋住不堪用的木材。在這兒，凱蒂覺得很自在。想要有所發現的人會來這裡，而她向來是這種人。

圖書館的死寂像被子蓋在他們身上。室內的氣味——發霉的纖維配上一絲有如除草時散發的香草味——讓她冷靜專心。閱覽區很快就坐滿了，不過他們在微捲閱讀器附近找到一張幾乎空的桌子。詹姆翻起目錄，她則擺好筆記本和筆，準備記錄他們的努力。

「來。」他抱著滿懷的硬紙盒回來，裡頭裝著好多緊緊捲起的微縮捲片。「妳想從哪裡開始？」

一股小電流竄過全身，表皮下的肉感覺活了過來，她能感到肌肉刺痛，充滿活力。她希望自己沒有得了什麼病。

她不太知道爲什麼張口就說：「一九三五年。」

□

他們面臨的挑戰是不要分心。一九三〇年代，《紐約時報》的廣告包括鱷魚包、阿拉斯加海豹皮大衣和白鼬毛皮，還有罕見誇張罪行的報導。黛佛妮公主到紐黑文參加海軍對耶魯大學的比賽，回家路上掉了價值八千美元的珠寶，警方在「辛苦搜尋」雨水溝之後尋獲失物。凱蒂不知道哪個最不可思議：一、公主跟你住在同一個城市；二、公主去看美式足球比賽；三、看比賽還穿戴珠寶；四、警方爲了找珠寶搜尋下水道。在一九八〇年代的昆士蘭省，如果你擁有值得偷的財產，絕不可能告訴警方。

她讀起公告：紐澤西州建物貸款股分；大學畢業生會擊潰業務；必須犧牲完整廚房。她讀起婚禮啓事、電台導覽和訃聞。她讀起求職欄：尋求可靠的已婚男子：曾銷售訂閱報紙的拉票員（4）；帝國模特兒學校徵求流行模特兒。她要是能做這個維生多好，每天都能感到精神捕獵的驚喜。

不過兩個小時後，她不再感覺像電視上的警探。她草草掃過報紙，她相信詹姆在旁邊的機器前也一樣。當她閉上眼，燈箱仍刻印在視網膜上，擠滿黑體字。她同時獲得人生在世的體悟。這麼多頁報紙記載當時如此重要的事件，使讀者睡不著覺、焦慮、絕望、興奮，但現在都毫無意義。沒有人在乎珠寶失蹤，也不在乎公主找回財寶。凱蒂意識到，我們都是時間洪流中的微粒。這麼想能放人自由，沒什麼好擔心的，眞的。五十年的精華成了最佳濾鏡，讓她看清自己心事的格局。

當文字開始在眼前搖擺，她專注找起排版員這個字。她找到一篇文章報導伊利諾州的報社員工罷工，因爲報社拒絕指派工會成員操作新的「電報排版機」（天曉得那是什麼）；《查塔努加時報》前編輯的訃聞，他做排版員起家；一篇小報導提到一位「黑人」排版員不會讀寫，卻仍能比對每個字母的形狀和他拿到的排版稿，排出完美的作品。報紙中都沒提到女生。

詹姆彷彿聽到她的思緒，把眼鏡推上額頭，雙手平放在後腰。「這是中世紀的虐囚裝置啊。」

她點點頭。「你隨時想停都行。」

「我自願的，」他說，「我只能怪自己。」

「或許我們看看火災的報導吧，就當作調劑。」

翻找一陣之後，他找到那捲膠片。他拉出托盤，把新膠片架上軸心，穿過玻璃下方，推進收納捲盤。他轉動捲盤，快轉到第一張畫面。

他很快就找到火災報導，文章占據頭版右側一大塊，周圍環繞其他文章，報導美國與日本的軍火戰爭，以及共和黨催促民主黨放下黨派歧見，一起反對羅斯福調高企業稅率。她站在他身後，彎腰前傾，看他的螢幕。他脖子曬得黝黑，她覺得在這麼書呆的人身上有些奇怪。

## 小說家茵嘉・卡爾森在倉庫大火後失蹤
## 各界哀悼普立茲獎得主及其出版商

昨日克里本出版社於分隔街的倉庫發生大火，隨後現場找到一名二十多歲嬌小女子及一名男子的嚴重燒燬遺體。遺體符合茵嘉・卡爾森小姐及其出版商查爾斯・克里本的描述，兩人自週二下午以來便行蹤不明。據傳已確認遺體上找到的個人物品。據傳警方亦取得克里本先生傳給卡爾森小姐的電報，要求她在火災發生時間前來倉庫。警方應於今日正式證實遺體身分。克里本出版社員工表示，倉庫存有價值超過十萬美元的書和紙張。

路人於晚間七點發現失火，經過四台消防車迫切搶救，凌晨兩點半控制住火勢。由於火舌穿透屋頂，起初一度擔心緊鄰的公寓會受到波及。玻璃墜落導致探照燈一隊的三名消防員受傷，兩名需要送醫縫合傷口，最後一位在現場接受治療，並繼續執勤。仔細搜索倉庫殘骸後，並未找到有其他受害者的跡象。警方尚未確認起火原因。

文章接著詳述茵嘉的生平和成就，也簡短介紹查爾斯。報導說，茵嘉「在國內沒有在世親人，警方正在努力確認她的出生地奧地利是否仍有家人」。查爾斯死後留下妻子瑪德蓮、兩名女兒和一名年幼的兒子。舉世哀悼茵嘉的逝去，日後將公布葬禮的詳細資訊。

他們往後跳了兩天。

## 縱火專家協助調查卡爾森案

小說家茵嘉・卡爾森的遺體正式確認後，全紐約陷入哀悼。紐約市警局的三名縱火專家到分隔街倉庫，協助當地員警判定失火原因。警方不願說明調查方向，但表示已訊問超過三十人，希望能找出造成火災的個人或團體。有傳言看到警方從茵嘉・卡爾森的出版商查爾斯・克里本的辦公室及住家搬走多箱文件，但警方拒絕回應。克里本先生同樣在火災中喪生，他的遺孀亦不願回應，僅說關於縱火者身分的謠言都未經證實。

「外頭天氣眞好，」凱蒂說，「要你留下來不公平。」

他們距離窗戶很遠。風雖然不小，但她不用往外看就知道天氣很好。他們居住的地方天氣永遠都很好。

「我說過了，是我自願的。」

長桌遙遠的另一端，一名穿運動褲的男子猛然抬起頭，宛如腦部外科醫生在開大腦皮層手術時半途被打斷。他噓聲要兩人安靜，然後重新排列他的塑膠玻璃尺、一排原子筆、三種顏色的螢光筆和一罐修正液。

凱蒂又坐下來，把椅子拉近詹姆，放輕聲音說：「你認識菲利浦多久了？」

「夠久了。他是我大學的助教，他經常……和學生一起混。」他眨眨眼，繼續看著螢幕。

「妳認識他多久了？」

她感到臉頰一陣刺痛，便拿起筆，開始在手中轉。他沒有看她，她很感激，但她希望自己能和眼前醋酸膠片上的字母一樣小。就算別人要用特殊機器才看得到她，也沒關係。她很安全，除了準備爲她費工夫的人，不用面對任何人。

她說：「感覺非常久了。」

他點點頭。

「爲什麼你沒告訴他我在找什麼？美術館門外的女子？」

「這不是我該講的事。」

她點點頭。「那我們繼續吧。」

「好，」他說，「我們繼續。」

他們以神奇的時光機回到一九三七年，重新開始，一步一步慢慢來。

□

等她找到，圖書館都快關門了。內容和她想的不同，與女排版員無關。報導幾乎不到二點五公分長，在火災之後三天上報。

**本地男子遇劫身亡**

**男子與嫌犯小偷糾纏慘遭刺殺**

排版員山繆．費雪現年四十五歲，住在布朗克斯區佩瑞大道。週日晚上，他在住家附近疑似遇上搶劫，遭刺身亡。行經的路人協助費雪，醫療人員也迅速抵達現場，但已無法救治受害者。目擊者描述凶手身穿褐棕色大衣，衣襬在兩側鬆鬆飄動，行凶後徒步逃逸。警方表示傷口很深，現場尋獲染血的凶器。近來該區住戶越發擔心暴力犯罪事件頻傳。

她心想，一段文字不足以描述人的一生，於是她再讀了一次，膠片上的黑色墨水在她腦中形成畫面。山繆・費雪站在她面前，他個性活潑，雖然手頭並非總是寬裕，但排版對男人是不錯的工作。他穿著灰色西裝、帽子和最好的鞋，看起來很不錯。她可以看到費雪走過逐漸轉暗的街道。他不是剛下班回家，他看起來太神清氣爽、輕鬆活潑，走路有點小跳步。或許他剛吃完晚餐，或和女生看了場電影。周遭空氣一變，起了風，吹得廢紙沿街飛。他走過褐沙石公寓、電話亭和一間小酒鋪。他經過熱狗攤，攤主感到變天了，便收起推車。男人拿著鬆開的雨傘匆匆經過，準備撐傘。天空一片鋼鐵灰色。

費雪猛然轉彎，走上派瑞大道——在她腦中，這條窄街兩旁種滿了樹，沿街的公寓門口有階梯和褪色的紅色雨棚——結果差點撞上身穿褐棕色大衣的男子。男子沒有後退，仍站得很近。費雪倒是後退讓到一旁，男子跟著他，彷彿在跳舞。費雪抬起頭，露出尷尬的怪表情，就像人行道上不小心擋到彼此的陌生人。然而他卻感到尖銳的東西刺穿自己的西裝外套、刺穿襯衫、刺穿內衣。他感到針一般的尖刺抵著他的肋骨。

他心想，喔，狀況完全不同了。

他嚇了一跳，不過費雪心想，住在世上最刺激的城市就要付出代價。他在這個社區長大，現在碰上一樁簡單的交易，鑒於眼下日子不好過，這種狀況並不罕見。他知道沒有人需要受傷，他只要交出錢包，或許加上手錶就行，很簡單。

然而不知爲何，事情走向不如預期。

費雪雙膝著地跪下。他倒下時，雙拳緊抓男子的外套，接著——他很驚訝——他的手自己鬆開，外套從指縫間溜走，他發現自己倒在人行道上。他心想，這可不妙，會弄髒褲子。接著他感到液體逐漸積在身下，流進水溝，像紅絲帶蜿蜒流過街上卵石間的縫隙。

身穿大衣的男子俯身拿走他的錢包，從他的手腕脫下手錶，接著跪下來，用費雪的褲管擦擦刀子。他立起領子，壓低帽緣，迅速離開。街上空無一人，沒有人注意到。等行人發現費雪，紅色液體已在卵石間形成圖樣，像一排排印刷鉛字間的墨水。

凱蒂感覺到心臟重重一跳。她對詹姆說：「你看。」

他走到她身後，越過她的肩膀看。

她說：「很詭異的巧合，就在火災後不久。」但她不這麼想，她的脈搏告訴她不同的看法。她感到一股衝動要大事化小。如果有誰要指出這篇文章與他們的研究無關——只有「排版員」這個詞和日期——她也寧願是自己。

詹姆用手抹抹下巴。「可能吧，巧合確實會發生。當年紐約刺傷案件應該不少，排版員也不少。只是，那個名字——費雪——我以前聽過。」

# 第十二章
## 賓夕法尼亞州阿倫敦，一九三八年

牆壁距離她只剩幾公分，房子縮得和火柴盒一樣小。門被摔上後，她聽到他的腳步靠近。她想起吐絲的蠶。細絲紡成的線在織布機上啪噠作響，每座工廠的每個員工、他們的家人、鎮上的商店、電影院——全都仰賴牠們努力吐出的細絲。牠們靜靜縮在蠶繭裡休息，絲毫不知道外頭的世界，直到突然被丟進滾燙的大桶。

他來到她面前，捲起袖子。他在家裡占據的空間超過其餘三人相加。她了解他，她的一部分來自他。他的臉頰冒出發白的鬍碴，一道五公分的紅腫突起抓痕從喉側延伸到喉根。她沒看過這件襯衫和外套，他竟然還裝飾了袋巾，但太大又太紫。他身上飄散著菸味。當年在農場，她學走路時會蹣跚走向他。怎麼可能？

「把我鎖在自己家門外，」他說，「妳就這樣歡迎我？」他握緊又鬆開拳頭，她看到他手臂上的青筋凸起。喬治已不見蹤影。

母親站在華特身後，雙臂抱胸。「我很訝異，瑞秋。」她說，「十誡說當尊敬父母，沒有更嚴重的罪了。」

瑞秋感到肌膚顫抖，知道自己著實存在。他揮來的第一拳將她打倒在地。

□

黑暗與光明交錯之際，她的皮膚綻裂開來，成爲她的新世界。身體的每一部分都連上過去無法想像的複雜網絡，她的小指與髖骨，她的膝蓋內側與鎖骨。新世界忽冷忽熱，發燙刺痛。她曾覺得自己隱形嗎？像霧氣一樣飄渺？她回想不起來了。她眞切地活著，她是一頭動物，她是土地、陶土和血液。她感知到她的顴骨、肚臍上方的空間、她的小腿骨。她嚐到也聞到鐵一般的血味。她重生了，全身滑溜扭動。時間流逝而過。

□

她用手肘撐起身體吐，母親用盆子接住嘔吐物。

「相信我，一、兩個星期就好了。」她說，「肋骨或許要久一點。如果妳的尿到禮拜五還是粉紅色，我們就找醫生來，但我看不可能。」

瑞秋重新躺下，然而世上什麼都不夠軟，她體內彷彿有尖銳的石頭在互相磨擦。她有隻眼張不開，便用另一隻眼看瑪莉拿毛巾浸泡冷水。她擦擦瑞秋的額頭、手臂和胸口，把毛巾在盆裡甩一甩，擰掉粉色的水。

「我們躲不掉這場風暴。要不是妳，就要加上我和妳弟弟，事實就是這樣。一個人總比三個人好，否則誰來照顧我們？」

瑞秋手腕的關節喀喀嘆氣，每一次呼吸都像薄頁岩刮過河砂。這是一種語言，她的身體在對她說話，只要她不再慟哭，就能聽見。地獄般的呻吟宛如激流穿過洞口。

「安靜點。」母親說，「都結束了，沒必要大驚小怪，念念不忘。結束後，他們不喜歡再想起來。我是說男人。他們到最後就會冷靜，把情緒全部發洩掉。妳以後就學會了。想要什麼，都趁事後還看得出來的時候要求。」

對此應該有個答案，但瑞秋嘴裡沒有空間說話。

「妳最好待在家一兩個禮拜。做得好的話，沒有人會知道，連同個屋簷下的人都未必知道。女人的一生就是苦痛，沒有別的，苦痛和流血。我生妳的時候以爲會痛苦而死，我猜我的母親想過同樣的事，她的母親也是。輪到妳的時候，妳也會這麼想。」

不久後，天花板變得模糊，瑞秋睡睡醒醒睡睡，進入鮮紅、粉紅和洋紅的奇怪世界，陰影和光亮一起打轉，骨頭的細語誘引她入睡。她的身體對她說什麼？她集中精神，盡量努力去聽。她聽到壓低聲量的喃喃自語。她翻來覆去，每個動作都在體內激起新的火花。她的身體在傳遞訊息，要是她能理解就好了。

□

再次醒來時，她躺在床上，陽光劃過身體。屋內一片寂靜。她把手放在胸前，感到胸口即使疼痛仍上下起伏。她在這兒，她一直都在這兒。

她踉蹌站起來。她的四肢似乎沒有接好，不過移動時傳來令人欣慰的痛楚。她查看臥房，再透過窗戶看向馬路。喬治一定上學去了，但她的父母呢？天知道。

她用了床底的尿壺。母親說得對，她的尿不再有粉色痕跡，排尿強健迅速。她走去屋外廁所倒尿壺時，感到藍天壓著她的肌膚，感覺到每一陣風、每一道陽光。一隻知更鳥站在籬笆上，歪著頭，直直看著她。看來她睡了不只一天。夏天已然來到，她從未踩在如此紮實的土地上。

她從廚房拖了一張椅子到臥室的衣櫥前，每走幾步就停下來休息。她擔心膝蓋會撐不住，不過她成功站上椅子，搆到多年前從農場帶來的行李箱。她把她抽屜裡的東西全放進最好的箱子。罩衫、內衣、褲襪、摺好的大衣、她擁有的第一本書《努姆仙境》、她在路邊攤買的兩本小說《萬世師表》和《萬事皆有終》、她的第一件嫁妝蕾絲桌巾。她從臥室門後的鉤子拿下她最好的紅色毛帽，又從衣架拿下週日穿的棉洋裝。幾個月來，她小心翼翼將細絲紡織成綢，自己卻一根都沒拿到。

她伸出鬼一般纖長的手，從窗台拔起一把未成熟的胡蘿蔔，包在圍裙裡，與泥土和柔軟的上衣一起放進箱子。她從麵粉罐拿出用手帕包著的錢，撕下母親筆記本中的一頁，上頭寫著薇拉姨婆在紐約市的地址。瑞秋現在有身體了，她不打算浪費。她把椅子留在臥房，鑰匙放在櫥櫃，就在數週前父親留下鑰匙的位置。

# 第十三章
## 昆士蘭省布里斯本，一九八六年

她拆掉腳踏車前輪，整台放進詹姆的後車廂——他很訝異她沒有車。布里斯本是座高低起伏的城市。他開一台不起眼的白色霍頓轎車，前車主是業務員，車身有幾處損傷，但車內很乾淨。出發前，他們打開每扇車門，開冷氣吹了幾分鐘，不過她知道方向盤一定還熱得發燙。收音機開著，他調低了音量。詹姆默默開車，一手抓著方向盤。

接近目的地時，她說：「你住在布林巴區。」這裡和歐肯花區正好位在城市兩端。

「我在這兒出生長大。」

布林巴區位於河道彎處，地勢起伏，到處都是有如血管的小溪，不過大多被封住了。這裡鄰近她曾與父親同住的出生地莫寧賽區。莫寧賽區像小鎮中的小鎮，她熟悉那裡的每寸土地。父親告訴她當地人的故事：詹森家和麥肯錫家，還有住在懷能路大宅的李家人；荷蘭家知名的兒子們在淹水時跑去採石場游泳，還會拖半滿的四加侖煤油罐鍛鍊身體；羅希特家是製革廠的老闆；懷特家痛失最小的兒子，他玩耍時扮成小狗，把皮帶綁在脖子上；有個小嬰兒在高熱的柏油路上玩耍，結果熔掉三根腳趾。即使到現在，她仍不知道父親的故事有多少是真的。父親過世後，她收拾行囊，搬到河對岸的歐肯花區。對她來說，這已是偉大的切割創舉，在她的小世界裡，跟搬去紐約或倫敦一樣厲害。

他們開進布林巴區，下午閃耀的日光伴著唧唧的蟬叫聲低斜照入。空氣降到血的溫度。他們開上一條傾斜的街道。

她說：「哇。」

昆士蘭省的房子通常是簡單的工人小屋，建在四百〇五平方公尺的土地上，底下的支柱搖搖欲墜，室外小屋牆上爬滿佛手瓜藤蔓，旁邊的水泥小徑通往焚化爐。然而詹姆的房子比一般街區寬了三倍，四面都有露台，門口的階梯往下先來到平台，再左右岔開伸向地面。她在鎮上住了一輩子，從沒碰過誰住在這種房子裡。

他打開門，看看手中的鑰匙，睫毛顫動了幾下。「如同很多東西，」他說，「只要稍微近看就會失望。」

她把身子從黑膠座椅拔起來，走下車。她看前院濃密陰暗中點綴著桉樹，長了危險的夾竹桃，陽光透過雨傘大小的龜背芋葉灑落。他們從馬路走上狹窄小徑，奇怪的莢果在腳下嘎吱作響。一棵茂密的香蕉樹長在角落，樹上掛著一弓未熟的綠香蕉，以及下垂的紫色花朵。另一個角落種了巨大的芒果樹——鮑文芒果，不是那種纖維多的品種。當地有一半房子都種這些樹，可是都在後院。前院應該留給玫瑰和木槿，或許旁邊再種棵雞蛋花。

她心想，這棟房子前後顛倒了。她很開心，她好愛芒果樹，樹皮的氣味，枝幹上像珠寶般的堅硬樹汁小泡泡。她記得小時候會掛在樹枝上，懸在半空中，頭髮像瀑布垂下。他們順著水泥小徑靠近房子，有鉤的植物勾住凱蒂的衣服，蜘蛛格網像胎膜黏著她。她停下腳步試圖掙脫，詹姆也停下來，轉過身。

「對不起。」他伸手想碰她的頭髮，手在半空中遲疑了一下，捏住她看不見的東西。「花園的設計立意良善啦，但實在不受控制，我想我也喜歡這樣。這座花園不聽任何人的話。」

站在馬路上看，房子似乎漂浮在綠色軟墊上，窗戶閃閃發光。現在她看到房子的支柱用幾塊木頭卡著，油漆脫落，脆弱得像羊皮紙，大門口的階梯沒有扶手。

「小心。」他爬上樓梯，叮噹搖著鑰匙。他大跨一步，越過看來破碎潮濕的一階。「那階不太妙。來。」

他伸出手說：「跨大步一點。」

他的手溫暖乾燥。她感到頭暈目眩，彷彿準備進入另一個世界。

他說：「可以嗎？」

她抓緊他的手，踩向他踩的位置。來到階梯頂端後，她回頭往下看著河。她忘了南岸聞起來不一樣，有討厭的寵物飼料工廠、培根工廠、油脂熔煉廠和肥料工廠，還有紅樹林和下方的泥巴。風像現在從東方吹來時，輕微的腐敗魚味會飄上考姆斯里海灘。

大門打開，眼前是條悠長陰暗的走廊，兩側的門都關著。松木壁板擦得光亮，但玄關不見衣帽架，也沒有畫作或地毯。他按下開關，點亮一顆裸露的燈泡。來到走廊中段，右側空間變得開闊，但屋內可說空蕩蕩，只有一些舊床單蓋著的家具。一座梯子靠著牆，地上擺了好幾罐油漆。頭上的圓拱頂拆到露出松木材，隔開兩個房間的圓拱頂也是。窗戶在炎熱的下午緊緊關著，室內空氣很悶——充滿油漆和溶劑的味道。

廚房完工一半。宛如空盒的櫥櫃安裝好一部分，但沒有料理台，抽屜還疊壓放在角落。另一個角落的木凳子上放了微波爐，上面擺著手電筒。她不用看就知道，臥房還有一支手電筒，浴室也有一支。大家都知道隨時可能斷電。

詹姆說：「幫傭今天休假。」他打開後方所有窗戶，窗外可俯瞰另一個露台。她走近一些，發現玻璃並不平整，下方比上方來得厚。

她在其中一根門柱上看到褪色的橫線，旁邊交叉寫著褪色的字，不特別注意就會錯過。是古老的身高紀錄，記下兩個孩子的成長。「這些原本的特色，你都要留下來？」

他點點頭。「眞是自討苦吃。等房子整修好，我都老到爬不上樓梯了。」

她用手指撫過窗戶玻璃的起伏，想到之前代代的人也做過同樣動作。「這面哈哈鏡玻璃。」

「我在這兒長大。」他說，「小時候，我會隔著玻璃往外看，再開窗往外看，不斷重複。世界看起來很怪，街上行人的腿感覺更結實寬廣。我總是因而覺得別人在地上站得比我們穩。」

「你的老家。」她說，「你一定很愛這裡，才會留下來。」

「我沒有留下來。我離開過，才又回來。」

她了解這個區別很重要。大家都愛昆士蘭省，但很少人去過別的地方，可以拿來比較。

他越過走廊，打開一扇門，門後的房間塞滿家具。「我的檔案櫃在這兒。」他擠進一道窄縫，走到遠方角落，扯掉床單，露出深色硬木的四層抽屜檔案櫃。他拉開上層抽屜，翻找了一陣，又關上轉戰底層。

他終於說：「找到啦。」他轉過身，舉起一個斑駁的文件夾。

□

他們掀開床單，露出餐桌和兩張不成對的椅子。凱蒂和詹姆坐在一塊兒，身體幾乎相觸。文件夾攤開在眼前，看來歷經坎坷——書背用泛黃的膠帶補強，頁籤以不同顏色的麥克筆標記，又重新標記好幾次。凱蒂看得出「書評、卡爾森和三〇年代文學，一般」和「澳洲文學，一般」。

文件夾能有多貴，頂多幾分錢？用舊了就丟，再拿新的容易多了。菲利浦家的書房就像書報攤，全都是系上文具櫃偷來的東西。會重複使用文件夾——尤其又是這種房子的屋主——這個人絕對很特別。

文件夾裡裝了厚厚一疊信，紙質有的高級有的粗糙，褪色的字跡也呈現各種墨水藍、驚人紅或焦慮褐。有些信是手寫，有些打字，有些整齊留邊平整，有些則骯髒起皺，好像是從垃圾桶裡撿出來的。每封信的左上角都釘著信封，收件人資訊的辨識度和縮寫程度都不同：昆士蘭大學，詹姆・加尼維博士。

「我的粉絲，十年份的書信往來。陰謀論都埋藏在這兒。」

詹姆拉來整疊信，開始翻找。他聚精會神仔細看過信紙，將每封信翻過來，疊成另一堆。凱蒂隨手拿起幾封他看完的信。

我需要你幫忙！如果美國人民能注意到眞正的事實，就會發現茵嘉・卡爾森是世上最惡名昭彰的抄襲騙子!!!她的作品都是約翰・史坦貝克寫的，他是美國英雄，作品成功都該歸功於他……

我眞的希望你不會覺得我像瘋狂粉絲，但我確實知道茵嘉・卡爾森還活著。她以前常來我們苗圃買植物，幾年下來我和她越來越熟……

很少人知道卡爾森的作品其實是路易・布菲爾德寫的。我很確定，他是我祖母的表親，小時候我們去他家，他親自告訴我的。我看過他的日記，裡面都說作品是他寫的，他們約好合作。縱火凶手是馬克思主義者，因爲她欠他們錢。如果你寫書揭露眞相，我願意分你一半版稅。一旦收到你的支票，我會提供所有文件……

詹姆說：「我知道一定在這兒。」

靠近上頭的信紙上列印的字寫道：

你替我們的敵人工作嗎？茵嘉・卡爾森是俄國間諜和共產黨，中央情報局認爲她威脅到美國，因而處死她。我們會贏得冷戰，屆時就能公開證據。不要再推崇叛徒的作品了！

凱蒂感到有些不舒服。

「啊，」他說，「找到了。」

他從信紙堆裡拿出一封信，放在他們之間的桌上。信看起來很普通：一般的A4信紙，字體也沒有特色。

一九八一年九月十七日

先生您好：

我叫馬汀・費雪。我寫信來是想向您請教我的父親山繆，他在一九三九年二月十二日遭人謀殺，當時我八歲。

時光總是從我們手中流逝，現在我成了祖父，孫兒會問我爸爸是誰，他做什麼工作，我覺得要盡力幫他做到最好。我的父親是排版員，他的最後一份工作是替查爾斯・克里本排版茵嘉・卡爾森失落的那本小說。別跟我說不是他，我很清楚就是他負責。他很努力，有時候還熬夜，卻被歷史遺忘了，這樣不對。

茵嘉・卡爾森相關的論文或文件中，您有看過提到我的父親山繆・費雪嗎？只要是叫山繆或山姆的人都好，我們全家就能以他爲榮，對我的小孩也好。

誠心等候您的回覆

馬汀・費雪

下方寫了一行威廉斯堡的地址和電話號碼。

「快五年了，」凱蒂說，「他可能搬家了。」

「不打去不知道，」詹姆看看手錶，「但不能現在打，紐約才凌晨三點。我們得殺時間。」

如果出自菲利浦之口，她知道這句話的意思——不過詹姆伸手拿起電話。

「叫披薩？」

□

太陽沉沉地掛在西方天邊。明天是週日，他們約定在布里斯本的午夜，也就是對方那邊的早上九點打電話。對兩個單身沒小孩的人來說，做決定很容易，可是一旦決定，周遭的氣氛就變了。詹姆空蕩蕩的家沒有電視，他們無法像一般人空泛地聊室內的裝潢和珍品，因爲什麼都沒有。沒有裱框照片，沒有裝在碗裡的水果，沒有窗簾，沒有靠枕。

詹姆的冰箱裡有半塊卡芒貝爾起司和一包麥芽餅乾，不過他們點的披薩很快就到了。送貨員是位疲倦的中年女子，開著老舊的福特汽車。半個瑪格麗特披薩給凱蒂，半個辣素食披薩給他。她從袋子裡找出錢包，但他揮手拒絕了。廚房櫥櫃沒有門，餐具都還裝在地下室的紙箱裡，於是他們把紙巾當作盤子，直接從盒子拿起來吃。詹姆看到窗台上有開瓶器，便從起居室變出一瓶積灰的紅酒。他開門去拿的時候，她瞄到地上擺著床墊，純白蚊帳像張開的降落傘懸掛在上頭。他在身後關上門。

他回到廚房，洗了兩個紙杯倒酒。他又撕下兩張紙巾，一張交給她，另一張鋪在大腿上，彷彿是高級餐巾。

詹姆說：「妳可能沒料到，我沒有多少訪客。」

她告訴他沒關係。她希望自己對葡萄酒有所了解——只有一點也好。她父親從不喝酒。小時候，只有酒鬼喝葡萄酒，其他人都喝四叉牌啤酒、邦迪蘭姆酒和可樂。詹姆的紅酒嚐起來有鐵味，有點像肥皂水。她不發一語，謹慎啜飲，以防酒漬染出小丑的笑容。她從染油的盒子裡拿起一片下垂的披薩，擱在紙巾上。聞起來好香。她小口嚙咬，閉著嘴巴咀嚼，這似乎是這房子對她的要求。詹姆不像她認識的其他屋主，不會高談他的翻修計畫，她在心中暗自表示感激。她知道有人講拔除廚房的油地氈能講得比《遠離非洲》還長。

「妳如果需要通知誰說妳在這兒，」他說，「歡迎用我的電話。」

他看起來精疲力盡，她打賭他應該希望沒開始這個計畫。她心想，發明電視以前，人們怎麼不會尷尬而死。塵埃在最後一道英勇的陽光中舞動。遠方傳來車流聲。她的耳後有點癢，手腕也是。老房子嘎吱呻吟。

「妳會熱嗎？」他說，「地下室的箱子裡有電風扇，我可以去拿。」

「沒關係，這種房子蓋來就是要防熱。」

「也是。」然後他說，「不然來玩拼字遊戲吧？我應該有一組。」

□

她輸了頭幾輪，似乎什麼字都拼不出來。英文感覺無比侷限，只有幾個字來形容那麼多東西，今晚她只能想起其間的空隙。她心想，這眞的是我的母語嗎？他們面對面坐著，在桌子允許的距離下盡可能遠離彼此。她聽到一隻負鼠爬過屋頂，詹姆似乎沒有發現。拼字遊戲組很舊，深紅色框框卻完好如新。凱蒂把手上的字磚依照可能性排好，詹姆則是拿到字磚就不再擺弄，每次移動都有確切的目的。他用食指尖把遊戲板上的字磚對齊。

然後她放鬆下來，開始贏。

詹姆說：「手氣很旺喔。」

「你願意小賭一把嗎？我相信只是運氣暫時換邊而已。」

「別怕，」他說，「我猜妳一開始只是在騙我。不過妳想的話，我們可以玩別的？大富翁？」

「『玩別的』——在布林巴區這是膽小鬼的意思嗎？」她感到一滴汗水流下後背。一隻飛蛾不斷衝撞燈泡。

「我只是想當稱職的主人。」他說，「加尼維家的人絕不會逃避挑戰。」

「那我們繼續玩吧，我喜歡這個遊戲，」她說，「我喜歡它的規則。你拿到什麼就是什麼，不能買賣，不能丟掉。你可能運氣好，拿到最棒的字磚，也可能倒大楣，拿到一堆X和J。全看你怎麼把手上的字磚用到極致。」

他說：「妳果然喜歡挑戰。」

「我喜歡……」她想了一下，「推動事情，從現狀變成別的樣貌。」

「妳喜歡茵嘉什麼地方？」

「統統喜歡。她在小村莊長大，父母沒有受教育，她卻寫了這本書，改變許多人的人生。」

「所以不只是作者的作品，她的背景故事也很重要。」

她皺起眉頭。「重點是全貌吧。作品是本人的延伸，同時也不可能作爲本人的延伸，近乎不可能。」

「『爲了實現不可能的目標，必須嘗試荒謬的手法。』」

「你果然對唐吉訶德很熟。」

「我說過，我很愛那本書。我可是會把書從書架上拿下來，偶爾甚至會打開來翻一翻。」

玩的時候他的雙手很穩，但視線會掃過字磚，在不同字母間跳躍，在腦中排列重組。他每次放下字磚的聲音不同，像標點符號：有時他先放好邊角，才用力整個蓋下，作爲強調；有時他用一隻手指滑過去，發出滑順的嗖嗖聲，像小孩玩玩具車。她覺得聲音背後有種語言，只要知道規則就會說了。

他們幾乎玩到午夜，直到他拿下手錶（爲了增添樂趣，他們決定對照時間來嘗試快速拼字遊戲），他們才發現時間過了。

「該打電話了。」他說，「我想妳等不及回家了。」

「對，」她說，「等不及了。」

□

電話響了十幾聲，沒有人應答。她正準備建議一個小時後再試，這時他的表情變了：有人接起電話。他拿著話筒，畢竟那是他的電話（她心想，也是他的帳單——國際長途電話）。他將話筒稍微從臉邊轉開，她則把臉貼到話筒的另一側。他的指節緊抓著話筒，擦到她的臉頰，她才稍微挪開臉。

他說：「我不確定我打的號碼對不對，我想找馬汀．費雪先生。」

電話線上傳來輕微雜訊，像把紙捏成球的聲音。

「我就是馬汀。」

詹姆用話筒指指她，想交給她。她搖搖頭。

「費雪先生，我是詹姆．加尼維，我在澳洲布里斯本。我打來是想詢問關於你五年前寄給我的信。」

她心想，他不會記得，時隔太久了。他們住在世界兩端，兩個相差甚遠的城市。她想不出什麼能連結他們，太荒謬了。假如布里斯本和紐約有所相連，那世界一定比她向來想的小上許多。

「我是馬汀沒錯。你剛剛說澳洲嗎？」

詹姆說，「對，澳洲布里斯本。」

太神奇了。馬汀・費雪大聲吹起口哨，詹姆還得挪開耳朵。「我記得，我當然記得。唉呀，眞沒想到。其中一個卡爾森學者，還是南半球那個。你等了眞久啊。」

「當時我不適合回信，」詹姆開口說，「當時我沒辦法幫你。」

「但現在呢？」

詹姆歪過頭，對上凱蒂的視線。「現在我有很多問題。」

「眞好笑，現在我倒是沒問題了，也沒興趣。等一下。」哐啷一聲，看來他放下電話，凱蒂猜是放在廚房的層板上，接著遠方傳來飛快的說話聲。她聽到的話斷斷續續，但其餘內容很好猜：**這些小鬼，在電視機前吃飯，這麼一次就好，安靜一點，還有不要灑出來，否則別怪我發火。**沉靜的深夜，她和詹姆在悶熱的屋內獨處，她隱約聽到的家庭早餐時間離他們再遙遠不過。他們像兩名迷途的太空人，靠螺旋狀的電線與文明世界相連。

馬汀再次拿起話筒說：「好了。我的孫子在看卡通，房子燒了他們大概也不會發現。」

「馬汀，」詹姆說，「我請我的同事凱蒂・沃克接電話。」

她用唇語說不要，但詹姆把話筒交給她。她接過來，鎮定心神，向遠方的聲音、這位喪父的兒子自我介紹。

「馬汀，你爲什麼寄那封信？」

電話線上漏出一聲嘆息。「唉，我也不知道，當時我根本是病急亂投醫。我知道老爸是排版員，也知道他最後的工作是排失落的那本卡爾森小說，燒掉的那本。我滿腦子就想找找看……看那麼多相關的書中怎麼描述老爸，結果發現都沒提到他。然後……我說過了，我就沒興趣了。」

「這個嘛，每個人——研究卡爾森的專家、學者、歷史學家——都知道你父親沒有幫那本書排版。查爾斯．克里本，茵嘉的出版商——」

馬汀說：「別鬧了。」

「你總該聽過茵嘉死後寄到的信，她在信中感謝查爾斯親自排版。」

「茵嘉根本沒寫那封信，不可能，那時候她都死了。妳看，信在火災後兩天寄到，大家都認爲是茵嘉寄的。可是信花兩天才寄到？一九三九年？現在或許還有可能，現在那些廢柴要花一個星期呢。但以前不會，絕對不會。」

詹姆和凱蒂面面相覷。詹姆拿回話筒，凱蒂靠近一點，又靠近一些。她想聽，她無法用理智說明，但她想靠得更近。

「信的出處已經過證實。」詹姆說，「信紙是她的文具。字跡與不同來源的範本比較過，確實是茵嘉的筆跡。一般推論那陣子下大雪，所以送信遲了。」

「字跡什麼的我不清楚，但不可能，不可能，信一定是假的。你說什麼天氣，解釋起來很方便，但都是屁。仔細聽我說。茵嘉沒寫那封信，因爲那時候她已經死了，還有因爲書的排版員是我老爸。」

凱蒂用手掌摀住嘴巴。

「我老爸不是聖人，脾氣不好，喝醉就很凶。他有……特定的政治立場，每天回家就抱怨工作，有次甚至想辭職，但克里本說他只要撐下去，就給他獎金。老爸答應買巴克・羅傑斯的火箭槍送我，我和你說，我根本沒拿到。完工後幾個禮拜，火災後三天，他就死了，可疑到不行。」

「你懷疑幕後有鬼？」

「老兄，我不只懷疑，我知道幕後有鬼。那時候我還小，但大家都知道。他在我們家轉角遇刺？在他住了一輩子的社區？千萬分之一的可能都沒有。」

「你母親沒和誰說什麼嗎？例如和警察？」

「警察不大喜歡我父親，應該說他們沒動力好好調查這個案子吧。」

隨後沉默了一下。詹姆說：「你母親，她一定不好受吧。」

「她從來不提這件事。一開始她很難過——她說應該告訴他錢不重要。她希望他從來沒碰到查爾斯・克里本或茵嘉，還有那整群人。不過以一個沒工作的寡婦帶三個小孩來看，我想我們過得還好。我們還住在同一間爛公寓，勉強過得去。」

「你們的錢從哪兒來？」

「天知道？我那時候還小，只知道房租繳得清，桌上有食物。這種事對小孩沒什麼意義。」

「搶劫會出人命，」詹姆說，「這種事層出不窮。你父親的死一定只是巧合。」

凱蒂聽到刺耳的磨擦聲，五十幾歲的中年男子用乾燥的手摸過沒刮鬍子的臉。他面色發白，想到孫兒在隔壁房的電視機前吃飯，並祈禱永遠不用拋下他們。不管過多少年，兒時父親過世的記憶永遠不會消逝。馬汀．費雪這下肯定要掛電話了。他們會打回去，但他不會接，就這樣了。

馬汀說：「不只你們試著說服我。」他的口氣聽起來不以爲意。「說實在話，現在我不在乎了。我是說，以前我會氣得火冒三丈——生氣相信巧合的蠢蛋把我當呆瓜或騙子。我想知道爲什麼，你懂嗎？爲什麼我們失去——」他清清喉嚨，「總之，現在我知道整個狀況，我其實已經不鳥是誰殺他了。」

「什麼叫整個狀況？」

「我們發現……我母親去年八月過世後，我們在她的遺物中找到一盒老爸的東西，然後……」他又清清喉嚨，壓低聲量。凱蒂想到，孩子還坐在電視機前。

「好吧，你們想知道？我父親是納粹。貨眞價實、付會費、有證件的德裔美國人同盟成員。」

隔著世界，馬汀．費雪坐在他的廚房，講述他的故事。整個布林巴區、整座城市都在棉被下沉睡，人們獨眠或共寢，四肢大張或蜷縮。在半空的屋內，在這個房間，凱蒂和詹姆仍與十秒前一樣，坐在裸露的燈泡下，負鼠仍在屋頂上亂跑。然而他們不再相同了。凱蒂看向詹姆的臉，知道他們的表情如出一轍——猛抽了一口氣，面色蒼白。他們感到驚恐及興奮，反感及追逐的快意。有個納粹認識茵嘉和查爾斯，知道失落的那本小說，在火災後僅僅三天就遭到殺害。為了滅口嗎？時隔將近五十年，難道他們找到誰殺了茵嘉・卡爾森的謎題線索嗎？

「你父親……」詹姆的另一隻手撫上他的喉嚨，「馬汀，我不知道該怎麼問你。」話筒對面傳來：「我向來覺得直接問最好。」

詹姆再次開口時，她從未聽過他的聲音如此輕柔。「你父親有暴力傾向嗎？」

一聲短暫刺耳的笑。「肯定沒錯。」

「馬汀，」詹姆說，「目前我們什麼都不確定，還需要很多研究，訪談認識他的人，實地查詢檔案資料。不過最後假如發現你父親涉入害死茵嘉・卡爾森的火災——你會怎麼想？」

隨後的停頓令凱蒂反胃極了。

「我讀了那本書——叫什麼？《萬事皆有終》？戰後讀的，我的小孩也讀過。」

「馬汀，」詹姆說，「這件事非常重要，全世界都會想知道。」

她聽到遠方椅子嘎吱作響，還有胖子坐下的喘息。凱蒂提醒自己，當時他只是個孩子，她可以理解他想保護父親。他完全有權利掛斷電話。她要自己準備好。

他說：「那些混蛋，亂打女人小孩，害半個該死的世界嚇得半死。他是個爛父親，更是個爛丈夫。你們就公開事實吧。」

「你確定？」凱蒂說，「你還有孫子，這可能是大事。」

「這麼說吧，如果他與那場火災有關，連我都會殺了他。如果我的小孩和孫兒無法以他為榮，我拚了命也要讓他們以我為榮。」

詹姆說：「我們了解你一定覺得很可怕。」

「我只能說，他什麼都做得出來。或許他的納粹夥伴殺了他，八成錯不了。那些花一度害我多想，不過跟狗混久了，嗯，通常跳蚤只是最小的問題。」

凱蒂傾斜話筒，平放在她和詹姆之間。她說：「馬汀，什麼花？」

「這沒有關係吧。」

即使知道馬汀看不見，凱蒂點點頭。「可是你曾覺得有關？一些花？你父親送花給誰嗎？」

「唉，我覺得應該是私事啦。是這樣，老爸的葬禮上，有人送來一大束花，我沒看過那麼大一束，又是白百合又是菊花，應有盡有，足足有一百二十公分高。」

「誰送來的？」

「我媽不太喜歡的人。她看了一眼，拔出裡頭的卡片來讀，然後拎起黃銅花架，沿著走道往外走，把架子一路拖過福音者約翰教堂的地板，刺耳死了。她把花從門口階梯丟下去，摔成一團。她還把卡片撕成兩半，也丟到門外。」

「那張卡片，」詹姆說，「我猜她沒告訴你寫了什麼吧？」

「她啥都沒說，」他說，「再也沒提過。不過確實有這回事，感覺昨天才發生呢。教堂裡每個人都不知道該看哪兒。」

詹姆說：「喔。」

「這種事會害小孩抓狂。當下我們還沒消化失落的情緒，還要等一陣子，所以在葬禮上——我很好奇。他以前會買偵探圖畫書和偵探漫畫給我，通常都是把我打個死去活來之後，不過我經常扮演小偵探艾勒里．昆恩呢。總之，我說我要上廁所，從後門溜出去，繞到教堂前面。有人清掉了花，但沒發現雪地上撕碎的卡片。由於我的目標就是卡片，很快就找到了那八塊碎片。」

「上頭寫了什麼？」

「內容簡潔扼要，只寫了『節哀順變』，然後簽名。沒什麼，我也不想讓大家閒話。如果老爸犯法，你們能定他的罪——非常歡迎，不過私事不該張揚。或許他有外遇，八九不離十啦，不然老媽何必那麼生氣？」

「馬汀，卡片上誰簽的名？」

馬汀．費雪還沒開口，凱蒂就知道答案了。

「一個女人的名字。瑞秋，瑞秋．黎赫。」

# The Fragments

## 第二部

# 第十四章

## 紐約市，一九三八年

瑞秋・黎赫很感激。施拉弗特餐廳的黑色制服穿起來不舒服，白領子和袖口硬挺，她懷疑多少流汗的身體穿過這身制服，才漿過摺好交給她，但她還是很感激。她把每一根灰褐色的頭髮塞進帽子，髮夾拉緊插好。其他女孩不肯和她說話，甚至不看她。時間還早，還不到早餐的熱門時段。上星期，有如聖經中描述的大雨襲擊東岸，樹枝、路標和薄板屋頂至今仍塞住曼哈頓的下水道。今年夏天似乎烤乾了樹上的綠葉，把城裡一半的人趕去洛克威海灘或百麗港，不過進入九月後，天氣也開始轉涼。今天早上，天還沒亮她就起床，走遠路繞過淹水的街區，花了一個半小時，從地獄廚房一路走到西十三街和第五大道交會口，但她還是很感激。

歐洛夫林太太說：「別害我現在後悔。」她雙手抱胸，把雙峰擠成嚇人的岬角。

瑞秋說：「不會的，歐洛夫林太太。」

「我相信每個人給我的第一印象，」歐洛夫林太太用海鷗般的聲音說，「但我的弱點就是太好心了。」

聽到她的宣言，瑞秋沒有自信能控制表情。她站得更直，抿住嘴角。

「妳要通過試用，如果妳沒辦法和其他女孩一樣努力工作，那就免談。如果妳當不成這間餐廳的戰力，我才不管妳媽媽的阿姨是誰。」

瑞秋心想，歐洛夫林太太應該進紐約愛樂樂團吹小號。能用鼻子呼吸，同時大聲斥罵不停，實在是難得的能力。

她說：「好，歐洛夫林太太。」

「妳看布莉姬。」歐洛夫林太太歪頭指向站在主櫃台旁的結實女孩。她穿戴整齊的黑白制服和帽子，手拿點餐本，重量平均分配在平底鞋上。「她當然不是選美皇后，但她剛從愛爾蘭科克郡搭船過來，實在怪不了她。如果妳問她想待在這兒，還是回去和十二個兄弟姊妹住在農場，她會說現在是在天堂，從沒這麼快活過。」

布莉姬的眼睛瞇成一條縫。

瑞秋腦中響起另一聲「好，歐洛夫林太太」，但她不確定有沒有說出口。

「叫妳點餐就去。」歐洛夫林太太說，「客人是妳今天侍奉的老爺夫人，如果妳做不到，如果妳不屑服務哪個小姐，那麼妳在這兒絕對待不久。妳要把客人點的蛋沙拉、奶油起司三明治和鬆餅端上桌，永遠都要用托盤。妳要稱呼客人太太和先生。托盤要怎麼拿？」

「手臂要伸直，歐洛夫林太太。」

就這樣沒完沒了。*妳不能和櫃台的男子說話，如果他們向妳搭話，更不可回話。妳不能與負*

責飲料的男孩說話。妳不能和糖果櫃台後面的女孩說話。每天早上上工前要接受檢查，女侍指甲下的泥土要是多到能種馬鈴薯，客人馬上就沒食欲了。壺裡的咖啡每二十分鐘要更換，如果我看到一壺冷咖啡，妳就準備走人。

歐洛夫林太太說：「懂了嗎？」

「懂了。」她漲紅了臉，其他女孩得意地笑，但她點點頭。瑞秋很感激，非常感激。

□

剛抵達薇拉姨婆在公園坡區的家時，她渾身都是黑黑藍藍的瘀青，餓得快昏倒。薇拉看到她的模樣，氣得火冒三丈。她讓瑞秋睡在食品儲藏室的行軍床上，餵她喝湯。她和瑪莉說過好多次，那個男人只會惹麻煩。瑞秋有一半遺傳到父親，一看就知道也是個麻煩。薇拉自己身體不好，沒時間應付麻煩。她會幫瑞秋找到工作和住所，就這樣了。

頭幾個禮拜，瑞秋到薇拉家附近的美以美會醫院燙衣服。一位縫補衣服的女孩說她的表親住在第九大道，正在徵公寓室友。卡蘿不到一百五十公分，和礦工一樣矮壯，老是眨眼又扭來扭去。房間會漏風，還陰冷潮濕。其他洗衣的女孩認為瑞秋瘋了，才會搬去地獄廚房，但初到紐約的那段日子，瑞秋似乎不受恐懼侵襲。城裡到處都是只有她注意到的微小寶藏——紅綠燈上披著金袍的雕像；晨光反射在大理石和花崗岩的峽谷上形成花紋。這座城市充滿力量，鋼鐵建築自傲地刺穿天際——而在中國城，男人拖著堆滿木材的手推車，感覺像另一個國家。

後來薇拉姨婆幫她找到這份工作，比醫院更靠近她的新家。薇拉已經盡了兩次對瑞秋的責任，不會再管她了。

擔任女侍是一大進展，瑞秋不打算浪費機會。她成天低著頭。其他女孩大多像布莉姬，是愛爾蘭人，比較習慣擠牛奶。女孩不和她說話，不僅因爲瑞秋在美國出生，或因爲她的薇拉姨婆是助產士，曾協助歐洛夫林太太的女兒熬過艱難的分娩。沒那麼簡單。

瑞秋來過這間餐廳。那時她還小，農場感覺仍像帝國。他們難得拜訪紐約，母親和薇拉帶她來餐廳用餐。那天她第一次看到霓虹標誌，還有飛機飄過雲端。母親點了藍盤特餐，也就是牛油煮蛋。她幫瑞秋點了碎草莓聖代，嚐起來像未來等著她的一切。

今天早上她服侍客人時，感覺自己一分爲二——她是小女孩，坐在母親旁邊的凳子，把紅色粉色攪和進一片白色。然而她也是伸直手臂、指甲乾淨的女侍，四處幫人點餐。瑞秋抬起看菜單的臉，看到瑞秋穿戴帽子圍裙，站在那兒。她認得出自己嗎？她感覺有另一個瑞秋一直躲在體內，仍未完全現身。她現在還是吃午餐的瑞秋——只是穿上戲服演戲，像戲劇表演。

施拉弗特餐廳很忙，時間因而過得很快。等到早餐熱門時段過去，瑞秋已抓到端盤子的技巧，以及點單傳去廚房的方式。一名中年女客大叫：「女侍！」好吸引她的注意。等到午餐時段結束，她感到腳跟長了水泡。她想自己表現得還好；她打翻十七桌的水，不過馬上就擦乾了，桌邊的女士只有笑笑。莫琳已在這兒工作了好幾週，卻還在櫃台上打翻冰淇淋汽水，有幾滴濺到一名女子的鞋子。

女孩進來的時候將近三點，在門邊的瑞秋立刻看到她。事後回想，她也說不上來爲何會在川流不息的客人當中注意到對方。她的站姿特別鬼祟嗎？施拉弗特餐廳的客人大多是社會各階層的女性，對每個人來說，來這兒都是享受。閃耀的棋盤狀地板，擦亮的金屬和深色木材，長長的弧形大理石櫃台，雞尾酒和一盒盒華麗的糖果，身穿制服的員工。女人滑進嗖嗖轉的大門，宛如拜訪祖傳大宅，彷彿坐在高腳椅上用吸管喝水果雞尾酒，就象徵了回歸她們應得的地位。

然而，瑞秋第一眼看到她，就知道女孩沒有返家的感覺。

歐洛夫林太太讓她坐在瑞秋負責的區域。女孩看來剛滿二十，但眼神飄動的樣子成熟多了。她身材纖瘦，像老家的樺樹。她穿著過大的男性外套，材質可能是棉，不過是黑、白、灰色的斜紋花樣，看起來像精緻的拼布，而以秋天天氣來說太薄了。女孩仍穿著外套，沒有掛在門邊衣架上，她坐下時外套積在身旁。要不是亮眼的臉和頭髮，她看起來就像乞丐。她的頭髮綁成長長的辮子，金得幾乎泛白，金到瑞秋看著眼睛都疼。即使相隔三公尺，她銳利的顴骨也能割傷人。

瑞秋問候她時，女孩沒有說話。瑞秋心想，或許她不會說話，至少不會說英文。她並不害羞，直直看著瑞秋，眼睛在臉上似乎顯得太大。她沒有化妝，面色清爽，令人聯想到深色冷杉、草地和山中湖。她指指菜單，點了熱巧克力加鮮奶油。瑞秋端來放在她面前，她用兩隻白如瓷器的手環住杯子，低下頭。

瑞秋回到位子上，布莉姬說：「她確實很怪。」

瑞秋接著招待另一桌客人，然後是一位獨來的老太太，她點了熱奶油糖聖代加香草冰淇淋和烤杏仁。再來是兩名看似母女的女子，雙雙點了奶油雞飯。她們帶著一名頭戴尖帽的男孩，年紀比喬治小，他思索頗久之後，決定點切成三角形的烤起司麵包。她在點菜本上寫得很清楚，甚至畫了形狀，但烤起司麵包做出來卻是正方形，只得退回重做。這時男孩又不要了，他想吃巧克力和楓糖牛奶糖——不對，他要中間有棉花糖的巧克力。

「不可以這樣。」其中一名女子對他說，同時瞥向瑞秋，「不然會違反規定，對不對？」

瑞秋跟他說：「你要先吃午餐，才能吃甜點。」但一看到他的臉，她便後悔成為這種想法的幫凶。她想改口對他說，**吃牛奶糖吧，吃櫻桃小餡餅、淡薄荷餅乾和花生醬小塔吧。明天一切都可能改變，你可能再也無法來這兒用餐。**

等烤起司麵包做對形狀，她抬起頭，看到綁辮子的女孩手拿帳單走向收銀台。她的步伐搖擺，彷彿在溜冰。她拐向糖果櫃台，指尖劃過玻璃，在餅乾、蛋糕和一盤盤牛奶糖前磨蹭，好像有整天時間。

台面上一堆發亮的果醬罐疊成金字塔，絲絨盒裝著各種大小的糖果，閃耀的錫罐有方有圓，有金有銀，或浮雕了花朵，綁上緞帶和蝴蝶結。女孩像在隨便觀賞，拿起一個，前後轉轉，欣賞一番，又放回去。她選了另一個，檢查看看，又放回去。接著她拿起第三個，深紅色小盒的巧克力珠寶盒，上頭裝飾著亮眼的綢緞花。她把盒子放進口袋。

瑞秋感覺她微小的動作像聲波迴盪在整間餐廳。她四處張望，沒有人反應，沒有人大叫或跑向女孩。眞的只有瑞秋看到嗎？她想起母親，她能看見，卻無法認知到父親的憤怒。行爲似乎要符合觀者的現實才會成眞。大家都認爲絕不可能在歐洛夫林太太面前偷巧克力，因此不會發生。

瑞秋周圍一切正常。雜勤工托著沉重的托盤經過，餐具叮噹作響。客人吃著他們的三明治、沙拉和百匯，聊著表親的婚禮和下午的行程。女侍像燕子穿梭在桌間，女領班從門口綜觀一切。或許瑞秋看錯了。

金髮女孩毫不遲疑，繼續走向收銀台。瑞秋滿腦子只想到女孩可能身無分文，甚至付不出熱巧克力的錢。她口中湧起酸味，彷彿她才要在大庭廣眾之下被趕出去。緊繃的情緒在她的皮膚下顫動，正當瑞秋覺得再也忍不住，必須藉故跑去餐廳後頭時，女孩的手探進了另一個口袋，漫不經心地掏出一張大鈔結帳，面額大到找錢要用小面額的鈔票。然後她就走了，沒有人阻止她。瑞秋呢？她僵在原地。

女孩離開後，歐洛夫林太太叫他們在廚房門口圍成一圈。「那個穿外套的女孩，」她說，「穿那種外套，有那種口袋，又不想掛起來。如果她再來，誰盯著她，我就感謝誰。」

瑞秋說：「我來吧。」

□

第一天下班，等她爬上公寓樓梯，進入屋內，天又黑了。施拉弗特餐廳的輪班比大多數餐廳短，女侍也不仰賴小費過活，但她的腳並不知道。瑞秋打開門，一面告訴自己，情況會好轉，這只是暫時的，不會永遠下去。

她馬上知道卡蘿不在家——狹小的房內無處可躲。她們頭對腳共睡一張鍊在牆上的收納床，卡蘿寬廣發熱的小腿壓著瑞秋的背。她們入住時已有一張沙發，現在還有兩張椅子和一張搖晃的折疊桌，上頭疊著卡蘿寫到一半的連環信和信封。她們甚至沒有衣櫥，每件洋裝都掛在釘子上。窗戶下有一台哐啷叫的暖爐，發出的噪音比暖氣還多。天花板散落滿滿的黴菌斑。有些東西則增添了她的色彩——小小植物種進梅森罐、咖啡錫罐和喝乾的牛奶盒，擺在牆邊和窗台上。角落堆了一疊二手書，除了家裡帶來的，現在還多了《遠離非洲》和《人鼠之間》，她已各讀過兩次。小廚房裡有個冷水槽，如果太累或不想面對走廊盡頭的噁心公用浴室，她便會在這兒擦澡。這層應該只收女住戶，或許沒錯，或許並非如此。不過她知道她很幸運。往下一層，一家六到八人必須擠進兩個房間，共用小廚房。

她打開燈，看到卡蘿留了字條在桌上，上頭壓著用K牌李子醬生鏽錫罐種的波士頓蕨。紙條寫著，**我去柔伊家的小派對，想來就來吧**。

瑞秋不想去。好消息：歐洛夫林太太說她明天可以繼續上班。壞消息：她的後背發疼，手臂抖得像果凍一樣，她甚至無法走路回家。第五大道的公車要花十分錢，比一般公車貴了一倍，但她想享受一點特殊待遇，慶祝第一天工作。現在她想，她不該花這筆錢，她不知道這份工作能持續多久。她沒去柔伊的派對，反而煮了一鍋水，裝滿鋁製澡盆，倒進一匙成塊的碳酸粉。

她從阿倫敦來的巴士下車時，感到一陣興奮；同樣的情緒依然還在，隱隱藏在水泡下。她到的第一天，這座城市籠罩在濃霧中，幾乎看不清楚刺向雲端的高塔。不過這座城市召喚全世界的人，瑞秋知道她需要來這兒。

她還不能更衣，也不能吃飯。闖進走廊的煮飯香混合各國的味道，在她的喉頭相衝冒泡，害她沒有食欲。她的腳比較重要。熱水鬆開她的腳趾，軟化她的肌膚，放鬆她的肩膀。她心想，穿外套的女孩現在是否坐在公園長椅上，或蜷縮在比她家還破爛的公寓，吃那盒巧克力珠寶盒。偷麵包她可以理解，或偷蛋、五香燻牛肉或蘋果，但女孩冒了很大的險，只爲了不切實際的甜食。她用突出的拇趾划水。她習慣冗長的工時，知道只要把眼光放遠，就能繼續撐過明天、隔天，多少天都行。

她坐著泡腳到水失去最後一絲溫度。瑞秋的晚餐是吃剩的肝泥捲配馬鈴薯泥。假如她能強迫自己打擾欄杆上的鴿子，或許會坐在外頭的防火鐵梯吃飯。這裡幾乎沒有星星。早知如此，她會試圖記下家鄉的星空。她以爲星星和太陽一樣恆久不變。

如果有收音機，她會聽廣播劇《隱士洞穴》，但她沒有收音機。她拿起《萬事皆有終》，再次從頭讀起。凱登絲的勇氣，永不放棄父親的態度，總令她熱淚盈眶。她最喜歡這種作品──講述苦難和勝利，甚至是光榮的挫敗。她喜歡緊張地猜測接下來的發展。

就寢前，她會用泡腳盆的水澆她的盆栽。她太累了，無法輕易入睡，但等她睡著，她會夢到躺在鮮奶油床上，漂浮在熱巧克力海上。一隻象牙色的手餵她吃偷來的巧克力珠寶盒，嚐起來像巧克力、燒柴煙和丁香，溫暖滑順又甜美。

# 第十五章
## 昆士蘭省布里斯本，一九八六年

凱蒂眼前充滿可能，無法思考別的事，她知道詹姆也和她一樣。將近凌晨兩點，他們離開布林巴區，靜靜駛過空蕩的街道，穿越南布里斯本，橫越灰街橋。他時不時張嘴看向她，彷彿想說話，卻又打消念頭。

他終於說：「馬汀・費雪眞了不起。」

她同意。她猜想在她不知道的地方，有多少勇敢眞誠的人。她是否曾在街上與他們擦身而過，卻從未想到如此靠近這麼特別的人。碰上重大事件時，很容易認出他們——這些特別的人——但是在一般生活中呢？她心想，只要些微的一廂情願，就能輕易蒙蔽展現個性的線索。

他們停在她的房子門口。

她問他：「以前沒人想過嗎？」她壓低聲音，免得吵到鄰居，以及前側房間的特莉絲和帥哥。「茵嘉和德裔美人同盟？你確定嗎？」

他專心從後座拿出她的腳踏車。

「我上課前會檢查所有資料。」他說，「我鑽研茵嘉的時候，沒有人提到德裔美人同盟，現在也沒有。」

「怎麼可能？」

門把卡住了車輪，他前後扭動輪子想掙脫。他一定很累了，但是動作卻充滿耐心，看不出時間多晚了。「五〇年代茵嘉研究興起時，美國的精力都放在邪惡的共產黨上。況且到目前爲止，沒有人懷疑查爾斯不是排版員，妳是第一個。沒有人和馬汀·費雪談過。好的研究就像這樣——很有創意，不遵循公式，靠靈感連結兩件沒人想過的事。」

腳踏車終於脫離了車子，放在他們之間的小徑上。

她說：「謝謝你載我。」

「晚安。」

她感到有點醉；今晚的驚喜和潛能，加上發現無人知曉的事，令她興奮不已。她雙手扶著腳踏車，踮起腳尖，探向前吻了他的臉頰。她光滑的臉貼著他一會兒。她感到鐵砂般的刺痛和粗獷的熱，她感到他的臉頰回貼著她。

她重新站好，看到他臉上的表情，不禁笑了。

「抱歉。」她咯咯笑起來。

他雙眼圓睜，眨了幾下。「天哪，別說抱歉。我只是，我沒有，沒有料到。很意外，非常好的意外，很棒的意外。妳實在是。」他咬咬上唇。「今晚眞了不起。」

他撫上她握著腳踏車的手，他的手比她想的柔軟強健。他們十指交握。

她說：「好吧，晚安。」

她抬頭再吻他一次，這回他準備好了。他低下頭，他們在同個空間一起呼吸。這是試探的吻，緩慢而溫柔。她將手指挪到他的胸口。很久沒有人吻凱蒂了。打扮得光鮮亮麗，外出激起隨機的誘惑——她向來不在行。她都忘了接吻的喜悅，軟唇相觸的甜美試探，陌生人如煙燻熔岩巧克力的味道。她的呼吸加重。她不想結束這個吻，但她仍退開了。

「很晚了。」她抬頭看向她的窗戶。「我該走了。」

他點點頭。「當然，」他說，「嗯，好。」

「晚安。」

「嗯，很好。謝謝。」他皺起眉頭，「不對，不是謝謝。我的意思不完全是謝謝。不過，嗯，對。謝謝。」他咬咬下唇，「哇，我聽起來實在是。」

「實在是怎樣？」

「實在是，我也不知道。看來我無法英文了。」

她心中對他、街道和世界湧起暖意。她可以感到臉頰浮現酒窩。「那麼，我也謝謝你。」

她走到地下室鎖好腳踏車，然後爬上後門樓梯。詹姆一直待在小徑上，直到看到她的燈熄滅。

問題是動機。爲什麼德裔美國人同盟想要茵嘉・卡爾森的命？瑞秋也依然成謎。瑞秋成爲凱蒂想像的一部分。在書店，她潛伏在凱蒂的眼角；在街上，每個老太太都吸引她的注意。瑞秋與凱蒂同年時長什麼樣子？她的個性如何？態度呢？每天在她的想像中，年輕與年老的瑞秋都不斷改變個性和外表。有時年輕的瑞秋個子矮小，一頭灰褐色頭髮，褐色眼睛充滿警戒。有時她較高大白皙，手臂像被太陽曬白的骨頭，眼神如水。她很健談、沉著、憤怒又野心勃勃。

美術館門外的女人，以及送花的女子，她們是同一個瑞秋嗎？這個名字並不罕見。凱蒂試圖記起她碰到的女子特徵，彷彿坐在警方素描畫家面前，但她是史上最糟的目擊者。身高？體重？都不知道。凱蒂記得女子的音色。感覺她寫羅馬數字七時，中間會加一橫，但這毫無用處。年齡大約七十上下。她的腔調——有一點口音，前提是凱蒂沒記錯、沒想像錯、沒冀望錯。她的口音不足以洩露她是美國人，但這能證明什麼？演員只要練習個幾小時，聽起來就像母語人士，如果有人下定決心甩掉外國口音，數十年來能做到什麼程度？山繆・費雪出殯時，瑞秋大概二十幾歲；對，可能是她。

但這都是臆測，凱蒂眞正知道什麼？她知道山繆・費雪是納粹，還有瑞秋・黎赫身懷鉅款，畢竟馬汀．費雪描述的花不便宜。這個瑞秋與費雪一家不熟，但馬汀的母親認識她，或聽過她——沒有人收到陌生人的禮物會如此憤怒。葬禮前，年幼的旁觀者馬汀沒聽過她，瑞秋本人也沒有頭戴黑紗坐在教堂裡。還沒有人提到這一點。

可是來自紐約的女子，最後怎麼會住在布里斯本？這座城市少有重要訪客，曾蒞臨的人都成了傳奇：至今大家仍會談起麥克阿瑟將軍；一九五四年來訪的年輕英國女王；一九四八年費雯．麗和勞倫斯．奧立佛抵達阿徹菲爾德機場時收到一顆鳳梨。除了特莉絲和她母親的兄弟，凱蒂用一隻手就數得出她認識的人誰出過國，從國外來的更少。

沒有用。凱蒂覺得她像賞鳥人在勾選清單：她的叫聲如此，她的鳥喙顏色如此，這類地點是她的天然棲地，這是她翅膀下側、蛋殼、胸口羽毛的圖案，彷彿靠這些特徵就能辨識她。然而人不是鳥，不會天天恆久不變，面對不同的人，樣貌也不甚相同。人會變形，會自我辯解，會掙逃，會變了又變。即使凱蒂見過瑞秋，她們的會面僅有——怎麼樣？——兩分鐘？三分鐘？不足以告訴她任何線索。

或許送花的女子和美術館門外的女人剛好都叫瑞秋。或者馬汀說對了，紐約的瑞秋和山繆有段婚外情，與他的工作無關。或者她是馬汀母親的幼時友人，卻背叛了她，原因——什麼都有可能，例如偷了她的蛋糕食譜。或者馬汀母親天性易怒。或許她就是討厭百合或菊花。或者她的丈夫過世，瑞秋．黎赫卻還活著，一想到這兒，就害她想砸壞眼前的一切。況且前提是受創的男孩沒有用偵探圖畫書培養的想像力虛構了整件事。

可是。如果瑞秋不知爲何也讀過原稿呢？如果她懷疑殺了山繆・費雪的凶手也會找上她呢？這就能解釋爲何一名年輕女子會離開世上最大的都市，搬到地球另一端——她在逃難。

還有詹姆。她該怎麼看待他？雖然她迫切想找到瑞秋，但也想和詹姆獨處，或許去小島或森林，沒有書，沒有問題要解決，沒有瑞秋，沒有山繆，沒有茵嘉。凱蒂想到他時，感到體內脈搏鼓動，但她知道如果這事發生在別人身上，她會怎麼說：他們共同的目標造就了親密的錯覺。

□

週一早上，他打電話到店裡找她，那時她在招呼客人。等到午休，她的思緒已飄到雲外。她想像他們肌膚相親，她背靠著牆，雙臂環繞他的脖子，他抱著她，讓她雙腳懸空。她在想他臉頰上的鬍碴延伸到喉頭某處，他是否有胸毛，或沿肚子往下的一條毛髮。她吻他時，他臉上震驚的表情、結巴的反應。光是想著，她便無法專心工作。她想像跨坐在他身上，看他臉上的表情，讓他驚呼。

下午她接起電話時，心神早飄到數哩以外。

「凱蒂？我是詹姆。」

這回換她嚇了一跳。「嗨。我只是，沒有。」她看向書店——店內沒有客人，克莉絲汀也不在附近徘徊。凱蒂不知道這是好是壞。「哈囉。」

「妳也哈囉。」

他頓了一下，但沒有太久。「嗯，我在庫存裡找到幾本書，探討一九三〇年代的法西斯主義。我也和朋友的朋友談過，他引介我認識對羅斯福特別有興趣的一個人，他很懂三〇年代的美國，政治，那堆有的沒的。」

詹姆告訴她，支持納粹的德裔美國人同盟不希望美國介入即將到來的世界大戰。「他們積極參與孤立主義運動。很明顯戰爭就要開打了，他們知道羅斯福會想參戰。」他告訴她，德裔美人同盟私下與美國優先委員會結盟，這個施壓組織創立於一九四〇年，鼎盛期有八十萬會員，目的是確保美國遠離歐洲戰事。

「德裔美人同盟規模龐大。火災後才幾個星期，他們在麥迪遜花園廣場舉辦集會，將近兩萬人參加。他們認爲羅斯福是俄國的布爾什維克黨員、猶太人的傀儡，盡信這些鬼話。他們甚至有自己的突擊隊，也規劃了各種陰謀——引爆軍事設施、偷取武器炸藥，應有盡有。」

「了不起，你很忙呢。」

「啊，是啊。不知道爲什麼，我就是睡不著，早上六點就進辦公室了。」

「咖啡喝太多？」

「不，不，不。我腦袋想個不停。總之。妳，我一直在想妳。」

「我？」

「對。如果我現在想妳，如果我試著在電話上談這件事，我要好幾個小時才能恢復講完整句子的能力，但我認為今天總有需要講完整句子的時候，所以回到我打電話來的目的吧。簡而言之，德裔美人同盟絕對有辦法毀掉一間倉庫和兩名平民。」

「可是為什麼？為什麼要殺了茵嘉，毀了那本書？」

「大家都知道她親歐，反對法西斯主義。或許《每日，每分》的內容會促使讀者支持干涉主義政策？我不知道。妳還沒開始認眞研究，或許要花點時間，但妳會找到動機的，我可以保證。」

她沒有說話。

「凱蒂？妳還在嗎？」

「我？」

「當然是妳，這都是妳的功勞。妳可以拿走馬汀・費雪的信。有大學支援會比較輕鬆。妳應該過去和他見面，訪談記得山繆的每個人。一定有紀錄，或許在聯邦調查局的檔案裡？」

「我沒辦法做這些事。我不是研究員，我有工作。」

「凱蒂。」他的聲音變低，更為嚴肅。「這很重要。過去十幾年，我沒看過卡爾森謀殺案出現這麼重大的線索。有人會雇用妳、資助妳，或給妳獎學金做研究。如果妳想在學界發展，妳的研究能寫成論文；妳不想進入學界，也可以寫成書。這種點子能改變妳的一生。」

「我需要想想。」

他說：「當然。」然而他的語氣卻明白顯示：**這到底有什麼好想的？**「明天晚上我要去拍賣會，研究這些納粹資料耗了我一點時間。我幾天後打給妳，好嗎？」

她同意了，不過他掛掉電話後，她打給菲利浦。她不確定爲什麼。因爲她腦袋昏花，因爲在她認識的人當中，只有他在大學握有權勢。即使冒著搞砸一切的風險，她還是打給他了。她想像他桌上的電話，她想像他伸出手，用聰明的手握住話筒。她心想她是否只是編了複雜的理由，想聽他的聲音。聽菲利浦的聲音，叫她的名字。她心想：**我這麼不了解自己嗎？這一連串行爲都是我在背叛自己嗎？**要是他接起電話，她不知道要說什麼。

他辦公室的電話一直沒人接，她吐了一口氣。眞是驚險。她放鬆下來，這時電話轉到系所總機，一名女子接起電話——昆士蘭大學英語系——她的機會又來了。她只要說，「對不起，我打錯了。」

然而她告訴總機她要找菲利浦。女子查找了某張表單，耽擱了一下。

「他在休假，」總機告訴她，「家有急事。賓克斯老師幫他代課。親愛的，妳是學生嗎？要我幫妳轉接嗎？」

凱蒂感到反胃極了。當眞？她心想，菲利浦？爲了別人放下一切？

「天哪。我是他們家的老朋友，希望不是他在日內瓦的母親出事，她一個人住在那兒，他是最小的兒子。」

「我不知道是誰，」女子說，「不過在國外沒錯，一定是大事吧。我覺得不是日內瓦，所以他媽媽沒事。我記得有個女生說他在紐約。我可以幫妳留言？」

「沒關係，不用留言。」

菲利浦突然前往紐約——這麼巧的機率有多少？她沒有道別就掛斷電話。

# 第十六章

## 紐約市，一九三八年

一星期過後，她的排班時間變短了，愛爾蘭女孩們雖然不算願意和她說話，至少也會對她點頭了。一名叫湯米的雜勤工對她毛手毛腳，不過他才十六歲，比瑞秋小三歲；他刻意在眾人面前假裝出手，主要是想提高聲望，不是想誘引她。她毫不驚慌。她和父親一同外出時，即使母親在場，華特的頭也會像倉鴞轉個不停。湯米不知道她在這塊戰場的經驗，他表現得再好，也無法動搖她這種人。

九月底的週五下午，餐廳瀰漫著假期氛圍。下午就算沒能帶來暖意，至少也留存了溫暖的記憶。裸露手臂、穿棉布洋裝、在公園吃冰淇淋的日子已經過去，整座城市開始爲長達數個月的寒冬做準備。歐洛夫林太太在廚房裁決兩位廚師的紛爭。通常她只要厲眼一瞪，女侍、女領班和雜勤工都會乖乖排好，但歐洛夫林太太卻拿廚師沒輒。他們爲了大家看來一模一樣的刮刀而吵個不停，硬說彼此的奶油糖霜裡有糖晶。**一切都自動化後，妳們絕對不會聽到我抱怨，**歐洛夫林太太一面對女侍說，一面像水手扳著指節。**我在百老匯看過鬆餅機。我說眞的，那些好命的廚師來日不多了，等著瞧吧。**

大約兩點，餐廳清閒下來。這時大門打開，瑞秋無法將視線從——什麼？——門上挪開？說也奇怪，她無法瞥開眼。她應該在知道之前，就已確定玻璃和鉻金的另一側是誰了。

正是那位綁辮子的金髮女孩，身穿同樣的男裝外套。她的步伐輕盈，像入侵者，像獵食者。她走進門，再次四處張望，彷彿擔心有人趕她出去。

瑞秋才看她一眼，便意識到週一以來自己多常想到她。上班途中走過漸亮的街道時，她看到一名男子身穿合身外套，與女孩的外套材質類似；瑞秋心想，穿起來沒她好看。昨天晚上，卡蘿請瑞秋幫忙側編髮辮，她說她在地鐵海報上看過這種髮型。每個點熱巧克力的女人，每個買巧克力珠寶盒的男人。整個星期，瑞秋都有些期待女孩走進大門。

女領班沒有認出她，只是掛著微笑，指向門邊的外套架。女孩搖搖頭，把外套拉得更緊，用垂到地上的骯髒長綁帶綁好。女領班讓她坐在莫琳的服務區域。

瑞秋逼自己移動雙腿。她多送了一條餐巾給慶祝生日的三名女子，有位小姐掉了餐具，她拿乾淨的來換，但從頭到尾都繼續觀察。女孩點了熱巧克力，瑞秋看她喝完，起身拿著帳單，走向收銀台，然後繞路經過糖果櫃台。

這時歐洛夫林太太已從廚房出來，站在女領班旁邊，朝經過的客人點頭。只有瑞秋能從她的右腳方向，看出她的注意焦點。

女孩拿起一罐果醬，查看了一番——瑞秋猜不出來她在看什麼。她放下罐子。

歐洛夫林太太朝湯米和另一個叫柯特的雜勤工點點頭。他們把托盤放在續杯區下方，假裝剛好漫步移動，挪到大門兩側。

瑞秋拿著點菜本和筆，轉過身，走向糖果櫃台。她和女孩身高相近，體格也類似。經過她身旁時，瑞秋抖動肩膀，用力震了她一下。她身上似乎沒有肌肉，隔著袖子，瑞秋仍能感到她鎖骨附近緊繃的皮膚。瑞秋的點菜本掉在地上。

瑞秋說：「小姐，不好意思。」她等了短短一秒，試圖看進女孩的雙眼。近距離看，女孩的肌膚吹彈可破，她眼瞼顫抖，彷彿剛睡醒。瑞秋跪下來，準備撿起點菜本。

女孩也跪下來，伸手探向點菜本。

瑞秋悄悄靠著她輕聲說：「他們盯上妳了。」

她站起身，把點菜本塞進圍裙口袋，感謝女孩幫忙，又道了一次歉。她走到冷飲機後面，開始整理整排糖漿，擦拭黏膩的噴嘴，假裝看起來很忙。她的脈搏重重跳動，但女孩毫無反應，完全沒有。她的表情依舊澄澈開朗。

瑞秋心想，或許她是聾子。或者她心智有問題，不該獨自外出。

女孩毫不介意。她繼續檢查，拿起一個盒子，查看一番之後又放回去。

她拿起下一個盒子，放進口袋。

瑞秋感覺像胸口中了一拳。她能做什麼？大門太遠了，隔著一大片人海，還有湯米和柯特守在兩側。她得在所有人面前抓住女孩，逼她把盒子放回櫃檯。女孩沒救了。瑞秋看向歐洛夫林太太——從她的鯊魚臉看來，這回她肯定看到了。歐洛夫林太太向兩名男孩點點頭，隨女孩來到收銀台，站在她身後看她付帳。瑞秋扭著圍裙，像在擰濕布。她靠近以便聽清楚。女孩收起零錢。

「妳和我去後頭吧，我要一個男生去叫警察了。」歐洛夫林太太傾身，「妳最好乖乖聽話。」

女孩朝她眨眨大眼，沒有動。

「裝啞巴也改變不了妳的下場。」歐洛夫林太太說，「我會叫男生扛妳過去，妳看我敢不敢。偷竊沒有藉口。我負責監管這家店的每盒商品，老天在上，我會做好我的工作。」

瑞秋覺得自己彷彿從峽谷探出身，懸在空中。

女孩張開嘴。「太太，怎麼了嗎？」她操著歐洲口音，聲音低沉帶有喉音。

布莉姬用愛爾蘭腔說：「她是外國人。」她和莫琳站在瑞秋身後瞪大眼。「我早該猜到。」

「少叫我太太。」歐洛夫林太太說，「妳這種人就該關進大牢。」

「很抱歉，我英文不好。」女孩說，「但您指的是？」

「偷偷摸摸的小賊，我指的是妳口袋裡的盒子。」

女孩皺起眉頭，拍拍一邊口袋。口袋是空的，但問題不是這側。歐洛夫林太太翻了個白眼。

女孩拍了拍另一邊口袋，裡面明顯有東西。她掏出一盒裹巧克力的櫻桃，錫罐綁著緞帶蝴蝶結。

「天靈靈，地靈靈，終於現身了。」歐洛夫林太太用舌頭舔了舔牙齒。

女孩看來好像要哭了。「拜託，對不起。」

「想討拜託等到了警局再說吧。」

瑞秋靠近一步，再近一步。她願意犧牲一切暫停時間，讓大家停下來，她便能拿走女孩手裡的盒子，放回櫃子。

女孩說：「我的腦袋。」她的聲音放軟，變得細如水晶，柔如蕾絲。「我的腦袋會走神，我沒辦法叫它專心工作。我只能向您致上千分的歉意。」

歐洛夫林太太說：「我說給我到後頭去，快點。」

「也許我付錢買？再給您一點小費？」

女孩的手探進同一個口袋，拿出橡皮筋綑的厚厚一疊鈔票。她抽出兩張——不對，三張鈔票。瑞秋不知道那些盒裝糖果要多少錢，畢竟她從沒買過，但她知道一盒好時巧克力要五美分。那盒櫻桃大概要三十五美分，甚至四十美分。

歐洛夫林太太盯著鈔票。

「都是這些騷動害的，」女孩繼續說，「出書以來就沒停過。我的腦袋裝滿了故事。我再次向您道歉。」

「書？」歐洛夫林太太說，「少和我耍詭計了。」

「老天，」布莉姬在瑞秋身後說，「我知道她是誰，她就是那個誰啊，不是嗎？」

「是她沒錯。」莫琳說，「我從圖書館借了那本書，封底上有她的照片，我早該看出來的。她不是快三十歲了嗎？怎麼看起來和少女差不多。」

「那本書害我哭得像小寶寶。」布莉姬說，「凱登絲找到字條時，我以為我的眼睛會哭到掉出來。」

餐廳陷入一片死寂。瑞秋說：「她是茵嘉．卡爾森。」同一刻，女孩對歐洛夫林太太說：「我的名字叫茵嘉．卡爾森。」

歐洛夫林太太說：「絕對不可能。」

女孩笑了。「我絕對是。」

好幾秒過去，餐廳員工和客人都像布景般僵在原地，每個人似乎都至少聽到了最後一句。附近一張桌子的女子開始拍手，掌聲如浪潮從一桌到一桌散開，偶爾穿插悄聲說明。有一桌的三名女子喝完下午茶，吃完脆皮餅乾，這時站了起來。不出多久，半間餐廳的客人都起身鼓掌，把甜點和沙拉忘在一旁。

茵嘉轉身面對大家，瑞秋看到她肌膚不再呈象牙色——蒼白的喉嚨泛紅，臉頰染上櫻桃色。

「你們對我太好了。」她對大家說，僵硬地微微鞠躬。「我永遠不會忘記。」接著對歐洛夫林太太說：「我只能再次為我的疏失向您道歉。不過我想我打斷您了。不好意思，您剛才說？」

「我剛才說，」歐洛夫林太太說，「很榮幸能招待您，卡爾森小姐。」

# 第十七章
## 昆士蘭省布里斯本，一九八六年

兩天後，凱蒂的餐桌上擺滿雜誌、閃亮的簡介，以及各種暗粉色的厚紙板。還有一塊塊象牙色、珍珠色、骨白色和霜色的蕾絲，錫箔紙包的水果蛋糕塊，以及一條條鮭魚粉、貝殼色、珊瑚紅和紫紅色的綢緞。凱蒂坐在桌旁，特莉絲坐在她旁邊，在筆記本上寫字。帥哥躺在沙發上，調低音量看電視。特莉絲的媽媽奧琳匹亞來拜訪，她坐在桌旁，把血管痛的左腿擱在椅子上休息。凱蒂感到膝蓋後方冒出發癢的熱疹。

「我覺得選這個好了。」特莉絲拿起其中一塊蕾絲，「不會太花，偏幾何圖案，比較不會和眞花相衝。妳覺得和伴娘禮服的粉色搭嗎？」

「再說一次，哪個是伴娘禮服的粉色？這個口香糖色嗎？」凱蒂拿起一條滑溜的綢緞。

「最好是啦。」特莉絲說，「妳腦袋哪裡有問題？我才不要和一群芭比娃娃站在聖壇前。況且男生的寬腰帶也要用同樣的顏色，穿在帥哥身上太噁心了。」

凱蒂說：「我覺得這些粉色看起來都很噁心。」

特莉絲說：「幸好不是妳要結婚，對吧？」

奧琳匹亞說：「我還是不想放棄淡紫色。」她朝凱蒂眨眨眼。「和我的髮色很搭。」

特莉絲說：「媽，我和妳說清楚，不要再考慮淡紫色了。」

帥哥從沙發上喊道：「寶貝，她只是在鬧妳。」

「強，我看你就穿白西裝吧，你會看起來像歌手強尼・楊。」

他說：「現在就殺了我吧。」

每當八月西風吹過布里斯本，大家就會詛咒木材漏風和深深的陰影，但現在她很感激室內陰暗又涼爽。至少相對於室外來說。這種老房子有陽台、屋簷和矮門，若想坐下休息，理當會挑地下室的一根根樹墩之間，不過在布里斯本，地下室是車子、洗衣機和啤酒冰箱的專屬空間。可是昏暗的樓上飄盪著嚴肅的氣氛。帥哥經常說，如果這是他的房子，他會裝一扇天窗。

「妳知道我花了多久才挑中粉紅色嗎？你也挺我一下啊。」特莉絲朝空中揮揮樣本。

「寶貝，粉紅色很讚。」帥哥說，「妳要哪個粉色都行。」

「特莉絲，妳希望我彈鋼琴嗎？」奧琳匹亞說，「妳喜歡的曲子都行，不一定要芭芭拉・史翠珊的歌。」

帥哥躺回沙發上，盯著天花板。「奧琳匹亞，拜託。」

「我搞不懂你們何必花錢，請什麼弦樂四重奏。把錢省下來，用來付頭期款吧。」

她們小時候，奧琳匹亞會叫特莉絲「我的小守車」，因為她出生時，兩個哥哥都唸高中了。

奧琳匹亞比學校其他孩子的母親年長，也更有魅力。凱蒂記得放學後會在屋頂停車場等奧琳匹亞接她們回家，特莉絲襯衫沒紮，鞋子用鞋帶綁起來，掛在脖子上，凱蒂的金髮綁成辮子，膝蓋因為跳橡皮圈磨破了，兩人都拎著紙板書包。奧琳匹亞下車，畫著藍色眼影，身穿迷你裙和厚底高跟鞋，戴著凱蒂夢寐以求的長串珠項鍊，嚇得其他母親說不出話來。凱蒂父親要工作的下午，她會待在特莉絲家。她們家充滿混亂噪音，不像凱蒂與父親同住、一切都很沉穩平靜的家。兩個男生和他們煙霧瀰漫的房間，他們說的每個字、每個腳步的震動。奧琳匹亞總是閒不下來，要不趕著去歌唱課或愛爾蘭舞教室——她去上課，不是小孩——不然就是塞義大利麵給她和特莉絲在沙發上吃，或者把家具拖來拖去，將床單掛在掃帚柄上，做成舞台布簾。

「妳是新娘的母親，這份工作夠重要了。」特莉絲說，「況且妳還要照顧那些花童。」

「那些？」帥哥說，「不只一個嗎？」

「我們需要三個，愛蓮娜、希亞和尤蘭達。裙襬太長，少於三個人不夠。」然後她對奧琳匹亞說：「妳至少訂了花童的洋裝吧？」

「當然，我比妳寫的訂了大一號。」

「媽，不行啦。」特莉絲說，「我帶她們試過裝了，尺寸都剛好。」

「要是這段期間她們長高了呢？洋裝太大還能拿針固定，沒啥大不了的。要是太小，問題就大了。可以期待最好的結果，但要準備面對最壞的狀況。」

凱蒂說：「聽起來很合理，特莉絲。」

「謝謝妳，凱登絲。」奧琳匹亞說，「妳這孩子眞明理。」

「好啦，算了。媽，謝謝妳的好主意。現在來看伴娘禮服吧。」特莉絲拿起一本婚禮雜誌，翻了起來。「快點，伴娘，幫我一下。」

凱蒂抓起一本雜誌，也開始翻。

奧琳匹亞說：「凱登絲，妳還在書店工作？」

特莉絲看向天花板。「我們和她說過很多次了。小凱，外頭世界很大很廣啊。」

「我喜歡這份工作。」她喜歡賣書的規律，讓混亂的書架回歸整潔，把完美的作品送到客人手中。新書出版的喜悅，經典作品的溫暖回憶，書封抽象的美。

「如果能回到妳的年紀，我會做什麼呢？去冒險吧，還要更常惡作劇，以前沒做我一直很後悔。男人，我要認識更多男人。」

「媽，很噁心耶。」

「凱登絲，妳應該去夜店。印象夜店，是叫這個名字嗎？我在電視上看過廣告。」

凱蒂拿起另一本雜誌，翻了起來。她漫不經心地想，這本沒有禮服。然後她發現這根本不是新娘雜誌，上頭寫著《專業攝影雜誌》，一九八六年二月號。

「這本應該放在這兒嗎？」

「那是我的。」帥哥從沙發上說，「我想要有格調的照片。婚禮照片眞的很重要，要給我們的小孩和大家看。我不想隨便找人。老天，妳們記得索妮雅和史蒂芬的婚禮攝影嗎？」

很難忘記。每次攝影師跪下來拍攝聖壇前開心的新人，賓客都會看到他的股溝。

「那影片呢？」奧琳匹亞說，「或許我可以幫忙。你們應該沒忘記，我可是有表演經驗的。」

她們十二歲時，有回奧琳匹亞大肆宣傳她演出電視廣告，還邀鄰居過來，等廣告在連續劇《九十二號公寓》的下半段播出。她準備了牙籤串的切達起司、臘腸和醃洋蔥，配色看起來像紅綠燈，還用空心杯腳的香檳酒杯裝了阿斯蒂發泡酒。整條街上有超過十五個人圍坐在特莉絲家客廳的電視機旁。廣告終於播了，奧琳匹亞出現在電視上——一根舞動的牙膏，大家只認得她的美腿，她的身體包在發亮的白色管子裡，上頭蓋著跳動的蓋子。

特莉絲整晚都躲在屋外的樹屋裡。

「對，影片，一定要有影片，但媽妳不用幫忙。」

凱蒂翻著雜誌，跳過佳能、尼康和哈蘇牌相機的廣告，打光和化學物質的文章，反光裝置的代言。然後她看到那隻黃色眼睛。

那頁最左邊的欄位是布里斯本攝影俱樂部的長條廣告。上頭寫著歡迎居民來和其他攝影師聯誼，精進各自的能力，進行良性競爭。俱樂部的標誌是一個圓圈環繞著黃色快門。

凱蒂眨眨眼，感到體內繃緊的弦彈動。她看過這個標誌，就在卡爾森展覽排隊時她旁邊的聒噪攝影師衣服上。

# 第十八章

## 紐約市，一九三八年

施拉弗特餐廳招待過名人，許多人的簽名照都永久掛在餐廳後方長長的牆上。拉瓜地亞市長來用過午餐，女演員埃塞爾・默爾曼也來過不只一次，還有歌手弗朗西絲・阿爾達、女演員席拉・貝瑞特。紐約是由名望驅動的城市，大部分的商店店員、女侍、香菸銷售員、雜勤工和運貨員來到這座擁擠的城市，都是想實現夢想。你過的人生和渴望的人生之間只有細細一線——這就是紐約的魅力所在。然而施拉弗特餐廳從未見過茵嘉這樣的客人。

整整二十分鐘，她一桌桌與客人握手，感謝他們。她內向低調，羞紅了臉。兩名女子的包包裡竟然有《萬事皆有終》，她和善聰穎地簽了名。她請小孩吃聖代，送餐廳員工裹巧克力的櫻桃，二十二個人都有，連廚師都沒漏掉，並為她造成的麻煩向每個人道歉。他們誇張地讚美她，每個人都說喜歡她的書，愛極了。只有瑞秋例外，在這個女人面前，她似乎喪失了說話能力。歐洛夫林太太要湯米找來在街角開店的攝影師，拍攝了餐廳員工環繞著茵嘉，幫照片牆增添美好的回憶。接著每個人排成一排，茵嘉像王族走過，和大家握手。她態度和藹，握手時一視同仁，沒有對誰特別不同。

茵嘉朝布莉姬和莫琳微笑，與瑞秋得到的笑容一模一樣，她們差點哭了。一切平靜下來之後，茵嘉再次表示要付櫻桃的錢，歐洛夫林太太也再次揮手婉拒。這時茵嘉露出奇怪的表情，她臉色刷白，伸出一隻手扶著桌子，桌上的玻璃杯晃了晃。大家都嚇了一跳。

「不好意思。」茵嘉說，「我覺得。請原諒我，我的老毛病又犯了。我可以保證跟你們的食物無關，即使我倒在店門口，我相信也不會有人誤解。」

歐洛夫林太太眼睛都凸了。茵嘉需要喝水嗎？要不要躺下來休息？要幫她叫計程車嗎？

「計程車，好。」茵嘉說，「不過我擔心我會昏倒。可以麻煩誰陪我嗎？或許請那個女生？如果她不忙的話？」

茵嘉舉起顫抖的手臂，攤開手掌，指向瑞秋。

□

快要四點了。她們來到室外，城市的空氣夾雜著粉塵。瑞秋抓著她的外套和包包，茵嘉靠著她。她們沿著第五大道走，瑞秋可以感覺到茵嘉的重量和纖細的骨架，她聞起來像割過的草地和洗衣皂。她結實的農家女雙腳踏在茵嘉小巧弓形的高跟鞋旁。要是茵嘉昏倒了，她要怎麼辦？她有力氣抱茵嘉走嗎？歐洛夫林太太想叫湯米招計程車，但茵嘉阻止了她。只要走一、兩條街，穿過聯合廣場，或許再走過麥迪遜廣場，她就能恢復了。她最近太常待在室內，沒有正常進食——不免導致像剛才那樣分神，鬧出櫻桃的笑話。有人陪著，她就不怕出事了。她說歐洛夫林太太的好意令她無以言謝。

沿著第五大道走了一個街區後，茵嘉挺直身體，不用瑞秋幫忙也能自己走了。瑞秋的雙臂空了，她意識到突然沒了茵嘉的身體，自己似乎會飄向雲端。茵嘉大步往前，在西十四街猛然左轉。所以她們沒有要去聯合廣場。

瑞秋說：「卡爾森小姐，您感覺好一些了嗎？」

「好多了。」她也走得穩多，快多了。

「您希望我送您到這兒就好嗎？」

茵嘉慢下來，朝瑞秋微笑。她說：「別傻了。」那眼神彷彿能讓雪融化。

瑞秋的視線所及，只見一片搖晃起伏的帽子海。她們經過戴軟呢帽的男子，以及數名戴毛氈貝雷帽或包頭巾的女子，統統身穿俐落的灰色或褐色套裝。亮麗的汽車、卡車和公車駛過。

茵嘉在人行道中央停下來，瑞秋差點撞上她。

「我們該去哪裡呢？」

哪裡？她是指哪個醫生，哪間醫院嗎？

「說真的，妳應該被放在玻璃櫃裡好好保存。不，我還不打算去看醫生。動物園如何？可以看虎獅，還是獅虎之類的。一半是這種動物，一半是另一種動物，真可憐。還是去現代美術館？我們可以去蘿西電影院看戲。或者讓我想想，妳去過阿果西書店嗎？可以去欣賞地圖。或去逛街，我可以帶妳逛街買帽子。」

「卡爾森小姐，如果您恢復了，我想我該回去了。我值班到六點。」

茵嘉用不容反駁的口氣說：「妳的建議糟透了。」

瑞秋這才想通，她賺到一個下午，就像是擺脫義務的女王。被拆穿的代價很高，但她很肯定茵嘉・卡爾森不會背叛她。沒有人會知道。

「公園，」瑞秋毫不遲疑地說，「我想看沒人注意的地方長些什麼。」

□

原來中央公園沒人注意的地方長了許多東西。計程車放她們在東六十一街下車，今年秋天溫暖，公園依舊翠綠。氣氛有些詭譎——上週的暴風雨擊倒了數十棵樹，斷裂的樹幹倒在地上，襯著後方衝向天際的高塔。遊人稀少，倒是看到工人拿著斧頭清出小徑，其他人用手推車運走較小的枝幹。瑞秋和茵嘉繞著波瀾起伏的湖散步，越過蓋普斯托拱橋。松鼠端詳她們，評估她們提供零食的可能性。

茵嘉說：「妳明明可以挑任何想去的地方。」

瑞秋說：「我是呀。」

她的皮膚發癢，想到能走在室外，想到茵嘉只離數十公分，蠢蠢欲動的電流便流過她的四肢。到處都是泥巴，不過她瞄到遠方有東西，立刻衝出小徑，跳過水坑，在一棵榆樹旁跪下。厚實的樹幹完全斷開，她用手撥開鬆散的泥土，露出纖細的根。

「看到沒？紫色的帶刺種子殼，像象耳的扁平葉子？這是牛蒡。」她看到茵嘉茫然的表情：「妳總該知道牛蒡是什麼吧？」

「就算我曾經知道，也努力忘掉了。」

「很棒的植物。」瑞秋攤平手帕，趁反悔前把根包起來——茵嘉看她的眼神，彷彿她是動物園裡的虎獅。或許她太貪心了。「妳有手帕嗎？」她對茵嘉說，「我們可以平分，這夠兩個人分。」

「我肚子裡的牛蒡已經滿到這兒，連一口都吃不下了。」

再往前一點，來到離吵雜車陣似乎數哩遠的陰暗地區，瑞秋找到大蕉、小酸模和馬齒莧。她溫柔小心地把植物挪上手掌，拍乾淨。這些低地植物熬過了狂風暴雨。她把這些植物和牛蒡一同包進手帕，繼續往前，茵嘉跟在後頭。她找到一株攀著棚架的黑莓樹，果實掉在地上，變質軟爛。小徑上還有破爛的黑櫻桃，遭到鳥兒蹂躪，果汁流了一地。

瑞秋說：「眞浪費。」她抬起頭，發現茵嘉皺眉看著她。

茵嘉說：「妳只要開口，我可以買帽子給妳。」

「我有帽子了。」

「大部分我認識的女孩，都會開開心心地盯著波道夫百貨的櫥窗整個下午。妳打算拿這些奇怪的東西做什麼？」

「什麼？當然是拿來吃呀。」

「妳可以買食物就好。」

「可是如果不用呢？如果能弄到塡飽肚子的食物，睡覺不用淋雨，妳就不用忍受任何事了。」

茵嘉歪過頭。「以前妳要忍受很多事嗎？」

瑞秋突然意識到，像茵嘉・卡爾森這麼超凡的人，不應該站在泥巴裡，看她在空無一人的公園裡覓食。那吹彈可破的肌膚和光澤頭髮；她彷彿正脅迫芭蕾舞伶站在洗衣間操作軋乾機。眼前不對勁的狀況迅速哽住她的喉頭。瑞秋低頭看著她的鞋子。「一點而已，我相信沒有比其他女孩糟。女孩能忍受的不少，再多都沒關係，但超過一點就不行了。」

茵嘉說：「是嗎？」

「妳必須表現堅強，就像吞下湯匙裡的魚肝油。」瑞秋說，「捏住鼻子，喝下去。沒道理做一套，又奢望另一套。」

茵嘉說：「完全沒道理。」

「況且，妳看。沒有人種這些植物，沒有人澆水，它們就自己長呀長，簡直是奇蹟。」

天氣逐漸轉涼。她們沿著泥濘小徑晃回五十九街，腳底踩著小樹枝和石頭。

茵嘉說：「我送妳回去。」

計程車來後，茵嘉幫瑞秋打開車門，塞好她的裙襬，免得被車門夾住。計程車司機看到她們那副模樣的鞋子，翻了個白眼。

□

回到市中心，付了計程車錢，已經將近七點，太陽逐漸西沉。她們站在人行道上，瑞秋的包包沉甸甸地裝著仔細包好的野草。

瑞秋說：「卡爾森小姐，謝謝妳。」她將包包抱在胸前，腳卻沒有動。她感到有蜘蛛網般的張力正牽住她和茵嘉。她曾轉瞬拋下自己的家人，不曾屏氣檢查信箱，更不曾草草寫下給母親的簡短字條，考慮是否要寄出——這樣的她卻無法逼自己走開。

茵嘉眨眨眼，雙手扠腰。「我說妳呀，妳沒讀過我的書嗎？」

「當然有，」瑞秋說，「大家都讀過。」

「可是先前在餐廳，只有妳沒向我表白。連你們凶巴巴的老闆娘都把我的書捧上天了，雖然她八成今天才第一次聽說。」

「讀書是個人的事，」瑞秋說，「很難……這本書我讀了很開心，難過的開心。」

這下茵嘉應該會問她說的那句話，那句她跪在茵嘉身旁悄聲說的「他們盯上妳了」。她展現了對雇主的不忠。瑞秋心想，她應該隨時都會問。

但是茵嘉並沒有問。她說：「我懂妳的意思。」然後邁步走開，轉頭看著瑞秋。

「不，我覺得我們的行程還沒結束，瑞秋。來吧，快跟上。」

高架軌道在地上投下長長的陰影，茵嘉在軌道下頭再次左轉。頭上一輛火車經過，激出火花。她們越來越靠近市中心。

瑞秋到紐約後，發現了一件事，這不是一座城市，而是數十個，且每一個都可能在不同國家，唯一的共通點只有垃圾和老鼠。她沒來過這個區域。她們經過轉角的一棟建築，招牌上寫著「皮衣和麂皮擋風外套，全套騎馬裝束」。再隔幾條街，環境變得越來越糟。戴帽子的男孩在階梯上遊蕩、盯著她們。一名黑人男子在掃地。兩名修女穿著飄揚的黑長袍、黑頭巾和白色包頭帽，看起來頗爲嚇人。

她們行經法院，繞過女子監獄。她們迅速前進，這時茵嘉毫無預警轉進一條窄巷，消失在手推車、破箱子和少了椅面的椅子後面。瑞秋小跑步跟上。她們經過晚上可能有人棲身的一疊硬紙板，側面寫著衛生局的巨大鋼鐵垃圾桶，以及一群大大小小的橘貓，牠們像守望員盯著她們的腳踝。瑞秋覺得自己看到一隻老鼠飛快跑過巷底的圓形垃圾桶後方，但是貓群並沒有動。四周聞起來像發騷的尿、腐敗的水果和外國香腸。

走到巷子中段，茵嘉在一扇卡其色鐵門前停了下來。門的右側邊框有一個按鈕，要不是茵嘉按了，瑞秋不會注意到。她雙手插進口袋，站在那兒咧嘴笑。

「卡爾森小姐，現在要做什麼？」

「我叫作茵嘉。現在我們要等。」

她們沒有等多久。門上一片嵌板滑開，露出一對深色眼睛，接著嵌板又關了起來。隔了一會兒——茵嘉在階梯上刮起鞋底——門打開了。室內看不出有人，倒是有一道狹窄陰暗的樓梯往下。一陣風從樓梯下方朝她們湧來，聞起來像油膩的海。

茵嘉開始往下走。瑞秋才踏進來，門就被用力關上。

她站在樓梯頂端。階梯很陡，牆面堅硬不平整，可能是這座城市還叫新阿姆斯特丹時，荷蘭人用鋤子和鑿子挖的。她心想，不能再繼續了，她得走回施拉弗特餐廳。

茵嘉走了十幾階後才回頭。「我們沒有整晚讓妳耗。」

瑞秋拉開外套，扯扯圍裙，摸摸網帽。她為了長時間工作，穿著醜陋的平底鞋。「我真的該走了。」

茵嘉翻了個白眼，爬上樓梯，回到頂端的狹小空間。她貼近瑞秋站著，把雙手滑進瑞秋的外套，環住她的腰。

瑞秋屏住氣，雙臂顫抖著從身側飄開。茵嘉正在解開她背後的圍裙蝴蝶結。瑞秋感到圍裙在茵嘉解結時繃緊，接著她腰上的束縛消失，圍裙從她頭上被拉掉。茵嘉把圍裙緊緊捲起來，塞進外套的一個大口袋。她的臉與瑞秋只隔毫米。接著她伸手從瑞秋頭髮中拔掉一根髮夾，再拔掉一根。瑞秋沒辦法把空氣吸進肺裡。先前她感覺不到髮夾，但現在她閉上眼，感覺到緊抓著頭皮的拉扯已統統遠去。帽子摘下來後，她的頭骨感覺輕多了，彷彿頭頂可能浮起來飄向天空。她的髮絲落下，貼著臉頰的肌膚。她睜開眼，看到茵嘉靠得更近，用手指梳過瑞秋的頭髮，鬆開髮絲。頭髮卡在茵嘉的指縫時，她會輕柔拉扯。茵嘉用溫暖的手解開瑞秋的第一顆釦子，再解開一顆，把她的領口拉開一些。她將瑞秋的外套袖子捲到手肘彎上，露出手臂內側蒼白的肌膚。她用拇指揉搓瑞秋的顴骨，捏捏她的皮膚。她退後半步。

「好啦，」茵嘉說，「好多了。」

# 第十九章

## 昆士蘭省布里斯本，一九八六年

凱蒂只打了兩通電話，就追查到神祕的攝影師。俱樂部祕書回電給凱蒂時，馬上知道她想找的人是誰。

「羅尼。」他說，「羅尼・福利？美術館的照片？他都和我們講了啊？說什麼申請許可很難？他說感覺對方不尊重攝影是一門藝術。」他會聯絡羅尼，把她的電話號碼轉給他。「妳想雇用他？」

「算是吧，我對他拍的一些照片有興趣。」

「總之羅尼經常都在找工作。」

十分鐘後，羅尼回電給她。他願意和她碰面喝咖啡，沒問題。

□

於是，週六書店中午關門後，凱蒂跑去趕公車回家。她要先和詹姆在斯巴加林尼餐廳外頭見面。

凱蒂沿著家門前的街道走到米爾頓路。歐肯花區是個好社區，房子裡都住著快樂的家庭，她懷疑只有他們家是破舊的租屋。小孩穿著泳衣在後院的噴水器間嬉戲，他們的母親則從廚房窗口觀望。湛藍的天空萬里無雲，停滯的空氣與肌膚同溫。灌木叢中的蟬聲唧唧，樹冠從鐵皮屋頂後方探出。

她在街角轉彎，往夜貓頭鷹便利商店走去，橫越米爾頓路。她看到他了，詹姆站在人行道上，看著另一個方向。他彷彿感知到她來了，轉過身。

「嘿。」他看著她，然後看向人行道，又抬頭看她。「狩獵遊戲開始了。」

「全力以赴向前行，沒錯。」她笑著吻了他的臉頰。

他咧嘴一笑，好像收到她的禮物。「大多數人都以爲是柯南・道爾寫了那句話。」

「我不是大多數人。」她說，「我和《亨利五世》很熟。」

她讓自己冷靜下來，專注心神。詹姆幫她打開門。室內櫃台後方有一個披薩烤爐，前方幾張桌子鋪著紅白格紋桌巾。羅尼・福利坐在角落，頭髮變得較短較亮。他的相機就放在卡布奇諾旁邊，隨時準備拍攝——或許是想證明他的身分——他的黑色袋子占了一個位子。他們在櫃台點了咖啡，才走到桌邊。他們靠近時，羅尼抬起頭，但看起來並沒有認出他們。她先介紹詹姆，才自我介紹。詹姆和羅尼握手。她提醒他殘片和展覽的事，但是凱蒂越說，他就越顯得茫然。

「要薄荷糖嗎?」他打開縐縐的紙袋,裡頭是半包圓滑的小白球。

她搖搖頭,詹姆也是。羅尼嗅了嗅,自己拿了兩顆,然後捲起紙袋,放回口袋。

「我們排隊的時候站在旁邊?妳說是就是吧。」

她提醒他提過他喜歡空調、書本和繪畫;而這不過就一個月之前的事。

「我顯然讓妳印象深刻。」羅尼開口時,一股薄荷味朝她飄來。

她的咖啡來了,配上高高的泡沫,令她想到畫得很差的茶壺。羅尼把薄荷糖塞到臉頰內側,啜飲了一口卡布奇諾。留在臉上的巧克力色鬍鬚讓他看起來像放大版的演員唐·阿米契。

「我不想惹事。我不太會認臉。」薄荷糖像他臉頰囊袋中兩塊古怪的增生物。他朝空中揮了揮手掌,好像在擦隱形黑板。「我見的人很多,全都混在一起了。」

她朝他微笑。沒錯,這不重要,她只是想看他在美術館拍的照片。

「在這兒。」他拉開袋子的側口袋,裡頭有一個黑色資料夾,正面寫著他的名字,看起來很昂貴。羅尼撫摸資料夾,彷彿在摸小狗。「妳的要求眞奇怪,怎麼回事?」

「我想找一個女人。」凱蒂一說出口,就知道聽起來不對。

「不是你想的那樣。」詹姆說,「凱蒂碰到一個人。」

這聽起來更糟。凱蒂和詹姆面面相覷。

「有個女人,我認爲她知道一些事。」她重新來過,「我們聊得很起勁,我忘不了我們的對話。」

餐廳大門打開，三名少年進來拿外帶披薩。其中一個男孩說，哪個是歐肯花區特製披薩？在凱蒂腦中，他們的對話不該這樣進行。她想說，我不知道爲什麼要這麼做。她看向詹姆。

詹姆說：「你不會天天碰到眞正合得來的人。」他眨眨眼。「凱蒂想要有東西紀念她。」

沒錯。烈日晴空下的那次對話，陌生人看穿了她的本質。不管那個女人認不認識茵嘉・卡爾森，知不知道茵嘉的作品，如果凱蒂不記下來，這個小奇蹟就會消失。或許這種微小的瞬間體認曾在她的周圍閃過，但她都沒注意到。她試著面向羅尼，卻忍不住一直看詹姆。

「幸好我很專業。妳也知道，時尚產業，幫雜誌拍攝伸展台和出外景。好吧，應該說我快成功了，現在我拍很多雜貨。」

「雜貨？」

「產品目錄。維他命藥瓶是我的專長。沒有看起來那麼好拍喔，維他命藥瓶必須顯得嚴肅，像眞正的藥，但又不能太嚴肅，因爲不是毒吧？瓶子是塑膠，但是你得拍得像玻璃瓶。我也拍很多畢業照，還有葬禮。」

詹姆說：「有人會幫自己的葬禮請攝影師？」

「老兄，當然不是幫自己的葬禮，他們都死了。」他又吞了一顆薄荷糖，「自由接案已今不如昔。現在相機不是很便宜嗎？每個人和他的狗都自認是攝影師斯諾登伯爵。」

她說：「一定很難熬吧。」

羅尼・福利嘆了口氣。「底片、油錢、新鏡頭。老媽的復健。加起來不少。」

詹姆從褲子的後口袋拿出錢包，掏出一張十元鈔票。「務必讓我們幫你一下。」

羅尼說：「你們真是太好心，太好心了。」他偷偷探出手抓住鈔票。「很高興碰到有人了解專業工作值得對等的報酬。」

詹姆又放了一張十元鈔票在桌上。

羅尼點點頭，施捨似地推出資料夾的照片，滑過桌面。

「這樣吧，」他說，「你們自己看。」

總共有將近五十張照片，有些拍了殘片和茵嘉的其他遺物，但玻璃櫃的反射幾乎蓋住一切。其他照片大多很模糊。甚至有張是羅尼晶亮的棕褐色綁帶鞋。凱蒂希望羅尼有另一份工作。

然後她看到了。是瑞秋。

「這些。」

不出幾分鐘，交易就結束了。羅尼・福利摺好鈔票，塞進襯衫的胸前口袋，與筆和小筆記本放在一起。

他對詹姆說：「很高興和你們做生意。」他拿起相機、資料夾和黑色袋子，沒付咖啡錢就走出大門。

詹姆靠近她，把照片挪過來，讓彼此都看得見。她幾乎不敢相信。其中一張全是糊的，不論是裝殘片的櫃子，還是穿梭來往的人群。照片散發熱鬧的能量，與凱蒂記得的氛圍不同，展場的感覺像擁擠的追悼會，但羅尼．福利的照片卻拍得像迪斯可舞廳，連展示櫃都彷彿在旋轉。

是瑞秋沒錯。她在畫面左側，但羅尼曝光太多次，害她碎裂成數十個自己的鬼魂。她舉起好多隻手臂，看來她有注意到羅尼，因此朝相機方向揮舞她的好幾隻手，試圖阻止他拍照。凱蒂意識到若按順序來看，這是第二張照片。

另一張照片一定是先拍的。畫面前景也有一個模糊的身影——凱蒂本人。她看到自己的頭髮垂在臉旁，表情全神貫注。她眞的長這個樣子嗎？

瑞秋在畫面正中央，清晰無比。她還沒看到羅尼的相機。她的長相與凱蒂的印象完全相同，但表情不同。她盯著斜上方，看向天際。她臉上有種表情——凱蒂腦中浮現的詞彙是愛慕，彷彿她眼前正是世上最美妙的事物。

詹姆說：「她好老。」

凱蒂也很驚訝。他們做研究時，一直想像一九三〇年代年輕的瑞秋。現在他們看到她纖細的手臂，發白的頭髮。第一張照片中，她毫無防備，而第二張照片中，她瘋狂地築起防禦高牆。如此脆弱，如此暴露在外。凱蒂眞希望當天自己有稍加注意羅尼的相機，並像盾牌般擋在他們之間；雖然這樣她就拿不到這些照片了。那張精緻的老臉，如此眞誠不設防。先不管她的口氣，現在看得出來她和大家一樣醉心於茵嘉。凱蒂也在那兒待了好久，臉上八成掛著同樣的表情。凱蒂心想，假如有人這樣看你，不管你在世上何處，都會感受到。

凱蒂腦中也有一絲不安，剛好漂浮在觸不到的角落，大概和追查年邁女子無意間遭人拍下的眞誠照片，並像獎盃保存有關吧。

詹姆用手指敲敲照片。她當然看過他的手，他們接吻那晚甚至握過手。然而現在她才注意到他的手多大——但比較纖長，比她原以爲的輪廓明顯骨感，手背上的筋脈像山脊，手腕也比較粗壯。

他說：「愛。」

凱蒂繼續盯著照片。「這麼容易就看出來嗎？」

「有時候，例如她。她在看什麼？」

「茵嘉的照片，但我不確定哪一張。或許是中央那張大的？從這個角度我看不出她站在哪裡。你記得她的視線對向什麼嗎？」

詹姆說：「我還沒去看殘片。」

不知爲何，他們從未談過這件事。

「什麼叫你還沒去看？你花了這麼多年研究她，卻還沒去？」

「這裡是不是有點悶？」詹姆說，「我需要新鮮空氣。」

□

他們走出斯巴加林尼餐廳，熱浪隨即像牆一般迎面撞上她。等他們繞過街角，回到凱蒂家門口的街道，樹葉似乎都掉光了，人行道上的草也變得枯黃稀疏。唧唧蟬聲無所不在，她心想這到底是眞的，還是只存在她的腦中。他們沿著人行道走，經過生鏽鐵絲網上掛的一盆聖誕紅，她看了覺得太陽穴陣陣發疼。

她說：「我欠你二十塊，還有兩杯咖啡。」

他挑起一邊眉毛。「別隨便出城喔。」

她汗濕的上衣貼著後背。「告訴我吧。」

他舉起一隻手遮蔽太陽。「沒什麼好說的，我不愛茵嘉了，就這樣。」

「最好是，講得一副很容易的樣子。」

他們繼續走，途中靠到一旁讓騎三輪車爬上小丘的小男孩先過，而他的母親則緊跟在後，推著娃娃車。

「我和菲利浦鬧翻了，好嗎？」

她抓住他的手臂，拉著他停下來。「什麼時候？怎麼回事？」

「他是我的指導教授。剛開始寫論文時，我想找新方法詮釋《萬事皆有終》，重新審視書中的象徵手法，看她如何翻轉所有我們習慣看到的納粹符號。」他看向天際。「現在回想，眞是無足輕重的小事。當時對我來說，每篇論文都是生死交關，但現在連要記起那種感覺都好難。」

菲利浦的大成功，讓他成名的那篇文章。

「我把論文交給他做最終檢查，他說他會寄出去。期刊一直沒有聯絡我，我還以為審查花了很長時間，以為我的研究沒到標準。」他笑了笑，咬咬指甲。「菲利浦叫我別擔心，他說本來就很花時間。直到期刊出版，我才看到第一作者的名字是他。」

「你的名字完全沒出現嗎？」

「有啊，在致謝文裡面。他感謝我珍貴無價的支援。」

距離街角幾戶，一棟房子後院側面的籬笆旁種了棵泡泡樹，兩顆果實成熟泛黃，其中一顆過熟，已發軟變黑腫脹。

「你有說什麼嗎？」

「我抗議得可大聲了，還用了不少生動的形容詞。但我並不以此爲傲，那時的我年輕又蠢。他告訴我，這就叫付房租，大家都這麼做，我爲此生氣很不成熟，我不了解世界怎麼運作。」

凱蒂轉身，繼續往前走。完全一樣的話。根據菲利浦所說，她生氣很不成熟，她不了解世界怎麼運作。她信了他，但現在她發現這種狀況不只發生在她身上。他對詹姆說了同樣的話，或許還有其他人。

「他還說，只要我能接受，接下來的博士生涯就會很輕鬆。而我不得不承認，他並沒說錯。」

凱蒂感到過往的重擔滑下肩膀，就這麼簡單。她一直揹負著菲利浦說的話——但他的話與她毫無關係。只要她喜歡，隨時都能放下。

「這沒有解釋你爲什麼離開學校，你已經付出代價了。」

「感覺很誇張吧？我唸完博士後學位，但……事後我對學界的感覺變了。我在國外瞎混了一陣子，後來我父母過世，就回家了。」

放棄。背棄你夢想的一切。

他們來到她家門口，但她沒有要進屋的意思。特莉絲的轎車停在車道上，他們靠著車尾。詹姆比她高，他把雙腳往前伸，滑到與她同高。他們胡亂閒聊。

「我不該說的，」他說，「菲利浦的事。」側面圍籬上有一根長長的草，頂端長了種子。他摘下種子，在指間把玩。

「沒關係，我理解。」

「不，我的表現很不專業。我相信他私下非常不同，我敢打賭他人很好吧。」

她該說點什麼才對。其實他人沒有多好。

詹姆說：「你們顯然很親。」他朝她靠近一步，手肘靠在她肩膀旁的車頂。他們幾乎相碰，她可以聞到他的體溫，太陽釋放出衣物芳香噴霧的香味。

危險就在這兒。同樣受傷的兩人，以他們對菲利浦的感受相連，形成一段三角關係。兩隻小麻雀瑟縮在一起，躲避楔尾鵰。或者更糟，這是復仇。現在她希望他們沒有共通點，完全沒有。她希望他是屠夫或工程師，或是從沒聽過茵嘉・卡爾森的業務。有件要事飄浮在咫尺之外，她卻無法拉得更近。菲利浦是他們之間的鴻溝，不是橋梁，她不知道該如何跨到對岸。

「我需要思考，」她說，「想想我的未來，要怎麼處理瑞秋、茵嘉、費雪這些有的沒的。」

他說：「也是。」他吞了口口水，看著地上，接著站直身子，將雙手插進口袋。「當然。」

「一時之間發生太多事了。」

「沒錯，發生太多事了。」他沿著車道走向人行道。「我再打電話給妳。或者等妳想好了，妳可以打給我。」

她說：「好。」

詹姆的車停在餐廳。她站在路邊，等他走到街角，才走進屋內。她關上門，用頭撞了門板一次、兩次。她心想，**妳啊，凱蒂・沃克，眞是白痴**。他才離開，她又想他了。他們現在大可以去翻雲覆雨——過去幾晚她想像過了。幾乎過了一個早上，她到底完成什麼？她還需要回去展覽現場，確認瑞秋在專心看什麼。

詹姆半小時後會回到家——她應該打電話給他，向他道歉，問她能不能過去。雖然特莉絲的車停在車道，屋內並沒有人。凱蒂的衣服又黏在身上了，她在走廊脫掉衣服，跑去沖澡。

她才站到水柱下，門鈴就響了。她的心跳加速。她馬上有機會挽回了。她關掉水龍頭，拿一條毛巾包住頭髮，另一條裹住身體。

她打開大門，一面說：「你忘了什麼嗎？」

有人低聲吹了口哨。「絕對沒有。」

原來是菲利浦。

# 第二十章

## 紐約市，一九三八年

她們還沒下到樓梯底端，牆壁已變得潮濕，出現一塊塊綠色地衣。瑞秋聽到音樂在四周迴響，起初感覺像一堆樂器在袋子裡互相競爭，發出吵雜的尖嘯、短響和顫音，但是聽了一會兒之後，發現能聽出潛藏的主旋律，每個獨立的聲響都拉扯著主旋律。曲調慵懶但有些緊繃，像吃飽的獅子正在休息甩尾巴。喇叭的刺耳樂音震動瑞秋周遭的空氣，她的胸腔都感受到了，她耳中的血搏聲似乎跳動起來。她們來到另一扇沉重的門前，大門打開，各種聲響和熱氣迎面而來。她很難相信才入夜不久，就這麼多人在如此狹窄的空間喝酒、跳舞、喊叫。

天花板很高，這她也沒料到。牆面如洞穴般堅固，上面掛著鏡子和奇怪的藝術品。處處可見燕尾服、皮草、珠寶和羽毛，有些男人看起來像拳擊手和水管工，有些則像醫院病人或乞丐。群眾如大海般湧起，像海浪隨著音樂擺動。馬路上，人們在西沉的日光中走動、逛街、開車，完全不知有這群摩肩擦踵、開懷大笑的人存在。她看到女人幾乎衣不蔽體，她們抽著菸，男伴有些沒穿外套，襯衫骯髒，有些身著燕尾服。台上的音樂家都是黑人。一名賣菸的女孩從旁邊經過，腰部以上完全赤裸。

茵嘉迂迴地穿過人群，瑞秋則像是拖在她身後的小車。

她們擠到酒吧，經過兩名說外語的男子。茵嘉點了兩杯香檳蘋果酒，端到遠方的小雅座，遠離舞台。室內熱但不悶。茵嘉暢飲著她的酒，瑞秋則小口品嚐。酒很甜，吞下肚卻仍灼燒了她的喉嚨，後味聞起來像消毒酒精。瑞秋心想，如果這眞的是香檳，她搞不懂這有什麼好的。

瑞秋蓋過噪音說：「這些人一定下班就過來了。」

「『下班』。沒錯，他們都在學校、醫院和公司工作，下班就直接過來了。」

「眞的嗎？」

茵嘉尖銳地笑了，宛如狗吠。「不是，當然不是。這裡從下午開始就是這樣，一直要持續到妳幫上班族上了早餐之後。這裡大部分都是好吃懶做的人，偶爾還有一些妓女、黑手黨、藝術家和異議份子。毒販。隨時想玩樂的人。」

瑞秋開口說：「我沒想到妳這種人會喜歡——」

「妳沒想到這種人會喜歡我？」茵嘉睜大眼睛，雙手交疊在心頭，裝出被箭射中的樣子。「我聽說我非常討人喜歡，有我的書迷俱樂部，小孩子寫信給我，據說他們還會幫我禱告。我每天獨自坐在桌前努力工作，都是爲了大家好。」

「不，不，我不是這個意思。我相信大家都喜歡妳。我是說像妳這種人，作家。我沒想到妳會來這種地方。」

「可是沒有比這兒更好的地方了。」茵嘉說，「在家只有妳和妳的點子，還有尚未玷污的閃亮白紙。來到街上，總要擔心會被人看到。有時候沒關係，有時候我也想給人看，但通常我只想獨處。妳聽。」

瑞秋聽了一下，但只聽到派對持續不斷的噪音。她說她什麼都聽不到。

茵嘉說：「沒錯。」

「不好意思，美麗的小姐。」

瑞秋抬起頭，看到一名男子戴著印花領結，留著晶亮黑髮和濃密鬍子，笑的時候齒尖互觸。

他挑起眉毛，彷彿想把眉尖撐到天花板。

「滾開！」茵嘉正眼都沒瞧他一眼，「我剛才說到哪裡？」

瑞秋吞了口口水。男子聽話滾開，混入舞池中的舞動人群，茵嘉的態度似乎對他毫無傷害。

「妳只想獨處。」

「沒錯。」她揮舞鈔票，叫了更多酒。「連和自己獨處都受不了時，我就會來這兒。」

飲料送來，侍者離開。這時另一名男子過來站到桌旁。

茵嘉說：「你是聾了還是太笨？我剛不是說過了。」這回她的眼睛盯著酒。

瑞秋大可告訴她，他不是先前那名男子。首先，他沒有鬍子，留著深灰色鬈髮，太陽穴上方有幾絲白髮。他有一顆蒜頭鼻，嘴唇也比較豐滿。他年紀較大，圓形細框眼鏡低架在鼻梁上，眼睛布滿血絲。他看似穿著絲綢短浴袍，搭配花呢長褲，白圍巾幾乎垂到膝蓋。在瑞秋眼中，他彷彿剛睡醒，跌跌撞撞走下樓，發現數百名陌生人在他的客廳跳舞喝酒。

「妳和我說什麼?」男子說，「我知道，啥都沒說，就是這樣。」

「親愛的查爾斯。」茵嘉說，「在這兒碰到你眞巧，我很榮幸。」

「榮幸?」他手裡的矮胖玻璃杯裝著琥珀色液體，他說話時酒濺到地上。「我打電話找妳三天了，我派了信差到處找妳。即使我非常需要瑪莉詠，我也派她出去幫忙。電話響個不停。我甚至找人從新斯科舍省送了一塊鮭魚給妳，我沒聽過有人不歡迎加拿大產鮭魚，但顯然妳是特例。我差點都要找獵犬，訓練牠熟悉妳漠不關心的味道，然後上街搜索了。」

「對啦，對啦，都是我的錯。」

「我連續兩週每晚都來這裡。我心想，總有一天她會在這兒露臉。我可憐過勞的肝可是爲妳犧牲呢。」

「說眞的，別再講了。坐下吧，再喝一杯。這位是瑞秋。」

她心想，女侍瑞秋，來自賓夕法尼亞州阿倫敦的瑞秋。她在這兒的自在程度，可比擬搭乘飄浮在城市上空的飛船。她挪動身子，空出位子給他。名叫查爾斯的男子彷彿膝蓋撐不住地猛然坐下。他與她握手。

「查爾斯，瑞秋是我的加拉哈德騎士。我今天下午才認識她，她冒險打敗惡龍救了我。」

「我想妳講的是高文騎士，不過算了。很高興認識妳。」查爾斯說，「請告訴我她沒在外頭胡搞。茵嘉說妳們今天下午才認識？從妳清新的氣色看來，妳們的交情確實不長。我啊，我剛認識茵嘉的時候，長得像演員泰隆・鮑華呢。都幾百年前的事了，約克鎮圍城戰役結束後沒多久吧。」

「瑞秋，別聽他胡說。要不是有我，很多年前他就已經無聊而死了。我就像他的滋補劑。」茵嘉說，「我們現在該聊什麼？羅斯福太太迷人的朋友？名媛葛羅莉亞・范德比爾特的流行感冒？」

查爾斯拿下眼鏡，用外套擦了擦。他們座位的燈光柔弱，但瑞秋仍看到他臉頰泛紅，鼻子兩側的血管怒張。樂隊演奏起〈流浪客〉——瑞秋聽過作曲家艾靈頓公爵，但從未聽過現場演奏的爵士樂。

「妳的下一份書稿，」查爾斯提高聲量，蓋過音樂，「聊這個吧。」

「你人實在不太好，」茵嘉說，「難怪大家都躲著你。」

他說：「妳這話很傷人，又不正確。瑞秋，妳覺得我人很好吧？」

她來回看著兩人。「我不確定，」她說，「我才剛認識你。」

「老天，我找到一個誠實的紐約人。」茵嘉說，「這可是大消息呢，報紙先別印啊。」

查爾斯說：「講到印刷……」他用肩膀示意室內遠處。

人山人海的群眾當中，瑞秋認不出他指的是誰或什麼。然而茵嘉看得出來。她又喝了長長一口酒。

「查爾斯，」她的口氣變得較爲平靜冷酷，「如果他過來，我們就要走了。」

「他在幫我找妳，到處拜訪酒吧，以防妳跑去別的地方。他幫忙不是因爲盡忠職守——絕對不是，而是因爲他不嫌麻煩。他一直都很幫忙。」

「你說是幫忙嗎，還是叛徒？」

查爾斯說：「不可能事事都如妳的意。」

「書封上印誰的名字？裡面是誰的血汗成果？我寧可放火燒掉每一本書，也不要給那個人碰。」她抓緊杯子，彷彿要捏斷杯腳，「美國人，你們都是小孩，只會扮家家酒。你們愛開玩笑，什麼都不當回事。查爾斯，我很認眞。」

瑞秋心想，現在的茵嘉彷彿換了個人，不再輕浮，不再是餐廳那個迷失的小女孩。到底有幾個茵嘉？

「他答應了。我們多付他一點錢，他幫忙處理所有麻煩。況且他把工作做得很好。」

「名爲保障的勒索。」茵嘉說，「他和他那群惡霸。」

查爾斯說：「我們這叫聰明的事業結盟。」

「瑞秋，」茵嘉靠向她說，「妳看到那邊那個人嗎？穿白襯衫加吊帶，色迷迷看著穿可悲襯衫的女人？他是你們這兒的美國納粹呢，土生土長。」

查爾斯說：「茵嘉。」

「所以美國才是移民的燈塔。一船船逃避求學限額的猶太人從德國過來，連渺小的我都橫越大海，尋求自由女神。畢竟美國什麼都做得比全世界好，包括法西斯主義。」

「她反應過度了。」查爾斯對瑞秋說，「他們只是愛國份子，以德國血統爲榮的美國人。他們和我們一樣，都擔心共產黨。」

「我想你說的對，他們在亞普漢克村只是聚在一起，像驕傲的美國人，擔心共產黨。」

查爾斯抹抹臉，彷彿拿毛巾擦臉。「茵嘉，這是自由的國度。」他的音量沒必要這麼大。「他們擁有自己的地產，和其他美國人一樣。況且那邊是野餐用地，小孩子八成是圍著營火唱歌，一邊吃德國油煎香腸和德國酸菜，一邊唱──我也不知道──納粹黨歌吧。」

茵嘉喝乾了她的酒。「他就像藥。你不知道他們是什麼人。」

「我知道我盡心盡力想討妳歡心，妳就像我沒有過的神經質妹妹。但他是好員工，有家人要養。大家好不容易站穩腳步，我可不想開除他。不到兩年前，紐約每隔一條街都能看到慈善廚房。妳忘了身無分文的感覺嗎？況且他很積極，辛勤工作，想闖出一片天。更多人有他一半的幹勁就好了。」

他們說話時，瑞秋看到穿吊帶的男子迂迴穿過擁擠的舞池，朝他們走來。他帶著笑容，時不時揮手，尷尬地想吸引他們注意。他小跑步避開一道危險的斜坡，她看出他有X型腿。然後他來到大夥面前。他個頭矮小，頭髮柔軟，瘦長的臉上掛著不好意思的微笑。他的髮線低，淺色頭髮從正中央分開。他戴著精緻的圓眼鏡，小眼睛閃閃發亮。

「唉呀，各位晚安。」他說，「克里本先生，卡爾森小姐。」

查爾斯說：「山繆。」

「卡爾森小姐，很高興找到您了。」

茵嘉沒說話。

查爾斯說：「這位是……」

瑞秋告訴他，她姓黎赫。

茵嘉笑了。「黎赫？當眞？妳是猶太人嗎？」

「我想我父親的祖父可能是？很久以前了。我們屬於長老教會。」

茵嘉說：「還是很棒。不是很棒嗎？費雪，你不覺得很棒嗎？」

他笑了起來，露出所有牙齒。「我不知道，卡爾森小姐。」山繆．費雪對瑞秋說：「小姐，很榮幸認識您。」

山繆．費雪經常眨眼，時不時用額頭和臉頰肌肉做出更用力的眨眼動作，彷彿費勁忍著不要打噴嚏。偶爾他會咬住下唇，面露驚恐。他忙碌的表情變化令瑞秋想到鋁化杯中的溫牛奶，還有肝泥香腸放在無邊的白吐司上。

「費雪，沒想到會在這兒看到你。」茵嘉說，「你看台上的樂團，黑得和……好吧，和納粹親衛隊的制服一樣，每個都是。」

費雪低頭笑了。「卡爾森小姐，德國人與美國人沒什麼不同，現在美國價值通行全球了。德意志國只打算對抗共產黨，和美國一樣。他們確實認爲人與同類在一起最好，就像我們南方各州的同胞。」

「然而你在這兒，」茵嘉說，「和不是同類的人瞎混。」

「茵嘉，」查爾斯說，「山繆只是來幫我的忙，妳忘了嗎？因爲妳搞失蹤。今晚大家都先回家吧。」

「沒事的，克里本先生。」山繆說，「澄清一下也好。卡爾森小姐，我是忠誠的美國人，如假包換。」

「那你對歐洲的戰事有什麼看法？我敢打賭你是孤立主義者吧？」

「我認爲男人應該照顧自己和家人，我認爲我們的國家也應該遵守這條好規矩。沒錯，小姐，我認爲我們不該參戰。」

「你覺得義大利不會參戰嗎？如果佛朗哥拿下西班牙，他們——」

「茵嘉，」查爾斯打斷她，「他又不是要參選國會議員。」

費雪低下頭。「卡爾森小姐，我相信您的新書又會是傑作。如果有幸幫您的書排版，能貢獻微薄之力是我的榮幸和殊榮。」

茵嘉說：「我的老天。」

「我們可以別再聊了嗎？」查爾斯大聲說，「再喝一輪？我請客。」

沒有人想回家，於是他們喝了一輪又一輪。音樂不斷演奏，小號和長號的樂音如此繁複，彷彿能靠在上頭。他們四人身處地下洞穴，一塊兒活著，女侍瑞秋也在其中。她懂得不多，但她在觀察。

# 第二十一章

## 昆士蘭省布里斯本，一九八六年

凱蒂抓住毛巾，躲進臥房穿衣服。菲利浦看著她，咧嘴笑了起來。她穿越走廊回浴室吹頭髮時，看到他把手背在身後，沿著走廊來回漫步，彷彿在參觀美術館。他身穿斜紋布褲和藍色棉織衫，腳踩帆船鞋，墨鏡架在頭上，像在渡假的美國電影明星。他看起來健康、乾淨又骨感。

他叫道：「我沒料到妳會在家。我以爲妳在書店工作，零售業不是朝九晚五嗎？」

「今天是禮拜六。」她從浴室喊回去，「中午關店啊。」

他笑了。「我眞蠢。出國回來就會忘記這種事。」

等她回到客廳，眼前的景象讓她想起八歲時因開刀拿掉扁桃腺，而有好幾天沒上學，獨自在家。塵埃懸浮在空中。廚房工作台上木碗裡的芒果長了褐色斑點，水槽裡的穀片碗滿溢著奶色的水，幾片裹糖的濕軟穀片漂浮在水面上。窗台上有三隻死蒼蠅排成送葬隊伍。餐桌上鋪滿帥哥和特莉絲丟人的婚禮準備資料。她拿熱水壺煮水。

菲利浦朝桌子點點頭說：「我希望不是妳要結婚？」

她翻過倒扣在水槽上瀝乾的兩個杯子，把茶包丟進去。「我一定第一個通知你。」

他們把茶拿到後院。院子裡放著帥哥在大垃圾桶裡找到的鏽鐵家具，她拿布擦了擦。後院雜亂無章，蕨類、野生九重葛，以及曾經是紅木槿的一排植物，都朝天長出新芽。桌子搖搖晃晃，不太牢靠，於是他們把杯子放在裂開的水泥地上。

「妳的頭髮現在比較長吧？」他說，「很適合妳。」

他們交往時，菲利浦評論過她的頭髮嗎？熱戀的數個月間，她不記得他說過任何一句關於她頭髮的話，或者她的臉、她的眼睛、她的皮膚、她的衣服。她低下頭，看到自己整潔平凡的雙手交疊在大腿上。確定自己確實存在他身旁。

「你來不是要討論我的頭髮吧。」

「開門見山，不愧是凱蒂。我需要妳告訴我，妳知道那個女人的什麼。」

她記起像聖職申請人坐在他的辦公室，愚蠢地說個不停，自以爲他是已受控的過去。她不會再犯同樣的錯。現在她微微一笑，壓住幾近憤怒的情緒。她覺得她氣的可能是自己。

「哪個女人？」

「我懂，妳不想和別人分享。但想想大家會多感興趣。搭配殘片的全球巡迴展，這麼多人，這麼多宣傳，時機再好不過了。」他頓了一下。「我剛從紐約回來，我發現一件有趣的事。」

她得發揮意志力才抑制住膝蓋抖動。「喔，是嗎？」她說，「你在紐約發現什麼？」

他不好意思地笑笑，伸手梳過頭髮。熟悉的動作驚醒了她。他溫暖結實，他是菲利浦。她曾虛擲人生該拿來學習的時光，愚蠢地坐在演講廳，用一手支著頭，看他伸手梳過頭髮。

「我們聊過之後，我不斷思索或許還有人讀過《每日，每分》，有人可能記得內容。我是這麼想的：卡爾森的名聲一定導致《萬事皆有終》大舉暢銷，版稅也會很高。所以我想，『跟著錢走吧』。《萬事皆有終》還在版權保護期間，版稅總要付給誰吧？」

她沒想過這件事，不過沒錯。

「好，於是我大老遠飛去紐約。我告訴妳，眞是麻煩死了，好花錢。不過我去了擁有版權的出版社——綠橋出版，我的博士後研究和他們還有幾張合約。總之，我發現會計部門有個員工知道這項資訊。」

「讓我猜猜——這個會計部門的員工是女生嗎？」

「凱蒂。」他笑了。「名爲嫉妒的綠眼小怪獸啊。對，是女生沒錯，不過我保證我是爲了高等知識犧牲，妳不用擔心。總之，在出版卡爾森作品的出版社，有個女生對我頗有好感，她告訴我支票寄給了誰。好幾十年了，這可是一大筆錢。」

「她就把資料給你？」

「這不算機密，多年來當然也有別人問過，但是沒有人把它當作一回事，對方是茵嘉的遠房表親，她唯一還在世的親戚，但是這位親戚從沒見過茵嘉。當年檔案是這麼寫的。」

「可是你不認同。」

「我認為——還有妳，妳也認為——事實可能沒這麼簡單。重點來了，妳絕對猜不到這個人住在哪裡。」

「卡爾森的繼承人？」

菲利浦說：「對。」

「她住在布里斯本。」

她只是臆測，而這個答案能解釋菲利浦外露的興奮情緒。

他一拍膝蓋，跳了起來。「我就知道，妳手上有線索吧？妳問我的女排版員——這名神祕女子是卡爾森的排版員吧？或者查爾斯・克里本的公司員工。凱蒂，妳認為她真的讀過《每日，每分》吧？『排版有可能真正吸收文章內容嗎？』——妳自己問的。妳是這麼想吧？否則何必來見我？」

「或許我只是想見你，」她說，「或許我覺得時間隔得夠久了。」

「寶貝。」他笑得彷彿她是個小孩。

某處飄來尤加利樹的味道，加上一抹其他氣味，或許是小動物的屍臭。她不該去見他的。

「於是我捫心自問，妳怎麼會願意回到我的辦公室，回到過往美好時光的現場？原因一定值得妳放下情緒吧？」他舉起一隻手，「親愛的，我知道妳的感受。我看得出來要妳和我共處一室很困難。」

他拔下一片木槿葉子，揉成一團，然後環顧花園，好像在呼求觀眾。「時間不多了。這名女子很老，隨時可能死掉，人生就是這麼殘酷。我就直說了：過去五十多年，收到卡爾森遺產支票的女子叫瑞秋．黎赫。」

凱蒂的心重重地跳動。「瑞秋．黎赫，是嗎？」

「我要找到她，凱蒂。」

凱蒂說：「你連她長什麼樣子都不知道。」

他瞇起眼睛。「這話什麼意思？妳知道嗎？凱蒂，妳知道她長什麼樣子嗎？」

她想起那名女子。她的照片就在凱蒂的包包裡，掛在門邊鉤子上。她腳邊的茶已經涼了，或至少變得接近室溫，淹死的果蠅在裡頭載浮載沉。她應該丟掉屋內那顆可悲的芒果，免得家裡長滿蒼蠅。

菲利浦是她的了，她只要伸出手，就能擁有他。沒辦法，他就在她家。她的人生停滯了，彷彿過去七年都活在颶風平靜死寂的中心。去年發生什麼事？前年呢？比方說，她怎麼慶祝去年的生日，怎麼度過沒有上班的時間？一直以來，她都在等他來找她。

她點點頭。「對，我見過瑞秋．黎赫，我和她說過話。」

「妳這孩子眞棒。」他說，「小巨星，小美人呀。妳知道這代表什麼嗎？這是什麼意思嗎？要是她記得書的一部分呢？我們甚至能補全部分的殘片。」

「機率很低，都快五十年了。」

「沒錯，但想想公開這項發現的學者會怎麼樣——就像希特勒的日記，只不過這次貨眞價實。妳知道那個傢伙賺了多少錢嗎？超過三百萬元，凱蒂，三、百、萬。」他靠向她，「這可能是十年來最重大的發現。」

「沒人聽過的女子讀過手稿，五十年後還記得，機率大概是三百萬分之一吧。」

「凱蒂，我知道的情報都告訴妳了。現在換妳，妳爲什麼認爲她讀過《每日，每分》？」

「我不確定。」

「我不是要妳確定。妳的理論是？」

她想起詹姆在電話上說的話。他說，*這種點子能改變妳的一生*。菲利浦已經開始動作了，假如她想繼續參與，只有一個方法。

她說：「如果我告訴你我對瑞秋‧黎赫的了解，對我有什麼好處？」

從他的表情判斷，她知道他沒料到這一手。「妳想要什麼？」

「我可以幫你找她，但我還有別的打算，另一個我想研究的計畫。我想要研究助理的職位，我想要出版研究結果，還要寫成論文。」

他笑了，靠著椅子的兩隻後腳往後仰。「兩個計畫？凱蒂，親愛的，我不是魔術師。我不可能一彈手就憑空變出經費，這需要系主任核可。」

「眞可惜。」她說，「因爲我頗確定我知道誰殺了茵嘉・卡爾森，而且我覺得有辦法證實。」

□

她眞希望有拿相機對著菲利浦的臉。悲傷的五個步驟是什麼？否認（不可能，太荒謬了），憤怒（有人會願意爲這個發現犧牲右手臂，包括我），討價還價（何不讓我負責兩個計畫？同時找瑞秋和研究妳的縱火理論？）。憂鬱和接受應該隨後而來，但菲利浦只是越來越興奮。他咧開嘴笑，來回踱步，握著拳捶空氣。

「你幫我調查縱火案，」她說，「我就幫你找瑞秋・黎赫。我知道她的長相，只有我知道。」

「妳的計畫，這個縱火案計畫，」他說，「比找到瑞秋的成功機率高。妳自己說了：即使她讀過那本書，老太太記得內容的可能有多少？三百萬分之一。而妳的理論就不同了。每隔幾年就會出現一本探討卡爾森謀殺案的新書，即使研究最後沒有結果，妳的職涯也會一帆風順。」

「所以呢？」

「所以妳負責找瑞秋，」他說，「我來調查縱火案。」

「免談。找瑞秋是你的計畫，我要負責縱火案。」

一波情緒掃過他的臉，他瞬間似乎成了不同的人。「妳傷了我的心。」

她哽住一口氣。「你傷了自己的心。」

他前後左右擺動伸展脖子，抓住椅背，往一側挪了五公分，又往另一側挪五公分。

「好吧。」他說，「我現在去找系主任，必要的話我會去找學院院長。我會聯絡經紀人談好書約，妳要什麼都沒問題。這個謀殺茵嘉的理論如果開花結果——好吧，妳就平步青雲了。」

他朝她伸出手，他們握手。

他說：「告訴我吧？」

她談起在美術館外頭碰到瑞秋，以及對方多說的字句。她談起查爾斯·克里本和排版、山繆·費雪過世的新聞剪報、馬汀寄來的信和他們的對話，還有德裔美人同盟。她全都告訴他了。幾乎全部。她把包包裡趁瑞秋不注意拍的照片留給自己，花的故事也是。她記得馬汀·費雪在電話中說，私事不該張揚。除非她知道更多，否則馬汀父母的私人生活不干菲利浦的事。

詹姆·加尼維她也留給自己。

菲利浦說：「妳的點子可能很有潛力呢。」他舉起三根手指，用唇語說「三百萬元」。「所以我們才需要合作。妳可以開始調查縱火案了。我知道出版社把支票寄去哪裡——伍倫加巴區的郵政信箱。妳可以指認她，我們一起就能逮到她。她如果記得書中任何一段，甚至只要和卡爾森有任何關係，我們就出名了。她是甕中之鱉啦。」

「她是一位老太太。要是她記得，但不願意合作呢？」

「她一定會後悔。不管她參與與否，我們都有故事可說。她記得《每日，每分》的一部分，卻拒絕分享？全球的卡爾森書迷都會追殺她，攝影師會伺機而動，她剩餘的人生將沒有安穩的日子可過。」

「你會這麼做？」

「這當然不是我的首選，總體來說我挺喜歡老人的，但她必須了解我們是來真的。如果她把知道的一切告訴我們，我們可以保護她。要是真沒辦法，我可以睡在郵局門口，等她來收信。」

「現在怎麼辦？」

「現在？現在妳去辭掉書店的工作，開始幫我工作。馬上，越快越好。」

「提離職需要留緩衝時間。」

「需要嗎？你們不就是零售書店。好啦，沒關係，別太長就好。第一步是要逮到老太太，我們得看有沒有料可挖。之後還有一堆事要做，更多背景調查，完整的出書提案。我們要先寫幾章——妳來寫就好，妳知道我的語氣。還有妳的計畫，縱火案計畫，當然。」

「假如一切順利呢？如果瑞秋認識茵嘉，記得書的一部分呢？」

「我們會需要宣傳。最好找專家幫忙，雖然貴，但絕對值得。可能開記者會吧，向全世界介紹她。或者安排專訪，上《六十分鐘》新聞節目。『澳洲學者的世界級獨家』。」

「我以爲你只在乎認眞做研究？」

「當然，小凱，當然。但現在迎合大眾的這些鳥事也是做研究的一環，非常受大學歡迎。身爲學者，我的職責是把研究結果盡可能介紹給越多人知道。納稅人才是老闆，他們付我們薪水。我都可以想像了，妳呢？《六十分鐘》的記者亞娜站在走動的時鐘前，露出她那專注時可愛的微皺眉表情。」

她可以想像。她說：「我明天會告訴克莉絲汀。」

「很好。」他又跳起來，「順便提前告訴房東妳要搬家。」

「什麼？」

「反正妳整天都會待在我家，沒道理繼續付房租。」

「爲什麼我整天都會待在你家？」

「我不要在辦公室進行這個計畫，不行。我會在學校幫妳準備座位，但我們不會把重要資料放在那兒。」他壓低聲量，沙啞悄聲說，「妳絕對不會相信學者有多愛管閒事。租約是在妳名下嗎？房東可以找到別的房客，沒問題。這棟房子很不錯。」他一手撫著門柱，彷彿在安撫房子，解釋凱蒂即將離去並非它的錯。「我是說以共居住宅來講，這兒沒有一般共居住宅的味道。」

「你只是給我一份工作，菲利浦，就這樣而已。」

「當然，小可愛。」他眨眨眼，「但等妳準備好了，妳知道去哪兒找我。」

她花了好幾個月，醒著睡著都在夢想這一刻。她花了好幾年，當時同齡的女孩都在想著旅遊、工作、研究、化妝或衣服。現在這一刻到了。瑞秋的照片在袋子裡，揹在她肩上，她還是沒有提。她心想，**妳無法回頭了**。

他走到滑門旁，拉開門，好像他就住在這兒。「我會找到瑞秋，妳會得到穩定的職涯。雙贏。」

她看著他離開，空氣似乎往他兩側分開。他的能量，他的強勢，他令人無法抗拒的吸引力。

# 第二十二章

## 紐約市，一九三八年

她們並未在這晚接吻，那還要等一陣子。不過經過俱樂部這一晚，瑞秋想到茵嘉便感到體內嘶嘶作響，像香檳蘋果酒中的泡泡。

度過生平最美好的夜晚之後，將近凌晨兩點時，她跌跌撞撞回家。整晚她都在喝酒、跳舞和談笑，身邊是茵嘉和查爾斯，沒錯，甚至還有那個奇怪的矮小男子費雪，看他那副「卡爾森小姐不好意思喔」的畏縮模樣。整個晚上，費雪都是眾人戲弄的小弟，每個笑話的笑點。他似乎不介意，一直跟著他們。他讓瑞秋想起賓夕法尼亞州幼兒學校的男孩伊森・費衛瑟，他有兔唇，爲了融入大家，願意承受各種欺負。山繆・費雪幫他們拿菸拿酒，當茵嘉堅持要教瑞秋跳搖擺舞，也是他幫忙在舞池中清出空間。「小姐們需要空間，」他告訴彼此依偎拖著腳的酒醉客人，「卡爾森小姐需要空間。」他們跳舞時，他幫忙占位子，最後離開前，他幫忙找大家的鞋子，雖然沒有人找得到查爾斯的鑰匙或圍巾。他說查爾斯得叫醒太太才能進家門——光彩的一晚留下不光彩的結尾。

山繆表示願意送瑞秋回家，但茵嘉不理他，逕自帶她回地獄廚房。滿月掛在天上。她們來到公寓門口的台階，茵嘉用雙手捧著瑞秋的手，翻到正面又翻到背面，彷彿試著記下每一吋肌膚。

瑞秋好一陣子都說不出話來，茵嘉也是。

「很高興知道妳住在哪兒。」茵嘉終於說，「天知道外頭有多少巨龍？」

□

隔天她應該疲憊萬分才對，但工作時卻格外清醒，印象中她的動作從沒這麼快過。歐洛夫林太太說，**誰在妳的咖啡裡加了咖啡？**接著週日到了。假如瑞秋是別種女孩，會開始擔心何時能再見到茵嘉。但瑞秋不是那種女孩：她不指望能再見到茵嘉。就像中樂透的人不會期望馬上再次中獎，瑞秋也確信自己不會經歷這樣的夜晚兩次。

週日早上，她在防火梯晾洗好的衣服，低頭看向馬路——誰靠在大樓門口的階梯旁？即使從這個角度，那顆冰金色的頭頂也錯不了。瑞秋探出冰冷的鐵欄杆，往下喊。

茵嘉往街上退了幾步，以便仰頭往上看。那麼一瞬間，瑞秋確信路上經過的車會撞上她。

「我就知道妳終究得出來。」茵嘉往上朝她喊道，「我需要妳帶我去公園，我完全沒有牛蒡了。」

瑞秋把剩下的衣服隨便丟丟，從窗口衝回房內，抓起外套。

□

接下來一週，她們看了一場電影，下班後去了一家雞尾酒吧。茵嘉問她農場、工廠和父母的事，瑞秋大略回答，沒有多說。

「妳星期天早上過來吧。」茵嘉說，「妳來了我們再想要做什麼。」

茵嘉的公寓是約克維爾區一棟頗新的磚造建築，鄰近卡爾・舒爾茨公園。現在她站在公寓門外，久到門房都透過玻璃偷瞄她。她可以感到有什麼在肌膚下竄動，她仍不習慣預謀的行動。如果不是茵嘉在等她，她會上樓嗎？這麼想沒有意義。茵嘉獨一無二──她是顆星球，不是人。最終，瑞秋還是屈服於她的引力。

她敲敲門，但沒有人回應。她記錯時間，還是記錯日期了嗎？要不是想到茵嘉在等她，她差點就走了。她再敲了一次門。

茵嘉從裡頭叫到：「怎樣？」

「是我，瑞秋。」

「喔，現在已經幾點了？」大門晃開，茵嘉站在門口，披著男用睡袍，露出焦糖色的絲綢睡衣。她幫瑞秋拉開門，讓她進去。

茵嘉的公寓與瑞秋家天差地遠，同樣用公寓來稱呼簡直荒謬。米黃與藍色的中國風地毯蓋住大部分的拼花地板。椅子全都僵直靠著牆面上的米黃色壁紙，有些是綠天鵝絨椅面配上扭曲的扶手和椅腳，有些是刺繡椅面搭配如同士兵的扶手和椅背。色彩沉重的油畫畫著眼神憤怒或空洞的女子，怒瞪著房間。遠方窗戶掛著半圓圖案的印花棉布窗簾，窗子緊閉，但她從中瞥見的風景美極了，能橫越東河看到羅斯福島，甚至遠眺阿斯托利亞區；窗外的樹木轉為紅色、琥珀色和金色。瑞秋的鞋子嗒嗒踩在地上；茵嘉赤腳，每片趾甲都像小巧的銀色貝殼。

她說：「很漂亮。」

「什麼？喔，妳說我的公寓。是嗎？」茵嘉說，「查爾斯安排的，我想是他朋友的房子，他人在歐洲，好像是義大利？妳不覺得那些畫有夠可怕嗎？我可能會收進櫃子裡。」然後她說：「我知道我說要出去，可是我剛想到一個點子，得寫下來。妳可以等一下嗎？」

瑞秋坐上其中一張綠椅子，包包放在大腿上，茵嘉則癱在地上，背靠在相襯的雙人沙發上。她周圍有五、六個咖啡杯，分別裝著高度不同的深色液體，地上散落著一疊疊的紙，印刷紙頁上寫滿了手寫字。茵嘉手裡拿著鉛筆，頭髮裡又插了一支。她翻閱一張張紙，非常激動地攻擊每一張，鉛筆頭在紙上戳出小洞。

五分鐘過去。十分鐘。一張紙滑過地面，停在瑞秋附近。她歪頭去讀，但茵嘉發現了。

「不可以讀！」她抓起紙頁，放在亂糟糟的那疊紙上。「完成之前沒有人可以讀。妳想喝咖啡嗎？妳可以自己泡。」茵嘉朝身後的門揮揮手，沒有抬起眼。

瑞秋小心翼翼走進光潔閃亮的廚房，這兒簡直像太空船的一部分。她回到客廳，在綠色椅子坐下，啜飲咖啡。

又過了十分鐘。二十分鐘。

然後茵嘉把鉛筆丟向窗戶，筆撞上玻璃彈開，發出不怎麼樣的叮叮聲。她站起來，踢開腳邊的那疊紙，大步走來到瑞秋面前，雙手扠腰。瑞秋心想，她完蛋了。

然而茵嘉彎下腰，撫著瑞秋的下巴，抬起她的臉，然後張開嘴，溫柔地吻了她。

她根本沒有時間感到震驚，那是稍後的事了。當下瑞秋只能純然做出反應，她的喉嚨內部融化，整個人軟化，變成一灘液體。世上竟有人想這樣碰觸她、品嚐她。她竟能夠，可以過這樣的人生。告訴她這一點的是茵嘉．卡爾森，她的茵嘉．卡爾森。

「妳在這兒，我什麼都沒法做。」茵嘉貼著她張開的嘴說，「沒有別的辦法了。」

茵嘉跪在她身前，親吻瑞秋下巴的線條，吻過她的喉嚨。她脫下自己的外套和瑞秋的襯衫。

即使瑞秋想像過，也不是這樣的畫面。他們還住在農場時，學校有其他男孩。每次她經過比利．安柏森的桌旁，他會伸出長雀斑的腿，試圖絆倒她。布萊德利．艾利斯連基礎讀本都讀不好，有次他們走回家，他試圖掀她的裙子。她記得他的手，又肥又濕。工廠的男孩、男人都噴古龍水、抹髮油，但仍蓋不住汗味和他們危險的氣息。大部分的人都離她遠遠的。她不只一次猜想她和其他女孩的差異，畢竟男人總是嚴肅堅決地追著她們跑。

茵嘉很溫柔，輕軟完美又不屈不撓，她帶來的狂喜讓瑞秋幾乎無法承受。瑞秋不只一次用手扭抓中國風地毯濃密的絨面，心想自己可能因此而死。

午後時光如液體般一滴滴流逝，茵嘉的嘴、舌頭和手指領著她四處遨遊。那天下午，茵嘉沒再進行任何工作，瑞秋則沒有回家。

# 第二十三章

## 昆士蘭省布里斯本，一九八六年

隔天早上，凱蒂五點醒來，雙腿在棉被下扭動，頭腦像在籠裡亂竄的老鼠。她需要新鮮空氣、破曉晨光，以及血液大量流過血管。她換上工作服，沿著米爾頓路往東走。遠方的城市後方閃著金光，宛如日冕、光環、祝福。如果她直直走過上坡盡頭的酒廠，大概走四十五分鐘會到書店，不用急。她往右轉向河邊。

從加冕大道上方的小丘看去，棕色河川混濁不清，除了遠方的托貝克區，對岸的土地平坦。好多事要取得平衡。她猜想菲利浦的人生是什麼樣子——只關心自己，放任周遭所有人爲他服務到殘缺不堪。這就叫成功嗎？

她竟也順利過完了這一天。每次店門打開，她的心就一跳。沒什麼原因，純粹因爲可能是詹姆進來。但每次都不是詹姆。

她和克莉絲汀要關店時，凱蒂透過寬廣的展示窗，看向阿德雷德街。街上宛如牛羚大遷徙；男學生襯衫沒紮，駝背揹著書包，推擠踩上公車階梯；美容訓練生穿著工作服，頂著乾淨的臉，半跑過街前往廣場；身穿制服的麗晶戲院引座員畫著綠色眼影，唇彩塗得像糖果，踩著高跟鞋搖搖晃晃。

沒有人住在這兒，沒有人在這兒社交。她發現自己會懷念這裡，身處一切的中心，四周環繞著書。她會懷念克莉絲汀。但凱蒂還是站在後方的小房間，辭掉了工作。

克莉絲汀用手梳過頭髮，接著深深插進口袋，點點頭。「如果妳希望我挽留妳，別想了。」

「我沒期待什麼。」

「除非是薪水問題。是因爲薪水嗎？如果是的話，我們可以談。」

「不是因爲薪水。」

「那就好，我沒有更多錢了。是賣書的問題嗎？這份工作很好，有未來發展，職涯紮實穩健。」

「我還是喜歡賣書，這不是原因。」

「好吧，妳走吧。我說眞的，妳在這兒待得夠久了。這是一份工作，不是無期徒刑。」

「天哪，克莉絲汀，別這麼感傷。」

「我猜妳要去旅行？除非去過一個地方以上，否則妳永遠不知道自己屬於世界上的哪裡。」

凱蒂覺得想笑。「我沒有要去哪裡，不過確實有個計畫，很興奮的新計畫，千載難逢的機會。」

「和打電話來的那個男生有關嗎？我一向看得出來。」

「誰？喔，不，不是他。」凱蒂告訴她，「與詹姆無關。」

「那是別的男生嗎？爲了男生轉換跑道，不管是哪種男生……」克莉絲汀用指甲抓抓頭皮。「唉，我其實沒立場和妳講這種事，但看在妳少了……那個……爸爸的份上，我就說了。妳得自立自強，跟著男人走不太明智。」

凱蒂說：「我知道我在做什麼。」她已經覺得不太明智了。

下班回家後，凱蒂看到特莉絲在走廊的電話旁留了字條：**詹姆打電話來！記得回電。（你們講什麼都要告訴我！）**

她也想回電給他，簡直心癢難耐。她拿起話筒兩次，放在耳旁，直到撥號音消失，變成一聲長長的嗶。

星期四是她最後一天上班。當天會有卵石麵包坊的好蛋糕。所有她喜歡的顧客會衷心分享他們或孩子多愛她推薦的書，感謝她總是不嫌麻煩，說她的笑容在他們需要時鼓舞人心。大家會在巨大的卡片上簽名。克莉絲汀會幫她挑選一本特別的書，用玻璃紙包起來。可能是精裝版詩集，A・D・荷蒲去年的作品，或萊斯利・穆雷的選集。再過一、兩週，就沒有人會懷念她了。

最後一週的星期一，她在書店留到很晚，整理發票，聯絡有訂書的客戶，但也爲自己做打算。她回到家已經超過九點。帥哥和特莉絲不在，但廚房工作台上放著用褐色包裝紙和繩子包裝好的包裹，指名給她。她拆開包裹，是本老舊的精裝版《窗外有藍天》，克諾夫出版社一九二三年出版的版本，美麗極了。裡面有張字條：今天下午我要去墨爾本一個多禮拜，開會和參加幾場遺產拍賣會。（我規劃很久了，卻完全忘記，顯然有什麼害我無法專心。）我下週五會回來，到時候或許來場策略咖啡聚／晚餐？去泉恆中菜館？還是喬喬咖啡廳？詹姆。

她心想，這樣很好，真的。她心頭的事太多了，不用去多想和詹姆喝咖啡，或吃晚餐，或做任何事。她最不需要思緒飄到皇家交易所飯店，在露天酒吧度過慵懶的週日，或到布羅德海灘過週末，在浪中游泳，感受大海的拉扯起伏。

這些對她都沒幫助。

她需要時間規劃準備。她心想，詹姆出城很好，繼續提醒自己吧，凱蒂。

□

第一天到新職場，菲利浦看到她顯得興高采烈，不像平常親吻她的兩頰，而是抱住了她。

他說：「首先，我們寫信給瑞秋。用大學信紙，好的那種。『您有機會貢獻國際學界。終於認可您在歷史上的獨特地位。』諂媚攻勢。」

「要是她不回覆呢？」

「不太可能。況且她總要去收信，所以……」他的眼睛一亮，幾乎像個孩子，「跟監！」

她意外平靜。「另外那位卡爾森專家呢？你提過她一次。」她說，「不打算找她加入嗎？」

「對方是男的，所以妳可以把爪子收起來了。我沒打算，不可行。我們曾經很親，但他就是沒有做研究的膽子。」

她問他那是什麼意思？

他翻了個白眼。「他就是標準的過度享受特權，不懂得感謝機會。看在他是自己人份上，我賣人情幫他找到博士後的位子，還是非常好的博士後職位呢，結果他居然拍拍屁股就走了，跑去歐洲閒晃。現在他在經營家族事業，大家都失望透了。他不夠飢渴，問題就在這兒。」

她感到皮膚一陣顫動。「你是說他沒辦法追殺老太太。」

他從桌邊傾身向前，下巴支在相交的手指上。「凱蒂，世上沒有比求知更高的志業，這是人文的核心。爲了後世，我們必須揭發事實，不該自溺於感性而緩下腳步。況且，我爲了那傢伙可是豁出去了。我甚至試圖說服他跟我去慢跑，說穿了他眞的需要運動。」菲利浦鼓起臉頰，猛然呼出氣，「結果簡直像在和甜甜圈說話。」

她說：「他在經營家族事業？」

「我不清楚。他父母好像生病了，某種癌症？雙親都是，非常不幸。他是個書蟲，妳知道那種人吧。」

凱蒂說：「嗯。」

「有點呆呆的，說穿了不太酷。」

**不太酷。**

喔，現在她和這種人一夥了。她選了這種盟友，與惡魔簽下契約，把瑞秋送進菲利浦的魔掌。她回想起照片中脆弱的老婦人。瑞秋會落入菲利浦的靶心，都是她的錯。

「如果我沒來見你，」她說，「你會來找我嗎？」

他強壯乾淨的臉龐，飄散詩意的皮膚和骨頭。

「當然囉，總有一天會。」他搔了搔鼻梁，「我們都需要可愛的女孩推波助瀾。我很感謝妳願意等我，我們是很好的搭檔，凱蒂。況且，如果妳眞的擔心那位老太太，積極參與計畫反而是好的。」

她說：「我覺得我需要負責。」她希望有辦法警告瑞秋，站在她旁邊，抓住她的手肘說：**有人盯上妳了。**

「沒錯，妳可以減輕對她的衝擊，照顧她的權利。」菲利浦看看手錶，「該死，這麼晚了？我十點有喬叟的課，不能再錯過了。」

那對肌肉緊繃的手腕。他身上毫無贅肉，一吋都沒有。這種精實的身材來自從不動搖的紀律和運動。她內心一部分了解這是令人敬佩的特質。

# 第二十四章
## 紐約市，一九三八年

剛搬來紐約時，瑞秋因爲實在太過飢餓而暈眩，沒能感受到城市動盪的節奏。世界大戰的餘波，金融市場崩解的劇烈震盪；不斷顫動的混亂，以及反映遠方歐洲災難的隆隆巨響。不過現在她可以在街上感受到緊張的能量；人們蠢蠢欲動，看到陰影便心驚膽顫。九月底簽署慕尼黑協定後，整座城的人似乎都鬆了一口氣。但茵嘉沒有，她極爲掛心世界現況，盡可能大量閱讀報紙，定期大肆批評報導內容。

「他們以爲出賣捷克就能了結一切。」她說，「只要與惡霸交過手，就知道不可能。」

十月底播出《世界末日》廣播劇，害全城又陷入恐慌。瑞秋覺得大家的反應如同茵嘉的坐立難安，都顯得疑神疑鬼。雖然她沒有提起，但是她覺得茵嘉看到黑影就開槍。

日子過去，冬天降臨。她們共享晚餐，在一七五街的洛伊斯電影院摸黑牽手，還去看了表演，《彩鳳伴金龍》和《畫舫璇宮》。即使天冷，她們依然經常在中央公園散步，茵嘉撿起她找到的每顆白石頭，在樹下搭起小小的金字塔。她說該讓大自然傲視人造建築了。有時瑞秋覺得自己像旅人，茵嘉才是在地人。例如當茵嘉牽著她的手，指出標準石油大樓如何順著馬路彎曲的弧度而建，或看她驕傲地展示勝家大樓的大理石大廳——彷彿她親手打造了這一切，雕刻的每根針、線和線軸。

她們到第三大道的桑諾・希利骨董店閒逛，在小狗和印地安人的雕塑間胡鬧。茵嘉買了一個金綠色的陶瓷花盆送她，拿來種她日益增加的植物新收藏：蜘蛛抱蛋盆栽。有天晚上，她們去河谷村酒吧用餐。瑞秋穿了茵嘉的天藍色綢緞禮服，裙襬柔軟的縐褶從臀部流瀉，拖在地上，她幾乎認不出自己。那晚茵嘉一身白，華麗又有威嚴。老闆魯迪吻了她們的手，端來香檳，和茵嘉調情，問起她幾個月後要出版的新書。他說《萬事皆有終》的電影不可以找克勞黛・考爾白飾演凱登絲：**她實在太老了！**他問誰要飾演尤爾根，聽起來不像只是隨口問問。

茵嘉沒有介紹瑞秋給他認識，她從不介紹瑞秋。自從第一晚瑞秋碰到查爾斯和費雪之後，只要她們外出，茵嘉總是忽略要介紹她，如果對方強求，她會漫不經心地揮揮手，隨便給她一個名字。她們獨處時，茵嘉叫她旁遮普，漫畫中小孤兒安妮的神奇守護者。

她們大多時候都待在家裡。瑞秋會煎蛋和培根，等茵嘉修改完初稿，幫她按摩肩膀。透過窗口，白天可以看到蓬鬆的雲朵和投射在高樓大廈之間的影子，晚上則能看到棋盤狀的燈和光束。她們聽廣播喜劇《阿默和安迪》，或在搖曳的黑暗中下西洋棋。她們一起讀書，茵嘉愛極了《不敗者》和《墨菲》，瑞秋則喜歡《蝴蝶夢》和《石中劍》。當然瑞秋最想讀的是《每日，每分》，但她沒有開口問。那時茵嘉從她手中把紙頁抽走——那個下午在她心中仍歷歷在目。

幾個月過去了。以一生來說並不長，卻也足以創造一個世界。偶爾查爾斯會過來喝酒，他很開心，非常開心。還沒有人讀過這本新書，一頁都沒有，但全都瘋狂期待。他給茵嘉看他打算刊登的廣告樣版。他沒有再提到排版員，倒是送了一籃南卡羅萊納州的水蜜桃給茵嘉，附上一張感謝卡。她和瑞秋裸身泡在巨大的白色浴缸中，一起吃了。她們點燃蠟燭，燭光像黃色小精靈般跳舞。水蜜桃汁流下她們黏膩的下巴，滴進香氣四溢的水中。瑞秋感覺像黃色小鴨，躲在瓷蛋殼內，溫暖又飽足。她不敢相信這樣的日子是眞的。

這時瑞秋的室友卡蘿決定搬離第九街的公寓。卡蘿是挨家挨戶推銷刷子和掃帚的業務員——應該說這是她的前職，後來她接觸到連環信行銷，只可惜這股風潮並沒有想像中成功。現在收信讓卡蘿倍感孤獨，因爲不到幾個月前，每週她都能收到數百封信，裝著全國各地寄來的零錢和祝福。卡蘿抽著鼻子說，何況瑞秋現在交了新朋友，雖然她還沒有榮幸認識他們。有時卡蘿整週都看不到瑞秋，即使她回家，也只是幫幸運的植物澆花。卡蘿受夠了。她要回堪薩斯州，不過她會請郵局把信轉寄過去，這樣當零錢再次滾滾而來時，她才不會錯過。

「我需要找新室友。」瑞秋對茵嘉說，「否則我就得搬去宿舍了。」

她們在傑克・登普西餐廳用餐。她喜歡這兒，大玻璃窗可以俯瞰百老匯，讓人自覺像觀察家。

「室友？不要吧。」茵嘉戳戳她的鰈魚排，彷彿這段對話稀鬆平常。

瑞秋的現在——毫無預警的美好現在——應該足夠了。可是茵嘉說不要吧。或許瑞秋一直在等什麼發生，或許她等的就是這句話。**不要吧**。

難道瑞秋用不同的眼光看待自己了？生平第一次，她希望在街上與薇拉姨婆擦身而過。她甚至希望母親能看到她身穿茵嘉的衣服，挺拔又美麗，與茵嘉同桌吃酪梨和長島扇貝。「不要吧」這幾個字令她越發貪心。

「我得有地方住。」

「老天，妳眞好笑。小可愛，我不是在求婚。留著妳的公寓，」茵嘉說，「只是別再找室友了。」

整體來說，茵嘉的公寓並不奢華，但那是她刻意的決定。瑞秋的公寓則充滿不明氣味，蟲子四處爬，牆壁又薄。然而茵嘉喜歡等卡蘿外出去皇后區找姊姊，她們便能待在公寓裡。躲在那間狹小糟糕的房間，依偎在單人床上，遠離茵嘉的書，遠離她的打字機，遠離查爾斯和世界的其他部分，感覺就像渡假。沒有人知道她在這兒。她總是偷溜進來，瑞秋的鄰居才不會看到她，雖然他們也不在乎。有兩間公寓可以來往後，茵嘉幾乎不再帶她出去。茵嘉說太麻煩了。好幾週以來，瑞秋只見過茵嘉和她的同事。但是她盡量不去想這件事。

她說：「我付不起房租。」

「那就辭掉那份蠢工作，來幫我做事。」茵嘉說，「別擺出這種表情。距離新書出版只剩幾個月，到時候……喔，我連想都不敢想。文書工作、郵件、歸檔、合約、索取簽名的信。妳可以當我的祕書。」

「我不行。」

「爲什麼不行？妳不會歸檔嗎？只要懂字母就行。寫信？妳很聰明，我可以教妳。我已經有一套系統了，事情進來妳就處理。一星期二十美元應該夠。」

幾乎是施拉弗特餐廳薪水的兩倍。

「不用排班，不用伸直手臂端盤子。」茵嘉說，「妳想坐哪裡都可以，我甚至可以放寬檢查指甲的標準。我只求妳幫我把事情打理好。」

瑞秋想到她母親，想像她與父親待在小房子裡好幾個月是什麼感覺。她知道，即使一絲快樂都會稍縱即逝。

「如果我得自己回信，我會從窗口跳下去。」茵嘉說，「我們偶爾可以睡在妳家，大多時候吧。只要我們分別過去，沒有人會發現，大老遠幾乎看不出我們哪裡不同。」

瑞秋說：「我考慮看看。」但她已經知道答案了。

茵嘉從她臉上看得出她的決定。「很好。別和別人說，我們最不需要的就是訪客了。」

瑞秋想起數年前父親給她的建議，當時他還有心廣泛教導她該做和不該做什麼。阿倫敦位在利哈伊河岸邊，流經鎮上的段落寬廣平穩，但稍稍出了鎮外，就變窄轉彎，流速加快，水面冒出白色水沫，蓋住石頭和斷樹，太靠近河邊喝水的動物落水後，發臭的屍體會和枝幹一起卡在樹中。她出生前，父親還沒賣掉農場前，有年夏天他和一群人在河上打樁。某個溫暖的晚上，一名他認識的男子與不是妻子的女人去划船。幾天後，大家發現他們腫脹的屍體被沖上岸，眼球被食腐動物吃乾抹淨。父親告訴瑞秋，如果妳碰到這個狀況，逆著水流游只會耗盡體力。妳要順著水流流勢，漂浮起來。

# 第二十五章
## 昆士蘭省布里斯本，一九八六年

布里斯本的電話簿中沒有人姓黎赫。菲利浦打電話給美國友好協會，胡謅說要尋找阿姨失聯多年的友人，但他們也不認識這個姓氏的人。

也許瑞秋不是美國移民，也許她是澳洲人，曾短暫住在美國。對，這有道理多了。她可能去渡假吧。

凱蒂去了郵局，翻遍昆士蘭省每一本電話簿，找到一對名叫布萊恩和喬安的黎赫夫婦住在黃金海岸。她打電話過去；布萊恩是退休的郵政局長，下午兩點才要去打草地滾球，他很樂意和她聊。他說他們家人來自雪梨，祖籍是柏林，但現在沒人提了。他有幾位表親住在南部的沃加，可是沒有人叫瑞秋。他問她，是不是大家叫她小瑞？瑞瑞？還是雪瑞？**親愛的，對我們來說這個名字聖經意味有點重，我們家長年都沒有宗教信仰啊。**

她回到圖書館查找卡片目錄，說不定瑞秋是哪個領域的名人，什麼領域都好。但一無所穫。

書店以前的一名臨時工現在到《信差郵報》當實習生，負責體育版——她打電話給他，哄騙他幫忙查詢昆士蘭新聞建立的內部檔案系統。昆士蘭省的每個人都在系統中，《信差郵報》什麼都知道，雖然報紙選擇揭露的內容又是另一回事了。系統中沒有瑞秋的紀錄。

某個陰暗的早上，凱蒂醒來發現暴風雨已傾盆而下。她去了選舉委員會，一面查看布里斯本每個選區的名冊，一面聽雨水如鼓聲敲在屋頂上，沿著排水溝汩汩流掉。她喜歡這種工作。她想自己會是很優秀的礦工，揮動尖銳的圓鍬，挖出藏在陰暗潮濕岩層中的東西。她在密閉空間也比較能思考，不管是一排排書櫃或檔案櫃之間，還是手指劃過L開頭的一行行名字和地址。

到處都找不到瑞秋．黎赫。

不過她對德裔美人同盟的研究倒是很順利。她找到證據，顯示同盟計畫殺害洛杉磯的猶太裔美國人，破壞美國的家戶防衛系統。她正式寫信給馬汀．費雪，詢問能否與他見面。她寫信給美國的德裔美人同盟歷史學家，閱讀課本，填寫出差研究申請表，感覺花了好幾個小時。週五她開車往返於大學和幾條街外菲利浦的家，安置她的座位，分配參考資料——不會洩露機密的一般資料放在辦公室，比較明確的檔案和期刊放在他家。菲利浦幾乎都在開會。他把車鑰匙和家裡鑰匙給了她。

她打開大門進去，馬上迎來遺忘的記憶，例如花園中尤加利樹的氣味。他的辦公室在樓下，但她仍忍不住四處閒蕩。臥房鋪了新地毯，一公尺長的魚缸隔開餐廳和客廳。假冒成荒謬城堡的加熱馬達產生水流，尾巴閃耀紅色的霓虹燈魚、黃色神仙魚和亮綠色水草在魚缸中擺盪。她想像菲利浦用小湯匙量測牠們的食物，每天幫牠們量測水溫。她走進廚房，打開櫥櫃的門，裡頭仍然只有一個平底鍋，菲利浦喜歡外食。屋內依然沒有電視，菲利浦以前總說，**等我裝電視就表示我放棄了人生**。不過他買了地毯鋪在客廳地上，毯子上有土黃色和褐色的部落圖案，看起來很貴。

她很慶幸看到地毯和魚。菲利浦過去沒有的事物證實時光確實流過，她現在長大了，也聰明多了。

下午四點，她回到大學辦公室整理桌面。有人敲門，她過去應門。老式的寬廣走廊鋪著塑膠地板，門外站著一名男子，手拿褐色紙包裹。詹姆。

她心中湧起一陣情緒。他的臉一直都是這個形狀嗎？他的眼睛有點杏仁色？他沒刮鬍子，不修邊幅，比她印象中還高。老天，他穿著燈芯絨褲，淺藍色襯衫沒有紮，袖子捲起。他飄動的劉海令她手指發癢。一抹痘疤橫越他的臉頰下側，他的領口有些磨損。比起周遭，陽光似乎聚焦在他身上。

她心想，天哪。她注意到他的頭骨形狀，他捧著包裹的寬大手掌背面突出扇狀小骨頭。她可以感到血液流過自己的血管。她伸出手掌摸摸額頭，燙極了。她看到他的表情一變。

「凱蒂。」

她無法回答，她對自己的聲帶徹底失去信心。

他說：「妳在這裡做什麼？」

「我以為你出城了，去墨爾本。」

間。

「是啊，我回來了。」

情緒莫名呑噬了她。當下宛如一杯水從指尖滑落，到看見玻璃碎片散落在廚房地上的相隔瞬間。

「我在這兒工作了，幫菲利浦做事。」她的語氣太過，她吐字時講得太快，她的肺裡有太多空氣。爲什麼她沒有事先想好？「菲利浦是我的老闆。兩個計畫都在進行，我研究德裔美人同盟，他想找到瑞秋。」

「菲利浦在幫妳找瑞秋？菲利浦．卡麥可？」

「是你給的建議，你說我應該做個研究計畫。」

他眨眨眼。「妳不用向我解釋。」

她正打算張嘴回答，這時菲利浦繞過轉角。

「你們已經見到面了，很好。」他說，「凱蒂剛來第一週，擔任我新的得力助手。時隔這麼久，終於有人來督促我好好做事了。凱蒂，我很久以前指導過詹姆的博士論文。上次在妳家，我有提到他，妳記得嗎？我的老朋友，那個古董書商？喔喔，這是我的里爾克詩集嗎？太棒了。」

她沒看過他們站在一起。各個方面來說，菲利浦都輕巧許多，俐落、銳利又優雅。詹姆比較強壯、高大又邋遢，頭髮亂糟糟。他的眼睛是黃褐色的，她稍早注意到了嗎？菲利浦從詹姆手中接過包裹。

「新工作，」詹姆說，「對妳來說很刺激吧？」

他的嘴唇抿得很薄——她知道平常不是這樣。

「嗯，」凱蒂說，「我想是吧。」

「老兄，你看起來累壞了。」菲利浦說，「你需要多睡覺，多運動。你沒必要親自送來，用寄的就好了。」他走過他們身旁，拿起桌上的剪刀。

「我剛好過來河這岸辦事。」詹姆說，「晚上我本來有約，不過我可能會直接回家，我眞的累死了。」

「你需要請助理，花這筆錢絕對値得。嘿，凱蒂？」菲利浦拆開褐色包裝紙，小心翼翼翻開里爾克詩集，測試修復好的書背。「工做得很細，這是一本小珍寶呢。」

她手腕和喉嚨根部的脈搏大力跳動。她督促胸口起伏，好讓呼吸跟著進出。她感覺快死了。她希望能拿什麼蓋住肩膀，像是斗篷或披肩。

「我差不多該走了，免得塞在車陣裡。」詹姆的視線穩穩盯著不遠不近處一根非常有趣的椅腳。

「我陪你出去。」凱蒂說，「我也累了。菲利浦，你不介意吧？」

「呃，其實還有一疊東西要拿回我家，」菲利浦說，「鑰匙還在妳那兒吧？」

詹姆從門口退開，他們的視線終於對上，沒有斷開。然後他撇開頭。

「是啊，剛到職就早退，留下這種印象好嗎？」詹姆對著地板說，「凱蒂，再次恭喜妳。菲利浦，我走了。」

凱蒂的耳朵嗡嗡作響。她已經知道，今晚她會走去圖旺區，再踏著米爾頓路的路燈燈光回家，目送目的地明確的車輛駛過。如果她想，可以一路走去蒙特蘇馬餐廳，吃辣味雞肉餡起司捲餅，然後走後巷回家，嚇嚇籬笆上的負鼠。她可以走過整條米斯欽街，放鬆轉個不停的腦袋，讓將要凋謝的絡石花香領著她回家。但是她失去了機會，喪失了無法取代的寶貴事物。她會凝視天空，猜想若要眞正了解一塊土地，她是否必須離去。

未來許多年後，即使她實現了許多目標，仍會帶著一絲悲痛回憶今晚，記起她抬著頭，猜想有何景象比故鄉的夜空更美麗，更殘酷。

# 第二十六章

## 紐約市，一九三八年

聖誕節前一週，茵嘉睡在瑞秋的單人床上。窗簾拉開，午後的微光照亮對街窗台上的冰，讓世界看似灑滿了鑽石。瑞秋坐在床邊地上，翻到一組印刷校樣的最後一頁。時間不早了。她在讀茵嘉的新書《每日，每分》，書即將送印，再過幾週就會擺上書店書架。

自從茵嘉第一次把紙頁抽走，瑞秋就沒有問過她是否能讀《每日，每分》。她不知道該怎麼問。今天早上瑞秋醒來，看到茵嘉坐在床上，低頭看她。

「妳想讀的話就讀吧。」茵嘉說，「想讀再讀，不是非讀不可。」

「我想讀。」瑞秋說，「想讀得要命。」

進入寫了又重寫的最後關頭之後，茵嘉有時連續工作二十個小時，弓著肩膀、拉長脖子伸出頭，動作看來不像人。她不換衣服直接在躺椅上假寐，關起所有窗戶，免得路上噪音惹她不耐。她喝黑咖啡，狂吞清醒劑苯甲胺，玩弄瑞秋幫她做的三明治，細如針的瞳孔像烏鴉的鳥喙般銳利。有時她問瑞秋土生土長的美國人會怎麼說，瑞秋總沒多想就回答，事後才被責任感壓得喘不過氣，擔心誤導茵嘉。茵嘉越來越瘦。偶爾她會爲筆下角色的命運哭泣，卻同時繼續修飾詛咒他們的文字。她沒有停下來，她無法停下來。

這樣過了好幾週，現在茵嘉正爲當時鍥而不捨的精力付出代價。隨著出版日接近，她變得越來越疲憊，即使新書自行活過來，卻仍持續榨取她的體力。暢飲香檳雞尾酒的日子結束了，茵嘉不斷地打瞌睡，吃奶油吐司和蛋、喝太多糖的奶茶。

瑞秋的工作倒使她活力充沛。茵嘉的歸檔系統原來藏在櫥櫃裡與腰同高的一疊咖啡錫罐中，裡頭裝滿緊緊摺好塞在一起的紙。瑞秋工作時感到平靜，她把紙拿出來，撫平摺痕，歸好檔案標上粗體字，親手抄寫茵嘉的制式回覆並簽名，因爲茵嘉從來不想被打擾。

一開始瑞秋有些擔心，但現在認爲這是必要之惡。她相信這麼做好過於讀者以爲茵嘉自視甚高，不想理會他們。

只有另三人讀過書稿——茵嘉本人、查爾斯，以及排版的山繆・費雪。

瑞秋終於將最後一頁放到身旁地上。剛開始讀的時候，她倍感壓力，擔心該如何反應。現在讀完，周遭空氣的質感變了，她的心境也變了。她不需要分析自己的回應，她做不到。她身處茵嘉的故事中，感受茵嘉創造的世界。書中脆弱的世界裡，每個人互相連結，她心中有空間分給每個人，即使他們做了糟糕的事，該被譴責。

茵嘉閉著眼睛說：「怎麼樣？」她側躺著，膝蓋縮到腰部，雙手合十枕在臉頰下。

瑞秋說：「我吵醒妳了嗎？」

「妳以為妳在讀我的書我還睡得著，那妳真的錯看我了。」

「我以為妳不在乎別人怎麼想。」

茵嘉睜開眼睛。「妳不是別人。」

瑞秋滿腦子只想：怎麼這麼神奇？這座高樓大廈起伏的廣大城市名聞遐邇，但其中重要的一切都能裝進這個房間裡。彷彿一根針劃開她的心。

或許等塵埃落定，她和茵嘉可以去渡假，去查爾斯在胡士托附近的小屋住上一個禮拜。他說小屋裡有石砌壁爐，碼頭直通埃索普斯溪，溪水寬廣平穩，他還有獨木舟。那兒可以看到白鷺、鶴和天鵝。或許她可以找根釣竿，教茵嘉怎麼捕鱒魚。

「我覺得我沒讀過這麼悲傷又美妙的故事。」她說，「我認為這本書會改變每一位讀者，還會改變世界。」

茵嘉發出響鈴般低沉的笑聲。「妳這孩子真可愛，妳不會真的以為書有這種力量吧？」

「當然有。」瑞秋說，「妳會懷疑，純粹是因為這是良善之書。假如有人寫一本邪惡的書，妳就會相信那本書能造成傷害。而且……這本寫得比《萬事皆有終》還好，簡直不可思議。這本書能讓世界變得更好。」

茵嘉笑了，像貓兒在床上伸展。她說：「不是每個人都會同意。」

瑞秋知道她說的對。最近茵嘉收到一些令人憂心的信，信都寄到查爾斯那兒，瑞秋沒有全部看過。信中不只寫了一如往常的瘋狂內容，還鄭重威脅要阻止這本書出版。她是全球猶太陰謀的一環。她背叛自己的人民，與政府共謀想將美國拖進歐洲的爛攤子。其中一封信用字相對溫和，鐵鏽色的墨水字跡詭異地凝聚成黏稠滴狀。另一封信說這本書絕不會上市。

茵嘉很擔心，但她努力不要表露出來。查爾斯聽從建議，一旦從印刷廠拿到書，就會把書跟鉛字版鎖進他的私人倉庫。查爾斯向茵嘉保證，只有他有鑰匙，書和鉛字版放在那兒很安全。瑞秋不是懷疑他，只是認爲他的動機是出於商業常識，不是眞的害怕。讀者對新書的期待實在太高，他擔心出版前書可能遭竊，洩露給名譽不佳的報紙，甚至慘遭非法盜印，在街上販賣。記者、二流私家偵探和各類人士都想探個究竟。查爾斯沒有掌控到的只有瑞秋手中這幾張校樣。茵嘉跟他說校樣已經燒了，在十二月特別冷的夜晚塞進燒柴火爐裡。

瑞秋說：「妳註定要寫這本書。」

「看看這本書能不能讓討厭的費雪看清他的錯誤。我還是不敢相信我和查爾斯妥協，讓他碰我的書。我哀悼我可憐的文字得讓他看過。」

瑞秋拖著腳走過來，臉對上茵嘉的視線。

「但妳必須讓他幫忙。妳不懂嗎？妳的書就是在探討這個觀念。沒錯，盡全力抵制這些人，盡可能阻止他們，保護他人不受傷害。但這麼做的同時，也可以憐憫他們。善心和反制不需要互斥。他有家人，他們也要吃飯。」

「妳的心眞美。這些納粹——費雪和德裔美人同盟的傢伙，大家似乎認爲他們不過是揮揮旗子，穿燙平的制服，做點好玩的小壞事。可是這群人眞心相信許多種的人類不值得存在。」她打了個哆嗦，勉強一笑。「如果他們認爲我的書有力量改變世界，我就眞的要擔心了。」茵嘉煽情地迅速吻她。「妳很可愛耶，妳知道嗎？」

瑞秋已經熟知茵嘉所有的吻——代表「我關心妳」的吻，代表「和我做愛」的吻。這個吻代表「我們聊別的吧」。

瑞秋說：「或許我們應該把一些盆栽搬去妳那邊。」

「別想了，活不下來的——我家是植物墳場。妳什麼時候要告訴我練就綠手指的秘訣？」

瑞秋的植栽收藏似乎不費吹灰之力就不斷增長。茵嘉買了一些給她，順道送了一個紅色搪瓷澆水壺，她自己從公園裡拔了一些，查爾斯也從家裡捐贈了幾盆給她照料。不知爲何，她了解哪些植物需要陽光，哪些較不需要，哪些喜歡濕泥土，哪些喜歡在卵石上排水。

「我不知道。」瑞秋說，「植物會和我說想要什麼，就這樣。」

茵嘉將枕頭抱在胸前。「又給我吃閉門羹，看來我得纏著妳，直到妳開口了。這樣吧，等這堆事忙完，我買一座農場給妳，妳覺得如何？我們可以像一對老太太住在一起，妳想種什麼都可以。」

「妳去當農夫？」

「爲什麼不行？我在農場長大。」

「妳愛這座城市，妳絕不會離開。」

「我確實很愛這兒，但我來自海的另一端。」她聳聳肩，「住在哪兒都是暫時的——誰知道我們到頭來會去哪裡？」

「未來能住到別的國家，應該不錯。」

「眞的嗎？哪裡？」

「都可以。」瑞秋笑了，「不對，不是哪裡都可以。沒有高樓的地方。我不討厭高樓，只是在這樣的城市很難放鬆。如果我要買自己的房子，我會選擇慵懶的地方，天氣溫暖，不下雪。我們家代代都沒有離開過賓夕法尼亞州。喔，嚴格來講不對，我母親其實是紐約人，我父親曾去西維吉尼亞州參加葬禮。」

「好吧，別管農場了。不然我向妳保證吧，總有一天，我會帶妳去另一個國家，遠在天邊，妳想去多遠都行。旋轉地球儀，針插到哪兒，我們就去。妳覺得如何？」

那天晚上，瑞秋睡不著。茵嘉躺在她身旁，柔軟的嘴巴吸氣吐氣。瑞秋輕輕起身。昨晚她把校樣放在茶几上，明天就要丟進火爐。她無法忍受茵嘉美麗的心血結晶像昨天的果皮般化成灰燼。她搬來時，公寓桌上本來鋪著花紋桌巾，於是她拿這塊不用的防水油布包住紙頁，藏進陶瓷花盆，彎起來貼著種蜘蛛抱蛋的咖啡錫罐外緣。

隔天瑞秋獨自在茵嘉家，擦拭床頭櫃的墨水痕，這時她注意到床底下又冒出一疊紙。她一直努力糾正茵嘉的習慣，別再把紙摺成小小一疊藏起來，可是合約、信件和檔案依舊會從意想不到的地方出現。茵嘉也把爲數可觀的錢藏在她們各自的公寓裡，夾在書中，或放進浴室洗乾淨的雪花膏空容器。瑞秋不覺得奇怪，任何人只要經歷過去十年的苦日子，採取這種舉動都很合理，體驗過不安定的移民生活更是如此。她自己昨天才藏起茵嘉的書稿，小小證明了與茵嘉在一起改變了她多少。把文件丟在地上，再踢到床下，已經算進步多了。

瑞秋拿抹布擦擦手指，跪在地上撿起紙張，好拿去歸檔。

她讀了第一頁，又讀了下一頁，才意識到自己看了什麼。紙上寫著最終遺囑。她還來不及阻止自己，就看到她的名字。接著腳跟著地坐下來。

我遺贈給瑞秋・漢娜・黎赫。

紙上寫著：我遺贈給瑞秋・漢娜・黎赫所有作品版權，以及所有個人財產，由以下指定遺囑執行人進行變賣。我遺贈給瑞秋・漢娜・黎赫。立遺囑人茵嘉・伊娃・卡爾森，特此見證簽署於一九三八年十一月九日。

瑞秋翻過每一頁，等她讀完，彷彿燙到似地鬆手讓紙掉在地上。她認識茵嘉不到四個月。她應該和茵嘉說什麼嗎？或許應該。茵嘉從未提過奧地利老家的親戚朋友，還有傳說中各出其力送她上學的村人。她應該請茵嘉重新考慮。還是這麼做太粗魯又不領情？這會毀了她們之間脆弱的關係嗎？她決定了，她會和茵嘉談。對，一定要，告訴她這麼做不對。

但不是現在。茵嘉還在準備出書，宣傳活動將接踵而來，她累壞了。於是瑞秋把紙張放回她找到的地方，擺成同樣凌亂的樣子。她沒有提起遺囑，或她藏起來的《每日，每分》稿子。

聖誕節一早，茵嘉送給她一條與自己成對的項鍊——拉利克玻璃，包著黃色黃蜂。瑞秋送給她一雙櫻桃紅色的小孩手套，還有一盒裹巧克力的櫻桃，讓茵嘉高興極了。新年來了又走，她們在茵嘉的公寓共享一瓶香檳跨年。日子一天天過去，一週週過去，印刷終於完成，茵嘉的新書《每日，每分》安全地放在查爾斯的倉庫裡。一轉眼，二月就到了。

一九三九年二月。瑞秋依舊沒有提起茵嘉的遺囑。

# The Fragments

## 第三部

# 第二十七章
## 昆士蘭省布里斯本，一九八六年

菲利浦去美國時已經起了頭，班傑明・R・塔克保存在紐約市立圖書館的論文中有提到卡爾森，菲利浦每一頁都讀了。多斯・帕索斯的收藏中提到更多，因此他還大老遠跑去維吉尼亞大學。她飛快掃過全國各地學術圖書館的數十本書，包括一九三〇年代每位文人的傳記，只要他們可能碰過卡爾森、讀過她的作品，甚至只是想過她。菲利浦說，**妳不能相信索引，要自己查**。她愛極了這種擦亮眼睛的淘金行動。她遠離學界太久，面對眼前的工作，她無法想像爲何要離開。她隨時可以挑一個主題開始研究，從不需要任何人的許可。

天剛破曉。睜開眼後，她探向床上沒人睡的那半邊，從書堆裡拿起一本書，讀了一個小時才起床。她在筆記本記下參考書目和相互參照資訊。她讀到不少有趣的內容，但沒有新發現。不意外，學界已經花了幾十年剖析卡爾森的一生。資料中都沒有提及叫瑞秋或姓黎赫的人。

她沒有和帥哥與特莉絲說她要搬出去，菲利浦也沒有再問。

菲利浦把縱火案研究留給凱蒂，自己專注思索更大的議題——他們找到瑞秋後要怎麼介紹她。怎麼擴大媒體的效應？榮耀的高點當然會是他們能重組出《每日，每分》的某些段落；可是如果瑞秋・黎赫什麼都不記得呢？凱蒂哀求他，或許我們不該急著規劃，畢竟她年紀大了。

菲利浦了解她的意思，女子八成老態龍鍾了。不過只要幾句就夠了，而且他們可以把故事塑造成菲利浦對眞相的追求：文學偵探的故事。現在正流行後設，許多學者沒有天份和自信想出這麼大膽的點子。不，他們要按照計畫來。菲利浦找來一面移動式軟木塞布告欄，坐在他的辦公室，嘗試不同的書名。他的首選是《卡爾森偵探：史上最偉大的文學謎題眞相》，不過他也捨不得《解密：茵嘉・卡爾森的每日每分》。

她刻意專注想這些——菲利浦、瑞秋、她迷宮般的研究——才不用去想詹姆。已經好幾週了，每次想到他，她總會感到一波強烈的情感，害她得停下來閉上眼，努力奮鬥才能專心。她現在不能想詹姆，否則理智的頭腦將不復存在。她甚至不能說他的名字。詹姆，詹姆。凱蒂曾握住電話，十次、二十次。她曾想跳上公車直接去他的書店，二十次、五十次。可是她要說什麼？她唯一的希望就是完成一切。她的肩上不僅肩負著瑞秋的未來——還有她自己的。

有天早上她在歸檔，接近中午時菲利浦說：「要吃午飯嗎？」

他們把研究資料鋪散在他家的赫曼米勒牌伊姆斯系列桌子上。菲利浦做了沙拉，他吃很多沙拉。他有灰褐色的布餐巾。桌面上蓋著尺寸剛好的保護塑膠墊，凱蒂覺得好像在浴簾上工作。菲利浦的藝術品——未裱框的畫布畫上有質感的大筆色彩，隱約帶有日本風——低頭盯著她，但她腦中好滿，都忘了猜在畫什麼。他幫她倒了一杯不錯的桃紅葡萄酒。

「一點就好。」她說，「我想專心做手邊的工作。」

他倒完後扭了一下酒瓶。「我不是完全聽不懂妳字裡行間的意思，雖然我個人覺得可惜——我也同意這樣最好，我不希望妳分心。」

她繼續做事，甚至沒有抬頭。

「和妳說，最近我在想，」他說，「幾週後殘片的展覽就要結束了。如果要辦一場小型聚會，宣告我們找到瑞秋，順便幫妳的火災研究放一點風聲——辦在展覽現場豈不是再適合不過？」

「可是我們還沒找到她。」

找到瑞秋。他們一開始就討論到菲利浦的策略中最重要的一環：如何接觸瑞秋，何時開始，如何讓她願意和他們談。凱蒂幫菲利浦工作以來，他們便開始寄信到瑞秋的郵政信箱，用大學的正式信紙，保證引人注目——菲利浦說，老人家都希望有人注意。菲利浦幾乎立刻收到回信，回郵地址是瑞秋的郵政信箱。

卡麥可教授：

煩請別打擾我。

瑞秋・黎赫敬上

於是他們改用女性化的信紙，由凱蒂親自手寫，寄出較友善親密的版本。他們終於又等到另一封回信。

沃克小姐：

現在時機不適合。

瑞秋・黎赫敬上

現在菲利浦想更進一級。

「我和妳說，做這決定不容易。要是別人聽說她的事呢？我可是有勁敵的。倒是時機，這個機會太好，不該浪費。」

「我擔心結果會令人失望。她或許什麼都不記得，或者我們搞錯了。」

「不太可能，我們目前掌握的資訊已經夠有趣了——卡爾森的遺產繼承人就住在布里斯本。我們單從這一點切入，當作整個故事的美妙開場，在殘片前公開發表。」

凱蒂哀求他，求他別這麼做，但是他不聽。不只這樣，從今天起，菲利浦要在郵局門口等瑞秋，不管要多久。該由他主導了。

「我覺得我該負責。」凱蒂說，「她是個老太太。何不讓我去呢？我相信她比較願意接納我。你……好吧，你有點嚇人，教授。」

「我這叫強硬。」他說，「我現在很不爽啊。我想趁她收信時嚇她一跳。唉呀，妳知道嗎？我們可以拍下來。我拿麥克風，找個攝影師，全部錄下來。」

凱蒂溫和地建議，帶一群陌生人打著閃光燈去嚇她，可能破壞他們的機會，得不到想要的結果。況且她可能根本不是自己收信，而是交給朋友或鄰居幫忙。

「讓我一個人去吧。如果她來了，我會說服她。你不是因此才雇用我嗎？因爲我知道她的長相，她也認識我。」

他嘆了口氣。他很失望，這麼做有違他浮誇的風格，也無法將他擺在一切的中心。不過他同意爲了計畫著想，讓凱蒂單獨與她接觸比較好。

「再寄一封信。」菲利浦說，「談談妳對火災的研究，提一下馬汀．費雪。和她說我們會在展覽最後一天舉辦聚會，公布研究結果。當然我們不會公布，當然不會——我們只會放出最基本的暗示，好引起話題。告訴她說我們誠摯歡迎她，但不管她來不來，我們都會按照計畫進行。看這樣能不能吸引她加入。」

顯然與菲利浦的計畫相比，凱蒂的計畫是否保密沒那麼重要。

「但如果妳找到她，什麼都別問，別和她說什麼，千萬別提到那本書。帶她來找我就好。我要從頭參與，我們問她的時候，我要看著她的臉，留下我自己的印象。」

「好。」

「如果眞的需要，我想總是可以雇一位老演員吧。」他說，「重現實況。」

凱蒂碰倒她的桃紅葡萄酒，溢出的粉色液體在桌上漫開。菲利浦扶正了玻璃杯，急忙拿起他的筆記本和書。

「寶貝，拿條茶巾來，」他說，「快點。」

凱蒂說：「你說什麼？」

「茶、巾。所以我才拿塑膠墊蓋住桌子。快點，不然就要滴到地上了。」

她衝進廚房，拿來掛在烤箱門上的茶巾。

菲利浦說：「拜託，妳看不出來這是愛爾蘭亞麻嗎？」溢出的酒逐漸爬向桌緣。「現在沒救了。」他把茶巾蓋在酒水上。筆記本得救了，桌子得救了，地板得救了，但茶巾毀了。魚兒嚇壞了，張著圓嘴巴抵著玻璃。

他擦乾桌面，挺起身，摺好弄髒的茶巾。凱蒂道歉。「沒什麼，以後小心就好。」

「你剛才說什麼？」

「喔，我想說——來拍紀錄片應該不錯吧？能拍到實況當然更好，但我知道有難度。我可以演自己。」

凱蒂說：「這個主意很棒。」

菲利浦喝完他的酒，把兩個玻璃杯拿去廚房。但她突然又渴了，很想再來一杯倒滿的桃紅葡萄酒，捧在雙手之間。

□

五月底了。隔天早上她早早就起床，以便在六點趕到菲利浦家，再開他的車出門。郵局位在伍倫加巴區，遠在鎮的另一端。雖然尷尬又惱人，但她非開車不可，否則要是找到老太太，贏得她的歡心，難道要逼她爬上史坦利街，找排班計程車嗎？菲利浦只能走路去學校了。他在門口目送她離開，一派輕鬆。他揮著手說，**親愛的，祝妳今天上班順利**。

大約傍晚六點，她沒有帶瑞秋回來，甚至沒見到瑞秋。

菲利浦解釋說這並不意外。大部分人不會每天收信。而老人能收到什麼信？瓦斯帳單；參加《女性週刊》世界探索之旅的遠親寄明信片來他們的老臉前炫耀；郵購目錄，品項包括開襟羊毛毛衣、貓咪玩毛線的瓷娃娃、黛安娜王妃的裝飾盤。大概就這樣。他們不能指望馬上成功，勝利的代價就是要時時警惕。

第二天她更早起床，帶了咖哩蛋三明治上路，準備倚著對街老藥局大樓的側牆吃早餐，持續盯著郵局。她絕不能讀書；只要一分心，就可能錯過瑞秋。菲利浦警告她，老人矮小又不顯眼，尤其是老女人，歲月使骨頭上的皮膚鬆弛，難以區別每個人的容貌。她需要專心。這天她待到晚上十點。

她發誓等一切結束，要一覺睡到中午。

每天她都沒有瞥見瑞秋，只好回家。晚上睡覺時，她的胸口往往攤著講述一九三〇年代紐約的書。她夢到自己沒有戴氧氣筒，深深潛到冰冷的海底。當她看到海床上的蚌殼，便用獵刀掰開殼，推開肉，直到找到一顆珍珠。汽車大小的熱帶魚呆呆盯著她。另外，她還夢到自己變回小女孩。父親向朋友借了一艘小鋁船，帶著她大清早跑到布林巴溪，聞著紅樹林又香又臭的味道，撈起捕螃蟹的網籠。這是她八歲時眞正發生過的事。他們抓到三隻巨大的青蟹，綠灰色的陰暗甲殼像盔甲，他們只把一隻小母蟹丟回河裡。凱蒂既興奮又驚恐，尖叫著避開螃蟹的鉗子，以防動作太慢讓手指被夾斷。然而在夢中，她和父親各拉著一條繩索，把網籠扛上船，籠子感覺沉重不穩，但每個都是空的。當作誘餌的無眼鯛魚頭仍在鐵籠裡，勾著海草鬍鬚，飽受溪水沖刷，但沒有被碰過。籠內完全沒有螃蟹。

晚上關燈前，她會從包包拿出瑞秋的照片。她看進瑞秋的雙眼，希望能問她知道什麼——關於茵嘉、那本書、火災。所有一切。

一個星期過去，菲利浦越來越焦躁。他想要中午親自搭計程車到郵局，在凱蒂去上廁所時幫她盯梢。她已依照指示，把白天的飲水量降到最低。附近的酒吧有廁所，她動作很快，離開不過四分鐘，頂多五分鐘。瑞秋在這四分鐘出現的機率有多少？但她無法勸退他。

他說：「我訂了展覽最後一天下午，在展廳旁的小接待室舉辦聚會。我已經聯絡了所有重要人士。我們快沒時間了，我一定要來。」

於是從今天開始，他每天大約下午一點鐘到，讓她去上廁所。郵局位在街角，她可以清晰看到兩個方向。菲利浦只在門口站了四分鐘，但還是讓他抓狂。

她告訴他：「你太忙了，不應該做這種事。」

他同意。堂堂副教授搭計程車來坐在郵局門口，好讓他的研究助理去尿尿，太荒謬了。更別提她也在浪費時間，她還要草擬他們的書稿、寫信、申請獎助金、申請資料。他會和郵局局長談，畢竟他們是研究者，請民眾稍微協助並不過分。只要有每位郵政信箱客戶的聯絡資訊，就能直接去瑞秋家。他對凱蒂說，**交給我吧，我對人很有一套**。

可是菲利浦對郵局局長完全沒轍。她從眼鏡上緣看他，說她無論如何都不會透露客戶的住址或電話號碼，甚至不會承認或否認這位客戶是否存在。如果他膽敢在她的地盤上貿然搭訕別人，或試圖賄賂大英國協的員工，她會立刻報警。

沒有進展。英文系主任要在展覽的最後一天來他們的聚會，美術館的麥肯．柯比和幾位學者也在受邀之列。目前他們還沒邀請記者。菲利浦希望先放出消息，但是要等到一切都準備好了，才會讓媒體爭相出價報導。這次眞的只是輕鬆的聚會，邀請數名重要人士出席，喝點好酒，吃些小點心，但是有機會讓每個人親眼見見瑞秋・黎赫。現在他們非找到她不可。

隔天晚上，凱蒂開車回來時，菲利浦從書中抬起頭。「這禮拜接下來我要請病假，和妳一起去。」他說，「眞不敢相信我在說什麼，竟然要去郊區郵局門口遊蕩，等一位老太太。」

「只要她不來，你在不在場都一樣，只是浪費你的時間。」

「但如果我去了，她就會來。」菲利浦說，「我感覺得到，就像命中註定。」

「拜託，再給我一天。」

「只有一天喔。明天過後，」菲利浦說，「我就要跟妳去。」

□

那天晚上，她大概兩點下床，打開門，坐在門前陽台，看著這座充滿陽台的城鎮。夜晚的世界完全是另一個空間。瀝青釋放出白天的熱氣，宛如鬼魅飄起；比孕貓還大的挑釁負鼠霸占著庭院。天空似乎亮得不自然。路燈照亮了人行道，她可以看到兩隻蟾蜍正打量著彼此。明天早上是她的最終決戰。

然而，她最後有機會獨自帶瑞秋回來的這一天，瑞秋依舊沒有出現。大約傍晚六點，她開進車道。

她下車時，菲利浦說：「還是不行？」

「對不起。」凱蒂說，「我盡力了。」

「幸好我有好消息。」菲利浦拿著一封信朝她揮了揮，「瑞秋・黎赫寄來的，她要來參加我們的小派對。」

# 第二十八章

## 紐約市，一九三九年

一九三九年二月九日星期四的早晨又陰又冷。瑞秋睡得晚，雖然她與父母在老家，以及後來到餐廳，多年來都過著規律的生活，但仍經常晚起。茵嘉儘管平常無精打采度日，倒是天一亮就醒了。

「我向妳保證，早起不代表我的個性。」茵嘉告訴她，「我祖先四代的女人都在凌晨四點起來擠羊奶。」

這天早上，茵嘉和瑞秋難得在茵嘉的公寓。她們穿著睡袍，悠閒地吃早餐、讀報紙。瑞秋知道報紙中有一堆她應該在乎的新聞，但就是提不起勁。法國和英國準備承認西班牙的佛朗哥政權；她沒聽過的一位商務委員警告美國在五到十年內也會出現法西斯政府。茵嘉讀過每篇報導的每個字，不斷咂舌。她撐起報紙，翻到下一頁，再將報紙摺下來。瑞秋把椅子挪近一點，才能讀到背面的文章。

「妳看這多美呀。」瑞秋在吐司上隨心所好塗了厚厚一層奶油，「報紙能印成彩色就好了。」

瑞秋在餐桌上擺了茵嘉不成套的銀製奶油碟、缺角的古怪盤子、蜂蜜色骨質握把的沉重刀子，以及看來像抹布的破舊餐巾。桌上還有一盞紅色流蘇燈罩的小油燈，把四周染成酒紅色，強化瑞秋每次在茵嘉家的感受。她覺得飄飄然，彷彿靈魂脫離身體。這就是靠近茵嘉的魔力，近來連靠近她的東西也能感覺得到。

茵嘉從報紙後頭說：「那就好了。」

「這裡寫培育了二千年。」

「嗯嗯。」

「妳覺得意思是這種花比玫瑰還老嗎？」

「大概吧。」茵嘉用一手穩住報紙，伸長另一隻手攪拌她的茶。她在杯緣敲敲湯匙，叮叮叮。她沒有喝，報紙連抖都沒抖一下。瑞秋看不到她的臉。

瑞秋說：「嘿，妳。」

沒有反應。

瑞秋拉下報紙，發現茵嘉沒有在讀報，甚至沒有假裝。她眨眨眼，彷彿剛醒來。瑞秋在奶油碟上瞥見茵嘉扭曲的倒影，她白皙的下巴又長又尖，像童話裡的女巫。

茵嘉說：「幹嘛？」她喉嚨底端的脈搏上下跳動。

「康乃馨。」瑞秋摺起報紙，指給茵嘉看花籃裡的花束，籃子不知為何裝飾著木製衣夾。

「賓夕法尼亞飯店在辦展覽。」

「這跟我有什麼關係?」

「寶貝,不會有事的。」瑞秋說,「書會順利出版,大家都會喜歡,妳的壁爐架會放不下所有的獎牌。」

茵嘉撐大鼻孔,伸直雙腳,一邊的膝蓋撞到桌腳,害桌上東西全都晃了一下。「妳很肯定是吧?瑞秋萬歲,通靈服務生,命運預言家,謎團的先知。妳懂什麼?啥都不知道。說眞的,妳有時候眞是滿口廢話。」

隨後而來的沉默簡直觸手可及。瑞秋心想,**喔,我可憐的寶貝,妳一定很痛苦吧**。她接著聯想到另一件事,瑞秋是她母親的女兒。她記得母親身穿白色棉洋裝,站在鏡子前,壓著烏青腫起的一邊眼睛,禱告眼睛在父親回家前消腫。她叫小瑞秋跑去鄰居家要冰塊,因爲父親要是看到自己造成的後果,她擔心他會痛苦不已。瑞秋低頭看著桌巾。假如茵嘉情緒緊繃想傷害她,但最厲害的招數不過如此,她們的人生將多麼幸運啊。

茵嘉摺起報紙,丟在桌上,越過桌面握住瑞秋的手。她扳開瑞秋的手指,親吻她的手掌,用拇指搓揉手腕上纖細的藍色血管。「和我吃早餐不怎麼樣吧?」茵嘉說,「我們出去吧。」

□

她們運氣好，無線電城音樂廳正在播映午場電影《古廟戰茄聲》，眞是再適合不過了——她們忙著看卡萊・葛倫和小道格拉斯・費爾班克斯大戰圖基教徒，毫無內省的時間。

午餐過後，她們去第五大道魯塞克百貨的冬末特賣會，試穿灰色波斯小羊毛、黑色卡拉庫爾綿羊毛，以及白鼬毛皮領子的黑色絲綢大衣。更衣室的簾子是紅色雪紡綢，外套的重量撫慰人心。瑞秋站在全身鏡前，張開雙臂，裹著另一個生物溫暖的皮毛。

她不再猜想眼前這名奇怪女子的身分，她已習慣自己新的身體。她上臂下側的肌膚一片雪白，她認識茵嘉前絕不是這樣。肌肉讓她能隨興彎曲指節，做出無比微小的顫抖動作。她膝蓋後方的肌肉變得靈敏。她的雙腳煥然一新，以往她多不了解自己的腳，以爲它們只能用來行走站立。她心想，她怎麼能用這具身體活了這麼久，肌膚卻沒有活過來？母親在父親身旁也是這種感覺嗎？或許這能稍微解釋當年的一切，但是她不敢相信，她不願相信。世界歷史上有人體驗過這番感受嗎？

茵嘉說：「妳應該知道，我買得起這些衣服。」她的手指滑過白鼬毛皮領子，彷彿在安慰活物。「妳喜歡的話，我可以給我們各買一件。」

即使裹著皮毛，瑞秋仍感到一陣寒意。「拜託不要，」她說，「我只是覺得好玩而已。」

茵嘉的眼神變得嚴厲。「妳這麼想嗎？這只是好玩而已？我們只是兩個小孩在辦家家酒？」

瑞秋想不出該說什麼。

服務員走過來，剛好伸出手臂，接住茵嘉差點丟在地上的皮草。

□

回茵嘉公寓的路上，她們一句話都沒說。瑞秋心想，或許今晚應該回自己的家，她們需要給彼此一點空間。還是這叫膽小？她在雜誌裡讀過情侶不能在氣消之前分開，但雜誌指的情侶與她們不同。她們算是「情侶」嗎？她希望能問問誰。

她們還來不及脫下外套，門鈴就響了。身穿燙平制服的男孩送來電報給茵嘉。

**現在趕快過來倉庫句點有問題句點需要妳馬上授權處理句點查爾斯克里本**

這天古怪尷尬的氣氛馬上飛到九霄雲外。她們給了男孩小費，抓起外套和帽子，而當她們穿上外衣時，茵嘉轉向瑞秋。

「外頭冷，我今天態度又很差，如果妳想待在家，我不會怪妳。」

瑞秋說：「我當然要去。」

她們出門，搭上計程車，才互問可能發生什麼事。茵嘉咬著臉頰內側，擰著櫻桃色手套。車子飛快駛過骯髒結冰的馬路，前往分隔街。瑞秋握住茵嘉的手，茵嘉沒有反抗。

瑞秋對司機說：「請開快一點。」

她們各自從車窗往外看著第二大道，因爲沒有別處可看了。瑞秋彷彿看到萬花筒裡的畫面閃過：高架鐵路的支柱和信號架；圍紅圍巾的女子推著嬰兒車；咖啡館的大片落地窗；轉角的小餐館，門外堆著一箱箱檸檬；她去過一次的麵包店，幾個月前麵包還以片出售。房子側面的曬衣繩掛著衣服，反射出僅存的陽光。夜晚即將降臨，霓虹燈閃爍亮起。小孩爬上樓梯，回家吃晚飯洗澡。店主用有鉤子的長棍拉下鐵門。

瑞秋把茵嘉的手握得更緊，一面思索書可能出了哪些問題。印刷疏失？文字印顛倒，或者頁數排序亂了？這不算太糟吧，雖然修復不便宜，但不至於無法挽回。騙子提出告訴，聲稱茵嘉偷了他的點子？儘管查爾斯盡力了，還是有人闖進倉庫，偷了書，或破壞成品？瑞秋向她早已遺忘的神哀求，不管怎麼樣，拜託別讓茵嘉出事。

計程車開到安靜街角的一棟高大紅色建築前，放她們下車。司機沒有找錢給茵嘉，便飛快開走。瑞秋在大樓側牆上看到褪色白油漆寫著巨大的大寫字：馬廄。沒有其他指標或標記透露裡頭的狀況。

茵嘉敲敲門，等了一下。大門打開：查爾斯穿戴黑色風衣和灰色厚圍巾，看起來精疲力盡。

「進來，進來。」她們趕忙進去。「往這邊。」

他帶她們穿過玻璃帷幕前廳，經過一間亂糟糟的辦公室，再走過狹窄的走廊，左右兩側貨架上的箱子堆了兩層。瑞秋往上看，這棟建築至少有兩層樓高，沒有天花板，屋頂上可見一塊塊骯髒的玻璃。遠在頭頂上，縱橫的梁柱積滿灰塵，幾顆光裸的燈泡垂吊下來。這個地方髒透了，四周還有一股味道，彷彿是車庫或技工的工廠。地上有些地方積水了。透過貨架間的空隙可以看到幾扇長窗戶，每一扇都裝了鐵欄杆，長滿蜘蛛網。

她說：「那是什麼味道？」

「瑞秋，這裡是倉庫。」查爾斯說，「我沒有找女僕來打掃。」

他在一堆貨架中央的小空地前停下來。幾個箱子已經打開，數本《每日，每分》的成書四散各處。茵嘉拿起一本，摸了摸。書封以飽滿的紅布包裝，燙金上茵嘉的名字和書名。膠硬粗布的材質很好，在現場燈光下，幾乎可以冒充天鵝絨。

瑞秋說：「好美。」簡潔、優雅、引人注目，完全符合茵嘉的要求。

「對啦，對啦，所以是怎樣？妳害我差點心臟病發。說真的，我以為，我都不知道我怎麼想了。茵嘉，妳看。」他用強健的手扯開貨架頂端的另一個箱子，拿出一本書，翻起書頁。「書都很好，好嗎？我檢查了五、六箱，全都在這兒，上千本，全都沒問題。如果不相信我，妳可以挑一箱，隨便挑，要哪一箱都可以。妳沒必要擔心。」

茵嘉說：「我？」

「而且倉庫很安全，我什麼防護措施都做了。只有我有鑰匙，每扇窗戶都裝上鐵欄杆，每扇門都有兩道鎖。鉛字版在辦公室，根本沒有人知道放在那兒。」

「好。」

「雖然我應該在公司處理一百萬件事，但我也不排斥週四下午跑來這兒啦，完全沒關係，妳放心最重要。」他從口袋拿出一條大手帕，擦擦鼻子。「抱歉，有灰塵。總之，我只是想說，別再這樣了。」

「哪樣？」

「傳喚我。妳不是我太太，也不是我的軍中長官，更不是我母親，只有這些人能對我頤指氣使。好吧，還有我的會計，偶爾加上我的酒保，但就這樣了。」

瑞秋感到手指一陣刺痛。

茵嘉說：「你醉了嗎？我沒有傳喚你。」

他再次探進口袋，拿出來的東西很明顯是電報。「妳再讀一次。這不叫傳喚，什麼叫傳喚？沒關係啦，我只是在開玩笑，眞的。好吧，一半是開玩笑。妳有點緊張很正常。」

他手中的電報寫道：

**我在去倉庫路上句點現在過去跟我會合句點別遲到句點茵嘉卡爾森**

茵嘉探進她的外套口袋，拿出她收到的電報。查爾斯讀完後皺起眉頭，看向空中飄浮的一個點，接著他轉頭順著來時路狂奔，跑過貨架組成的峽谷，穿過前廳，來到大門口。她們跟著他。

他伸手去開門，盡全力推，甚至沒來由地用肩膀撞門，但門依舊紋風不動。有東西從外頭堵住了大門。

茵嘉說：「查爾斯？」

在這座城市空曠的角落，身處曾是馬廄、裝滿貨品的倉庫，他們站在大門前，沒有人知道該怎麼辦。

# 第二十九章

## 昆士蘭省布里斯本，一九八六年

凱蒂站在蓮蓬頭下，直到水都冷了。她雙手抵著粉色瓷磚，淋濕她的頭，試圖洗掉菲利浦在車道上揮舞瑞秋來信的畫面。

起初凱蒂心想，瑞秋改變主意了。瑞秋很開心：她喜歡他們的計畫，喜歡菲利浦的打算。不管瑞秋對茵嘉・卡爾森了解多少，她都終於準備好跟陌生人分享了。凱蒂感到肩上的重任消失。

然後她讀了那封信。

卡麥可教授、沃克小姐：

我不認爲這是你們該管的事，不過如果你們堅持舉辦聚會，我會參加。

瑞秋・黎赫敬上

她對菲利浦說：「嚴格來講這不算大力背書吧？」

她幾乎不敢相信自己的眼睛——菲利浦跳起愚蠢的吉格舞，高高舉起信，吻了一下。「那又怎樣？她會到場就好了。哈雷路亞！」他摺起信，夾在手掌間，彷彿在禱告——這八成也是生平第一遭。

淋浴間的平開窗能打開排放蒸氣，現在她看到棕櫚樹葉偷偷爬進窗台。七〇年代整修狹窄的浴室時作工很差，天花板和牆面都鋪上蒼白多節的松木板。當她背對蓮蓬頭，面向整間浴室，感覺就像處在巨大的棺木裡。

瑞秋・黎赫是鑰匙，能開啓凱蒂的新世界。一位老太太，幾乎是陌生人。菲利浦不會放棄，就這麼簡單。他完全把瑞秋掌握在股掌間。

門外有人使勁敲門。她關掉蓮蓬頭，擦乾身子，換上衣服，拿毛巾包住頭髮，滑開門。

「小姐，」帥哥從廚房說，「妳在裡頭待了二十幾分鐘耶。」

「對不起，」凱蒂說，「眞的很抱歉。」

「哇喔，嘿，沒關係。我喜歡洗冷水澡，對血液循環好。我說眞的，小凱，沒必要這麼難過。」

「我沒事。」她說，「我打算毀了我的職涯，不過除此之外，完全沒事。」

她沒吃晚餐，反而盤腿坐在床邊地上，寫筆記，畫流程圖，然後把紙揉成球，瞄準垃圾桶卻沒丟中。她寫下她對菲利浦的所有了解，試圖想像各種結果，從每個角度思考，最終卻都得到同樣的結論——瑞秋必須遠離菲利浦的計畫，別無他法。她打了一通電話，在衣櫥中翻找菲利浦認爲適合明天聚會的服裝。她終於在三點上床睡覺，雙腿在空曠的床上滑動，並夢到有人從後方抓她。她願意犧牲一切取消整個計畫，但她很清楚菲利浦會繼續下去，直到他踩著瑞秋・黎赫的屍骨，建立起他閃亮的未來。

□

再過幾個小時，布里斯本的卡爾森展覽就要結束了。殘片會分別裝進盒子裡，加上襯墊避免震動，並遮蔽光線。戴手套的手會從展示櫃中拿出茵嘉的信、報紙剪報和茵嘉・卡爾森的遺物。所有展品會送到另一個城市，在那兒拆箱展示，不分老少的卡爾森書迷會排隊去參觀。這種展覽屬於全世界，完全沒有眞正的家。

工作人員在展廳旁的私人空間很快布置好小聚會場地。他們放了講台，還有一張長桌擺飲料。外燴公司送來小點心——燻鮭魚小鬆餅，塗上杏桃汁的小肉球。桌上擺著香檳酒杯，以及裝柳橙汁和水的玻璃杯。不久後，會有二十來人站在這兒聊天，啜飲飲料，大口吃點心，等待菲利浦宣布爲何邀請他們。

菲利浦和凱蒂在下午一點前搭計程車抵達美術館。他身穿休閒夾克和新的藍色格子襯衫，領子和袖口不知爲何都是白色的。凱蒂穿著去年在購物中心打折時買的褐色套裝，手中的公事包其實是她的高中書包：陳舊的棕褐色皮包，前側有一個口袋和兩條環釦帶。包包裡的文件夾裝了兩份投影片：一份是她的縱火案研究，詳細說明這位神祕但（目前）匿名的排版員隸屬非法軍事組織；另一份是菲利浦的計畫，上頭寫著瑞秋講的失落字句，並揭露她是茵嘉・卡爾森的繼承人。他們坐在計程車後座，菲利浦閉眼休息，凱蒂則把拇指附近的皮膚摳到流血。

他們走上美術館殘忍的水泥階梯，接近那天瑞秋受不了熱而坐下的地方。河川從長滿青草的斜坡底端悄悄流過，在他們頭上，扁平的淺色天空看似用蠟筆塗色。沒有更適合的地點了。凱蒂停下來，彎下身，雙手抱著腰。菲利浦幾乎已爬到階梯頂端，不過又走下來，站在她旁邊。

「妳會緊張很正常，」菲利浦說，「這是大事。」

凱蒂挺起身子。「我不想做了。」

她感到後膝的皺褶有些汗濕，胸口瘋狂緊縮。四處望去，頭上的天空都毫無特色。從小到大，大家都教導她要愛國，連電視上的廣告歌曲都要求她忠心：**你可以相信昆士蘭人。我們愛布里斯本。所以我才喜歡昆士蘭省。**她聽過機師在雲中迷失方向，分不清上方方向；或許結果都一樣。

「妳剛好也沒多少事要做。」他拉拉領口，翻了個白眼。「我負責演講。投影片上寫妳是縱火案調查的首席研究員，但妳只需要站在我旁邊，說幾句話就好。」

「不是。」凱蒂抓住他的手臂，「我是說，我不想繼續了。不管瑞秋知不知道什麼，她都說得對。這不干我們的事。」

「妳只是怯場，很正常。再過幾個小時就結束了。」

「我要取消活動。」

菲利浦說：「凱蒂，寶貝。」他注意到她的表情——她咬緊牙關，握起雙拳，一隻拇指還用面紙包著。「妳是說眞的。」

「對，我想取消整個計畫。」

「這是妳的工作耶，妳想要的工作，我們爲此努力了好幾個禮拜。」

「我改變主意了。」

她看得出來他在思考。他把太陽眼鏡推到頭頂，搔搔耳朵前方的臉頰。「不行，整個房間的客人都來了，我總得和他們說些什麼。」

「我做不到，菲利浦。」

「由不得妳了。」

她抓住他的手臂。「菲利浦，我們交換吧。你自己說過，縱火案研究的前景比較好，一定會有成果，你說至少可以出書。至於瑞秋這條線——只有三百萬分之一的可能。你忘了嗎？縱火案給你吧，山繆・費雪和德裔美國人同盟。你進去，告訴大家說你解開了本世紀的文學懸案。我來負責瑞秋；你也講過，這條線索八成是死路。沒人聽過的老太太，大概連上星期的事都不記得，更別說五十年前了。」

「交換？就這樣，妳要把妳的計畫給我，純粹因為妳覺得對不起親愛的老太太？」

「就這樣。」

「凱蒂，小天使。」他握住她的雙手，「就是這種荒謬的同情心害女人的職涯止步於此。」

「你到底想不想要？」

他一鞠躬。「如果妳這麼打算，我就聽妳的。但這是妳的要求，別忘了。」

「我不會向大家介紹瑞秋。」她告訴菲利浦，「我要送她上計程車，讓她回家。」

「現在她是妳的計畫了。」菲利浦轉頭爬上階梯，「隨妳便吧。」

□

剩不到一個小時了。他們占據服務台一角，凱蒂借來膠帶和剪刀。介紹瑞秋的投影片放在她的書包裡，塞在桌子底下，省得擋路——她回家就會銷毀。眼前攤放著菲利浦要用來報告縱火案調查的投影片，他們必須移除她的資料。她舉起剪刀。菲利浦還有時間認錯，和她站在同一陣線。

他說：「等一下。」

她抬起頭，吞了口口水。

「記得把註腳也剪掉，有些有妳的聯絡方式。」

於是她照做了。她從投影片、縱火案調查、她起頭的研究中所有的感謝名單剪掉自己的名字，改寫上菲利浦的資訊，然後用膠帶把投影片補起來。

菲利浦看著她。「工很細，」他一面檢查一面說，「妳的美勞技巧很棒。」

他走到外頭河邊安靜的角落，對雞蛋花練習演講。凱蒂趁機走進女廁，在洗手台前來回踱步，拿濕紙巾捂著後頸。等她出來，菲利浦已在門廳徘徊。再十五分鐘就兩點了，凱蒂還得在瑞秋抵達時找到她，向她道歉，再送她回家。

「我要在這兒等她。」

「我有三十位客人要來，現在因爲妳，我得一個人撐全場。」菲利浦說，「來幫我一下吧。」

於是她跟著菲利浦走進半滿的小會議室，大約二十幾名男子和三名女子正四處走動、喝飲料聊天。幾位男客身穿西裝，顯然不是學者，她猜是媒體，但應該不是記者。她看到系主任和一位古典文學教授站在遠方牆邊，笑得像男學生。

菲利浦對附近一群人說：「各位先生好。」他遊走全場，一會兒點頭致意，一會兒握手，在人群間來去，叫每個人的名字，歡迎大家。她看到策展主任麥肯・柯比站在後方飲料桌旁，和一名背對她的高大男子聊得起勁。

她知道，她當然知道，但她希望她錯了。這時男子轉身，把空杯子交給經過的侍者——沒錯，是詹姆。

□

她全身從腳趾到耳垂都紅了起來。她應該先向菲利浦要賓客名單才對。他當然會受邀，當然了。獲得勝利的這一刻，菲利浦絕不會放棄機會向詹姆炫耀。她比較意外詹姆答應了。她以爲他會一臉嘲諷，嘲笑菲利浦和他的同類狂吃前菜，在下午閒聊，然而他看起來很自在。

他看到她，便打斷麥肯．柯比先行告退，直接走過來。在橫越房間的路上，他從另一名侍者手中拿起另一杯白酒，視線直盯著她。

她露出微笑，趕忙在腦中尋找無關緊要的台詞。

「先聽我說，」他劈頭就說，「想清楚妳在做什麼。」

她說：「我想過了。」

「拜託，給我幾分鐘就好？」

她點點頭。他領著她走向門口，抬起一隻手臂抵著她後方的牆，彎腰靠向她。她的喉嚨一陣發癢。

「凱蒂，拜託。妳可以叫我少管閒事，但這樣下去對妳沒有好處，如果妳找到瑞秋，對她也沒有好處。最後只有菲利浦會得利。」

假如她閉上眼睛，她能想像他們站在她家門口的小徑，腳踏車夾在兩人之間，他們十指緊握。但即使她花了不少時間想他，現在她只想揍他的頭。

「我知道我在做什麼。」

她感到一隻手拍拍她的肩膀，她抬起頭，原來是菲利浦。他的另一隻手也放在詹姆肩上。

「我最喜歡的兩個人。」菲利浦稍微搖了他們一下。「詹姆，很高興你能來。怎麼樣你才願意把店賣了，回來學術界神聖的殿堂呀？」

「我很期待你的簡報。」詹姆大口喝了一口酒。

「嗯，不用等多久了。」菲利浦誇張地查看手錶，然後穿過大門，走進門廳。「不好意思，我先走一步囉？快兩點了，我的貴賓要到了。」

室內瀰漫著低沉的談話聲和玻璃餐具的碰撞聲。一名侍者碰倒講桌附近窗台上累積的幾個空玻璃杯。詹姆站得好近。一切都在凱蒂的意識邊緣化作微弱的嗡嗡聲。短短一瞬間，她以為她沒聽清楚。

「你是說我的貴賓吧。」

菲利浦朝她微笑，嘴唇往內彎起。他搖搖頭。「凱蒂，凱蒂。」

「我們說好了，她現在屬於我。」

「誰？」詹姆說，「誰屬於誰？」

菲利浦伸長手臂抓著凱蒂，露出專門給小嬰兒看的難過表情。「少天眞了。我是兩個計畫的首席研究員，檔案和獎助金上都是我的名字，研究室門上也是我的名字。」

「不對，我們說好了。」

「我也非常感謝妳紮實的基礎工和偉大的貢獻。妳因此找到一份好工作，每篇論文的致謝文都會提到妳。」

侍者出現在他們身旁，端著一盤炙燒小魚柳條，下頭墊著蕾絲襯紙吸油，中間放著一碗液狀的草。「來點黑魚條搭配香料油醋醬嗎？」

「老兄，現在不用。」菲利浦說，「聽我說，凱蒂，妳會有很好的發展。妳可以寫完博士論文，我會替妳寫推薦信。」他吻吻自己的手指，像卡通裡的廚師。

「可是你說過，你承認機率很低。即使我們找到她，她可能什麼都不記得。」

「對，機率很低，就像中樂透。但誰知道呢？」他眨眨眼，「搞不好我的號碼會中獎。主戰場當然還是縱火案，不過我很樂意在老瑞秋身上壓點注。」

「瑞秋？」詹姆從菲利浦轉向她，又轉回去，「你們找到她了？她在這裡？」

菲利浦說：「你怎麼——？算了，別礙事就好。」

「你和她談過了嗎？」詹姆說，「她同意這個計畫嗎？」

菲利浦沒理他，左右扭扭脖子，伸出舌頭舔舔前排牙齒，簡直像準備去約會。「我先告辭了。」

□

他們跟著他走進門廳。天花板很高，光線明顯亮多了。一大群老婦人在入口附近談笑，她們可能是俱樂部的會員，或是朋友結伴最後一次來看展，或來咖啡館用午餐。她們挺直著背，身穿訂製長褲搭配開襟毛衣或外套，穿戴沉甸甸的串珠項鍊，頂著銀白頭髮或紅褐色的蓬鬆鮑勃頭，只有一名例外，披散著烏黑長髮。

「她是哪一個？」菲利浦的視線左右掃動，評估這群婦人，秤秤她們的斤兩。

詹姆衝向前，擋在婦人與菲利浦和凱蒂之間，面向他們，舉起雙手。

詹姆說：「等等，拜託你停下來。她和律師談過嗎？你在大家面前展示她之前，總該有人保障她的權益吧？」

「凱蒂，」菲利浦低聲說，「妳等著瞧，我會問現場的每一位老太太。至於你，詹姆，你擋到我的路了。」

詹姆把目光從菲利浦的臉上轉向她。凱蒂了解他的感受，他想警告瑞秋。凱蒂同樣產生想保護她的衝動，不只是因爲瑞秋年邁脆弱那麼單純，而是因爲大家都看得出她帶有某種罕見的閃亮特質。她想握住詹姆的手，在腦中朝他投射說：**沒事的**。

詹姆的眼神立刻變了。他短暫對上她的視線，然後退到一旁，揮揮手臂。「看來我阻止不了你。」

菲利浦說：「凱蒂？」

凱蒂吞了口口水，舉起手臂。「她，她就是瑞秋・黎赫。」

她指向門廳的另一側。菲利浦瞥見一名女子獨自坐在牆邊的水泥長凳上，她身穿淺色花紋的棉製昆士蘭短袖洋裝，沒有戴手套。

菲利浦隔著門廳朝她揮手，露出燦爛的笑容。女子站起身，也朝他揮手。

菲利浦說：「交給我吧。」

## 第三十章

### 紐約市，一九三九年

瑞秋現在才驚覺那股強烈的氣味是汽油。

她說：「我們得逃出去。」

「我想妳說的對。」查爾斯走向後門，試圖滑開門扇，但門動也不動。

「我不懂。」瑞秋說，「沒有人知道書在這兒。」

這時茵嘉說：「費雪。」

□

在這座城市的角落，身處曾是馬廄、裝滿貨品的倉庫，茵嘉抬起頭。其中一扇高處的窗戶開著，他們在欄杆間的陰影中看見一張臉。

「費雪？」查爾斯叫道，「山繆？」

窗口的男子舉起一盒火柴，拿出其中一根點燃。突然亮起的小火焰照亮了他的臉，接著他把火柴丟進倉庫，落在他們腳邊。

茵嘉找到火柴，把火踩熄，但他們馬上就在陰暗倉庫的貨架間跑了起來。費雪習於排版的手指動作飛快，點燃的火柴劃出優雅的弧線，落在地上閃爍，瑞秋覺得像兒時夏天夜晚在草原上跳舞的螢火蟲。費雪不停地點燃火柴，一根、兩根、三根，他們不可能全部及時找到。

一根火柴掉落在右側一疊書附近的水坑上。沒有大爆炸，沒有轟然巨響，水坑只是燃起火焰，在幽暗中美極了。火舌沿著貨架邊緣往上爬，劈啪作響。室內另一側也發生同樣的狀況。火焰跳起舞來，嘶嘶叫著，動作迅速，宛如活物。

世界變成著火的森林。倉庫中央某處有東西斷裂倒塌，或許是一根橫梁，或一部分的天花板。瑞秋從未聽過這種巨響。她眼睛灼痛，咳了一兩聲。

「上面。」茵嘉指著高處的窗戶。

費雪消失了。窗框的欄杆堅固，空隙很窄，但窗戶依然開著，距離地面至少快五公尺。

查爾斯說：「妳可能剛好過得去。」

茵嘉抓住瑞秋的手臂。

「快去。」查爾斯脫下圍巾包住臉，只露出雙眼，「沒時間了。我們抬她上去，等她出去，就能拉妳上去。妳們兩個可以去求救。」

茵嘉無法對上他的眼。她知道，他也知道，求救會多麼花時間。

他抱來一箱書，再拿來一箱，堆成一疊。她手忙腳亂地爬到頂端，但距離窗框底端還有一點五公尺。

「踩在我的背上，快點。」

她說：「我做不到。」她輪流看著他們的臉。「你應該先走。」

查爾斯說：「唉，我們沒時間爭論了。」

「拜託，聽他的話。妳要試試看，拜託，拜託試試看。」

「等我上去，我可以拉妳上來。」她盡力露出微笑，「別走遠了。」

他們點點頭。等她上去，她會幫他拉她上來。

事後她會發現沒有必要趕。如果他們想得慢一點，反應慢一點，就會有充足的時間。她會有時間親吻他們，安撫她的靈魂。她忘了說什麼？上百萬件事。

**記得吃青菜。天冷的時候蓋條毯子。我應該用吻掩埋妳，拿象牙針把妳的名字刻在我的肌膚上。**

倉庫內又是一陣倒塌聲，燈滅了，但就著火光她仍看得見。查爾斯爬上來，彎低身子，她像小孩爬上他的背。他的膝蓋晃了一下，但他靠著強大的意志力站直身子，像熊一樣咆哮呼氣。她探得更高，借力使力，直到她把一邊的膝蓋撐在他的肩上。她伸長手，終於抓住鐵欄杆的根部，欄杆已經有些溫度。在她身下，查爾斯像分娩的女子般大叫。

她腳下能感到查爾斯強健的肩膀，她把身子往上拉，讓臉與欄杆同高。她探出去一隻手臂，接著是肩膀和頭。她可以看到遠方閃耀的天際線，以及下方狹窄骯髒的馬路，路上親愛的卵石、垃圾、丟棄的錫罐和報紙。外頭沒有一絲人影，連費雪都不在。空氣又冷又刺。窗戶下有好幾個木箱，疊得亂七八糟，費雪八成臨時把箱子堆成梯子，爬上來放火。她的手臂探出欄杆後，幾乎可以碰到頂端的箱子。她緩緩往前，但來到胸口卻卡住了。欄杆間的空隙太窄了。

下方有四隻手推著她的腳、腿、屁股和背，承擔她雙臂承受的重量。她擠出肺部的空氣，縮緊肚子，控制胸部，轉動下巴。

她做不到，她怎麼樣都沒辦法擠出去。

# 第三十一章

## 昆士蘭省布里斯本，一九八六年

凱蒂感到疲憊又傷痕累累——她站在詹姆身旁，看菲利浦大步橫越門廳，走向在揮手的花洋裝女子。再過十年、二十年、二百年，這座無情的水泥堡壘看起來會和現在一模一樣，但凱蒂已比一個小時前老了好多。不過她的工作還沒結束，她必須在下午兩點整站在美術館前。

她的眼角瞄到入口附近的動靜，另一名女子從室外的烈陽踏進安靜的門廳。她也頗有年紀，年約七十，身穿粉色及膝洋裝，拿著紅色大托特包，戴著白色手套，搭配白色高跟鞋。

凱蒂的手摀住嘴巴，她聽到詹姆也猛抽了一口氣。菲利浦在門廳中央停下來，注意到新來的客人。

詹姆的存在害她分心了；時間比她想的晚。詹姆。凱蒂心中湧起一陣希望。她轉向他，朝入口歪歪頭。「那位太太是來找你嗎？」

「喔。」詹姆捏捏她的手，「對，我想沒錯。」他揮揮手，朝女子叫道：「哈囉！真高興妳趕到了。」他走過門廳，與菲利浦擦身而過。「她是我最好的買家之一，」詹姆說，「專門收藏一九三〇年代的初版書。希望你不介意我邀請她來。」

「老兄，隨你便。」菲利浦彈彈手，彷彿詹姆是蒼蠅。他繼續走過房間。凱蒂應該忽視他和他的計謀，應該叫他滾開，再也不要見他，但她沒辦法，時候還沒到。她小跑步跟上去，不過她先回頭迅速瞥了一眼，確定詹姆沒問題。他和粉衣女子低聲談話，帶著她走向售票亭。

菲利浦先走到花洋裝女子面前，伸出手。「我是菲利浦．卡麥可副教授。」他說，「很榮幸您能賞光。」

「我是黎赫小姐。」女子跟菲利浦握手。「瑞秋．黎赫小姐。」

□

凱蒂站在菲利浦身旁，看他與瑞秋．黎赫聊天。她可以聽到他的貴賓在接待室聊天敬酒，低聲聊學術八卦。她一邊想自己多麼努力工作，一邊笑看瑞秋．黎赫站在美術館門廳，聽她和菲利浦說她不懂何必這麼大陣仗。她說她從來沒見過茵嘉．卡爾森，也沒讀過什麼原稿。

「一直接到信的時候，我心想這些大學的人啊，他們一定知道我不知道的事，但我想破頭了都猜不到。」她的口音濁重，帶著老派昆士蘭腔。

菲利浦聳聳肩，幾乎忍不住咧嘴笑。「沒關係，沃克小姐只是一時妄想，她的文本分析能力還需要加強。我有警告她可能性很低。」

「如果妳不介意，」凱蒂說，「請問妳和茵嘉・卡爾森到底是什麼關係？」

關係？她說她父親好像是卡爾森在奧地利的表親，她可能是卡爾森唯一在世的親人。別誤會了，她很感謝這筆錢，多年來確實受惠良多。她有一棟小巧的好房子，每年都搭遊輪旅行。她幫助姪子姪女唸完大學，還資助兩名非洲小孩，她會寫信給他們，她的冰箱上貼著他們的照片，其餘的錢則捐給教會。出於好奇，她開展第一天就來參觀，就這樣而已，所以才會碰到這位年輕小姐。她向來對虛構的故事沒興趣。

「那本書一定很棒吧？因爲市面上會不斷出新書，不是嗎？」女子說，「更現代的作品，像丹妮爾・斯蒂爾的小說。」

凱蒂說：「所以妳沒讀過原稿？」

「孩子，妳說什麼原稿？」

「我們誤會了。」菲利浦拍拍女子的手，「妳向凱蒂引述了一個句子，對嗎？」

「展覽有點無聊，你們不覺得嗎？我試著背下一些燒掉的部分，就像玩小遊戲，免得完全浪費時間。我背錯了嗎？孩子，對不起啊。」

菲利浦咯咯一笑。「別再想了，沒事的。」

「爲什麼妳回信時不說呢？」凱蒂說，「爲什麼妳不回信告訴我們？或打電話？爲什麼妳不打電話給我們？當時妳態度好粗魯，妳大可解釋就好。我以爲，我以爲妳隱瞞了什麼。」

「其實啊，我不太喜歡提到這筆錢。」瑞秋・黎赫對菲利浦說，「外頭很多騙子，我的牧師特別介意這種事。我得坦承，他很不高興我來這兒，這裡面有展出裸體人像畫，你們知道嗎？」

菲利浦瞪大眼睛說：「不會吧。」

女子拍拍他的手臂。「我和你說，神的愛可以凌越無神論者，把權力交給願意替祂行善的人。我知道茵嘉・卡爾森是無神論者。」

麥肯・柯比出現在門廳的另一側，站在接待室門口。「菲利浦，」他叫道，「老兄，時間不早了。」

菲利浦各拉了一下兩手的白色袖口。「我請沃克小姐送妳出去。我得去做簡報了，卡爾森的縱火案有精彩新發現。」

「沒關係。」女子說，「有可能幫我出回家的計程車錢嗎？」

□

凱蒂領著她走向門口，一面說：「黎赫小姐，這邊請。」

「謝啦，孩子。」

經過熱烈對談之後，女子似乎腳步不穩，於是凱蒂扶著她的手臂。她仍想著菲利浦。她很了解他，了解他很多年了。詹姆向她訴說他的經歷時，她也聽進去了。所以她爲什麼失望呢？因爲即使證據確鑿，她仍希望他是更好的人。因爲她曾經浪費太多時間崇拜這樣的人。因爲她替他感到難過，他有幸天賦異稟，卻仍如此心眼狹小。

計程車來了，凱蒂交給女子一張二十元鈔票，幫她打開後座車門。

「黎赫小姐，妳有點脫稿演出。」凱蒂說，「不過這仍是繼妳扮演那條牙膏以來最棒的演出。」

「我坐在那兒好一陣子，都開始擔心妳不需要我了。」

「我本來希望不用麻煩妳。不過，一位聰明的女子曾經告訴我：可以期待最好的結果，但要準備面對最壞的狀況。」

「我好久沒玩得這麼開心了。還有妳那個教授！帥到掉渣耶。」女子親吻凱蒂的臉頰，「改天見了，凱登絲。」

□

凱蒂揮手目送計程車離開，然後小跑步回到美術館，買了一張票，前往展廳。她曾答應自己要再來一次，那是多久以前？五個月前？她的人生已經完全變了。這回在遺物間逗留似乎不再重要，她不需要仔細觀看每件展品，包括與大火相關的悲傷物件。到了展覽的最後時分，展廳空無一人，只有她和——她在展廳遠端看到他們——詹姆和粉衣女子。

從凱蒂這兒看來，他們看似老友般輕鬆交談，偶爾指向展示櫃裡的東西。他們大可是年輕人帶著祖母一同出遊——雖然這名年輕人只在歐肯花區披薩店買的照片中看過祖母的長相。

詹姆和女子聽到凱蒂靠近，轉過身來。凱蒂的每一步都帶著她越靠越近，一切都隨著鞋跟著地的聲音迴響。要走向他們，她先經過茵嘉的童年，火災的展示。新聞頭條，現場尋獲的焦黑木塊。茵嘉的項鍊，當年在倉庫灰燼中找到這條蜜蜂圖樣的熔化玻璃項鍊，得以辨識遺體。

她繞過殘片，來到他們面前。

「她終於來了。」詹姆朝她微笑，「容我向妳介紹凱蒂・沃克。」

凱蒂說：「我們見過了。」

女子朝凱蒂點頭。「我怎麼會忘記妳對摩門傳教士讀者的好感呢？還有妳寄給我快一百封信吧。」

她伸手要和凱蒂握手，但在她們的雙手相觸之前，她停了下來，慢慢脫下左手手套，再脫下右手手套，把手套塞進托特包的外側口袋。她拉起袖子，再次伸出手。凱蒂和詹姆現在可以看到她的右前臂。她的手指修長優雅，但從指尖到手肘的皮膚都繃緊發亮，突起的肌膚彷彿撒上粉色糖霜。

「現在我幾乎已經不會注意了，只是不喜歡別人盯著我看。」女子伸展擺動手指，彷彿彈奏著隱形鋼琴，「動作倒是完全沒問題。」

她握住凱蒂的手。她的手勁強健，手掌冰涼，嶙峋的骨頭宛如祕密訊息，把數年濃縮成數秒。

凱蒂吞了口口水。「妳離家好遠。」

「沒這回事。」女子說，「這兒是我的家好多年了，我很喜歡這裡。」

詹姆清清喉嚨。「妳認識茵嘉．卡爾森，」他說，「妳讀過她的作品。」

「能認識茵嘉．卡爾森，」凱蒂心想，經過那場悲劇和之後的歲月，她怎麼能說出這些話，「必定是莫大的榮幸吧。」

如此近看，女子臉上滿布細細的皺紋，眼白有些泛黃，呼吸也急促費力，臉上閃過的表情近似微笑。

「我活了這麼久，得到的結論是，」她說，「認識任何人都是莫大的榮幸。」

長久以來，凱蒂就渴望這一刻，和這名女子說話，問她問題。雖然在這一刻，那個句子——**我們在世上過的每一秒，以及其中真正有意義的瞬間**——那個句子似乎就夠了。

女子轉向凱蒂。「妳家這位年輕人告訴我，妳是很優秀的研究者。」

她的嘴角揚了起來。詹姆咧嘴露出燦爛的笑容。

「我家這位年輕人有點偏心，況且我想現在我算是無業遊民吧。」

「這樣更好，表示妳有很多空閒時間。我有一樣東西妳可能想讀。」

她把手探進托特包，抽出花紋油布包著的厚厚包裹。她在手中掂了一下，然後交給凱蒂。

「交給別人的感覺真怪，很久沒有人讀過了。」

詹姆說：「那是——」

「天哪。」凱蒂接過來，一面說，「天哪。」她的雙手不住顫抖，詹姆撫上她的前臂，穩住她。

凱蒂把包裹擱在一隻手的臂彎，撕開厚重包裝的一個角落。裡面是厚厚一疊印刷校樣，紙頁有些泛黃，幾處邊角都剝落了。她翻起頁面：上頭印滿褪色的鉛字，偶爾出現筆寫的註記。

一開始，他們兩人都無法移動、說話或呼吸，接著彷彿承受不住，笑了起來。

「這是嗎？」凱蒂終於說，「不可能。」

「可能嗎？」詹姆說，「怎麼可能？」

女子忽視他們的笑聲和驚呼。她公事公辦地再次打開包包，拿出一個文件夾，放在原稿上方。「這是一些你們需要的文件，一份合約——妳得在幾個地方簽名，一些雜七雜八的要求。找我的律師吧，他們很不錯。」

「我不覺得，」凱蒂結巴說，「我不確定我是對的人選。」

「我很確定。絕對錯誤的人選——例如妳的教授——不會質疑我。在我看來，妳再適合不過了。」

凱蒂用一手將包裹抱在胸前，另一手與詹姆相握。

他們聽到身後傳來腳步聲。警衛來了，再過幾分鐘，展覽就要離開布里斯本。

詹姆說：「妳想要獨處一下嗎？」

女子抬頭看著牆上的茵嘉。「沒關係。我不知道爲什麼我一直回來，又不是說我會忘記她的長相。」

室外的影子越拉越長，空氣逐漸轉涼。車陣，噴泉，渡輪的笛聲。女子離開凱蒂和詹姆身旁，走向牆上較小的照片。茵嘉在一間餐廳，兩旁站著身穿制服的員工。她靠近照片，往後仰起頭。

「不覺得她好美嗎？」女子說，「不覺得她是世上最美的人嗎？」

# 第三十二章

## 紐約市，一九三九年

她堅信她穿不過去。欄杆又緊又密，金屬越來越燙。她卡在胸口最寬的位置。她調整角度，希望能像滑溜的魚從桿子間滑出去。她知道他們沒辦法支撐她多久。欄杆更燙了。

她想起小時候，在奧地利的村子看一頭羊出生。她嚎啕大哭，拉扯母親的手臂，但母親只是笑笑，然後——她驚訝地看到生命突然湧現。地心引力必然出手，完整的小動物幾乎立刻站起來，在她眼前站得越來越穩。

有什麼鬆動了。她摔了幾十公分，跌在最頂端的木箱上。她用雙臂護住身體，卻失去平衡，滾下費雪臨時搭的梯子。她倒在骯髒的積雪和泥土中，喘不過氣，不過沒有受傷——至少她感覺不到任何傷口。外頭好安靜，像另一個世界，倉庫內的噪音和恐慌彷彿有數年之遠。她重生了。她站起身，將肺部灌滿空氣。她眨眨眼，讓鹹鹹的淚液洗去眼中的煙霧。她瞬即轉身，面向窗戶。

總該只隔了一瞬間，不可能更久了。

她再次爬上木箱，木板上的尖刺撕裂她的指尖。她爬到頂端，把手重新塞進欄杆之間。室內空氣比先前還熱。另一段回憶自行浮現——也是小時候，她打開家中圓凸的老舊火爐，把手放進去，卻被父親拉回來，痛罵一頓，直到她啜泣起來。現在沒有人拉她回來了，她探得更深。一根鐵杆蒸騰冒著水氣，灼燒她肩關節和胸口間的肌膚。她感到襯衫熔進皮膚，但她仍繼續往前探。

她的手指什麼都摸不到。

她探得更遠，擠得更用力，在所及範圍內盡可能揮手，往上往下，往左往右。她張開手指，直到指間的皮似乎快裂開，並抗拒所有叫她抽回手臂的直覺。煙比先前還濃，她什麼都看不見，也摸不到有形的物體。她開始尖叫，尖叫瑞秋的名字，朝上帝尖叫，尖叫呼喚查爾斯。

她可以感到手上的肌膚皺了起來。她只摸到烤爐般的空氣。她祈求碰觸肌膚骨頭的觸感，或她無比熟悉的手掌，然而都沒有成眞。她伸長手，她用力往前擠，她放聲尖叫。

□

隨後她很快聽到警笛聲。她待在窗邊，直到消防車到場，鬆開水管，她才跪著爬下來。她越過馬路，來到一條安靜濕漉的小巷，把手臂放進骯髒的泥巴裡，因爲痛楚如一磚一瓦累積，成了無比沉重的負擔。天空放晴了，濃煙漸漸飄散，但沒有風。她不記得看過這麼多星星。

她仰躺在安靜街道對側的小巷人行道上，看深藍色天空與手臂的抽痛一同脈動。她聽到三聲響亮的爆炸，想到所有她的文字，數千數萬個字，統統掙脫紙面，劃著瘋狂的弧線飛越天空。她的心臟自行跳動，她的胸口上下起伏。自從搬來這兒，她第一次感到城市的低鳴靜了下來。還記得人和動物在上頭生活呼吸的新鮮土地啊，她渴望到那兒休息，她想要感到濕潤的土壤環繞自己，像狗把鼻子貼著地面。

她想起第一次見到瑞秋時，瑞秋走過來警告她的樣子。稍後她在對街巷子找到一條發臭的毛毯，拿來裹住身體。她瑟縮在一戶人家的門口，無法離開，現在還不行。

第二輛消防車抵達後不久，情勢就惡化了。倉庫的部分屋頂崩塌，一面高大的磚牆倒下，發出巨響。有人受傷，大叫，奔跑。她無動於衷地看，彷彿一切發生在許多年前。一輛救護車駛來，載著兩名受傷的消防員離開。接著又來了一輛救護車，沒有離開。駕駛和他的同事蹲在水溝上等待，緊緊裹著厚大衣，一面抽菸一面閒聊。今晚警笛不會再響起，他們早已接獲通知，不用急了。

夜晚過去，她繼續待著。手臂和雙手的痛時起時落，維持她的清醒，讓她記得。

她待在那條巷子裡，直到隔天清晨。兩具遺體裝在長形袋子裡，前後各由一名消防員扛出，放上救護車。她待在原地，看車子開走，雖然她想跟上去，但她知道這麼做很荒謬，她必須放他們走。至少他們還有彼此作伴。她用毫無知覺的手拉緊毛毯，走了起來。她的雙手沾滿血，臉上都是灰。瑞秋的公寓比較近，她蹣跚地沿街走去，看起來像流浪漢，又一個過去數年的受害者。她想到水，喝下大江小河的水；她頭髮的觸感，像海草漂浮。

差一條街就到瑞秋家時，她聽到報童朝世界大喊，知名作家茵嘉・卡爾森死了。他叫著都快哭了。她從旁看了整整半個小時，看行人交給他硬幣，接過報紙，然後趴在陌生人的肩上啜泣。一名女子鬆手讓報紙落地，茵嘉跪了下來，湊在地上看。報紙寫道，她死了，查爾斯也死了，黑色墨水字就印在那兒。她坐在水溝裡，震驚不已。報童在附近繼續高喊。

男孩哭喊道，**兩具遺體**。

兩具遺體。她死了，查爾斯死了。親愛的查爾斯，善良又勇敢的查爾斯。在她混亂的腦中，她想到手掌和手臂上會形成的疤，傷痕將成爲某種盔甲。現在她長生不老，沒什麼好怕了。她死了，最糟的結果發生了，然而她還在。

她自由了，擺脫了一切。世界在她眼前展開。她有錢，她有很多錢，還有辦法賺到更多。她毫無後顧之憂。她會改名換姓、改頭換面——只要有錢和勇氣，加上一點巧思，什麼都做得到。費雪要付出代價，而且不能等。她會盡力護著他的家人，但只要她在，他就不准再呼吸一口氣。她會盯著他的雙眼，他這輩子聽到的最後一個字將是瑞秋的名字。**不管我去哪兒，都會確保大家聽到瑞秋的名字。**

報童哭喊道，**找到兩具遺體**。

瑞秋喜歡小東西，樸實的東西。她心地善良，以情待人。她有辦法發掘喜樂，這段短暫的相處之中，她把喜樂分享給茵嘉，但茵嘉的人生現在結束了。她的心好輕，以至於跪在人行道上笑了起來。行人繞過她，她想抓住他們的腳踝，告訴他們瑞秋還活著，一切都沒事了。兩具遺體，她死了，查爾斯死了，這表示瑞秋，她美麗的瑞秋還活著。瑞秋還活著，這麼想令她心中充滿喜樂。

《失落手稿》完

# 致謝

爲這本書收集資料時，許多人好心和我分享他們對一九八〇年代布里斯本的回憶，其中特別感謝Monika Sudull。謝謝Robert Stanley-Turner臨危受命騎腳踏車到南布里斯本打轉，拍下我不復記憶的地點。同樣感謝昆士蘭美術館工作人員的寶貴協助，尤其感謝Cathy Premble-Smith。當然，書中任何錯誤都是我的問題。

Paddy O'Reilly和Merle Thornton是獨具見解又寬宏大量的第一批讀者——謝謝Paddy和Merle。Jane Novak不僅是優秀的經紀人，也是我認識最棒的人之一。Emma Schwarcz借給我敏銳的雙眼，Text出版社的Michael Heyward則永遠是我的靈感來源，非常有幸能與他共事。我一定要向Mandy Brett獻上所有的愛和感謝感謝感謝。沒有她，一切不會成功，她爲這本小說付出的心血無人能及。（同時感謝John把他的週日晚餐大廚借給我。）

這個故事的初稿獲得Varuna研究獎金。我很感激有時間在Eleanor美麗的家中安靜沉思，也感謝Gabrielle Carey，Linda Jaivin，Judith Rossell和Dave Allan-Petale的好意和好建議。

東妮・喬丹

失落手稿 / 東妮．喬丹 著 ; 蘇雅薇 譯. -- 初版. --
臺北市 : 蓋亞文化, 2022.05-
冊 ; 公分
譯自 : *The Fragments*
ISBN 978-986-319-649-5

887.157 111003566

*Laurel 004*

**失落手稿** *The Fragments*

作　　者 東妮・喬丹（Toni Jordan）
譯　　者 蘇雅薇
封面裝幀 莊謹銘
編　　輯 章芳群
總 編 輯 沈育如
發 行 人 陳常智
出 版 社 蓋亞文化有限公司
地址：台北市 103 承德路二段 75 巷 35 號 1 樓
電話：02-2558-5438　傳真：02-2558-5439
電子信箱：gaea@gaeabooks.com.tw
投稿信箱：editor@gaeabooks.com.tw
郵撥帳號 19769541　戶名：蓋亞文化有限公司
法律顧問 宇達經貿法律事務所
總 經 銷 聯合發行股份有限公司
地址：新北市新店區寶橋路二三五巷六弄六號二樓
電話：02-2917-8022　傳真：02-2915-6275
港澳地區 一代匯集
地址：九龍旺角塘尾道 64 號龍駒企業大廈 10 樓 B&D 室
電話：+852-2783-8102　傳真：+852-2396-0050
初版一刷 2022年05月
定　　價 新台幣 380 元
Published and Printed in Taiwan

ISBN／978-986-319-649-5